D1378296

RICARDO GÜIRALDES:
Don Segundo Sombra

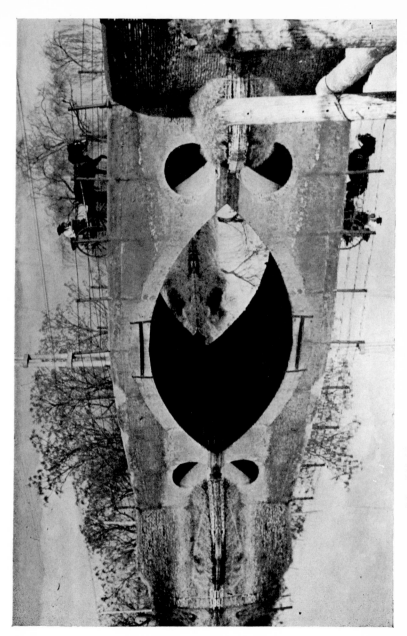

The old bridge at San Antonio de Areco which forms the setting for Chapter I.

RICARDO GÜIRALDES:
Don Segundo Sombra

With an Introduction, Notes and Glossary by

P. R. BEARDSELL
Lecturer in Spanish, the University of Sheffield

PERGAMON PRESS

OXFORD. NEW YORK. TORONTO
SYDNEY. BRAUNSCHWEIG

Pergamon Press Ltd., Headington Hill Hall, Oxford
Pergamon Press Inc., Maxwell House, Fairview Park, Elmsford,
New York 10523
Pergamon of Canada Ltd., 207 Queen's Quay West, Toronto 1
Pergamon Press (Aust.) Pty. Ltd., 19a Boundary Street,
Rushcutters Bay, N.S.W. 2011, Australia
Vieweg & Sohn GmbH, Burgplatz 1, Braunschweig

First edition 1973

Library of Congress Cataloging in Publication Data
Güiraldes, Ricardo, 1886-1927
Don Segundo Sombra
(The Commonwealth and international library.
Pergamon Oxford Latin-American series)
Text in Spanish.
Bibliography: p.
1. Sombra, Segundo, 1850 or 51-1936—Fiction.
2. Spanish language—Readers. I. Beardsell, P. R., ed. II. Title.
PQ7797.G75D6 1973 468'.6'421 72-13207
ISBN 0-08-017009-9
ISBN 0-08-017010-2

Printed in Spain by Edit. Eléxpuru Hnos. S.A.—Zamudio-Bilbao
Depósito legal: BI-720/1973

The Spanish text, the copyright of which is owned by te proprietor, Ramachandra
Gowda, is based on the 13th edition (1952) of Editorial Losada, S.A. (which was
especially revised in the light of the first edition—corrected by Güiraldes—and the original manuscript) and the versión in *Ricardo Güiraldes. Obras completas*, Emecé, Buenos
Aires, 1962, with permission of the publishers

CONTENTS

ACKNOWLEDGEMENTS

I am indebted to the Fondo Nacional de las Artes, whose scholarship enabled me to study in Buenos Aires for three months of 1970 and by whose permission the plan of Don Segundo Sombra *is reproduced, and to the Research Fund of the University of Sheffield, whose grant supported my visit to Argentina. Of the many individuals who have assisted me I wish to thank, in particular, Alberto Oscar Blasi for his help with difficult entries to the Glossary, Viviano Parravicini for his hospitality and help in arranging contacts, and the staff of the Instituto «Ricardo Rojas» de Literatura Argentina, of the University of Buenos Aires.*

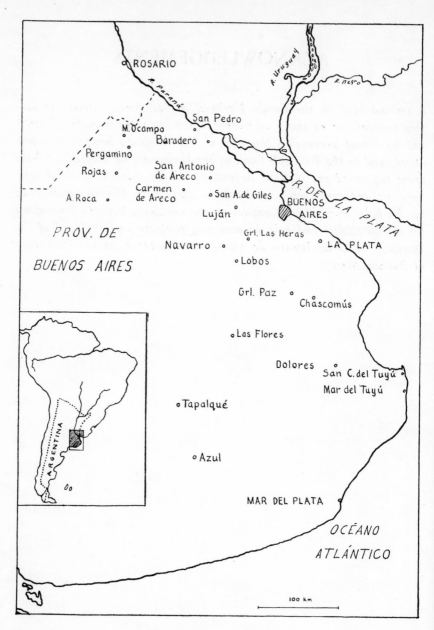

Map of the Province of Buenos Aires.

INTRODUCTION

Historical and Literary Background

The Argentine pampa extends five hundred miles west from the outskirts of Buenos Aires, covering roughly twice the area of the United Kingdom. A mainly fertile, temperate zone, it was originally little more than a sea of sparse grass, with barely an undulation in sight. By the end of the sixteenth century a settlement existed at Santa María del Buen Aire (Buenos Aires). Horses and cattle brought from Europe roamed free, their number multiplying enormously in the favourable environment. Authorized by the government, expeditions pushed out into the pampa to round up cattle for consumption in the city and to hunt for salt available in great quantities in the depressions. Settlers came into persistent contact—and conflict—with the Indian inhabitants, and since—at first—most were men with no family they took the Indian women as their wives. Descendants of such unions were the forefathers of the gauchos. Considered inferior by city men, and unwilling to live in servitude, they became a separate social class, resorting to life in frontier territory.

The earliest gauchos led a nomadic life, riding on horseback across the fenceless spaces, killing only small numbers of cattle, whose flesh provided food and whose hide provided equipment. A number of factors contributed to their decline during the nineteenth century. In the constant frontier wars against Indians the gauchos' participation was often secured through enforced recrintment. They played a highly commended role in the wars of independence from Spain, but were later embroiled in the disputes between Unitarianism (centralized government from Buenos Aires) and Federalism, from the 1820s to the 1870s. No doubt with some justification they were frequently

1

represented as lawless elements in the struggle between civilization and barbarism (see Domingo F. Sarmiento, *Facundo,* 1845), but there is also evidence that they suffered persecution and exploitation by the authorities. Meanwhile, merchants began to see a market for the hides of cattle, and round-ups were organized on a large scale. As land on which gauchos had previously roamed free was claimed by or awarded to city dwellers, *estancias* were formed which required skilled men to work them. In the second half of the nineteenth century, therefore, gauchos were beginning to change their independent nomadic existence to that of a ranch-hand. In the same period the erection of wire fences and the construction of an extensive railroad network began to change the face of the pampa, while the invention of refrigerator ships meant that cattle were no longer merely for gaucho consumption, nor for national consumption, but for export. Immigration from Europe, particularly from Italy, led to the introduction of tenant farming and the conversion of large tracts of pampa into agricultural land. By the time *Don Segundo Sombra* appeared in 1926 the pampa contributed 80% of Argentina's agricultural production and was the basis of the country's export industry.

The gauchos had no written literature of their own. It was through such forms as music, dancing, story-telling and reciting that their culture found artistic expression. Gauchesque literature (not gaucho literature, it will be noticed) developed from outside their own group, through the interest devoted to them by city men. As early as the 1750s gaucho customs were being described in letters written by visitors to the pampa, and Alonso Carrió de la Vandera (who used the alias of Concolorcorvo) depicted them in a literary travel book in 1775: *Lazarillo de ciegos caminantes.* Meanwhile, Spanish ballads in the heroic manner, such as those by Pantaleón Rivarola, prepared the way for the poetic form this literature was to take. By the early 1820s Bartolomé Hidalgo had written the first gauchesque poetry with his *Cielitos heroicos* and *Diálogos patrióticos.* In the latter, gauchos converse in a language that imitates their colloquial tongue, and an impression emerges of the life of gauchos involved in political struggles. Fifty years later, through contributions by Juan Godoy, Hilario Ascasubi, Estanislao del Campo, and Antonio Lussich, the social position of the gaucho had been illustrated, and attempts made to define him as a human type. As changing conditions began to cause his disappearance, José Hernández's *Martín Fierro* (I: 1872; II: 1879) marked the crowning achievement of gauchesque poetry. Hernández's aims were to depict the gaucho sympathetically in his customs, to penetrate the working of his mind, and—above all—to expose the injustices he suffered at the hands of society.

A shift of emphasis in the development of the genre was by this stage taking place. At first the poems had been mainly narrative and dramatic; they now became more lyrical, paying increased attention to the gaucho's feelings and moods. There grew, moreover, a tendency to romanticize and idealize. It was not long before gauchesque literature expanded beyond poetry to embrace other art forms. Of the novelists who adopted the fashion Eduardo Gutiérrez was the most popular, with his episodic, sensational *Juan Moreira* (1879). In 1884 the dramatization of this novel (and in 1890 that of *Martín Fierro*) marked the beginning of an important era for the theatre of the river Plate region, original dramas appearing subsequently. Films were later made of famous gauchesque poems and novels. Clearly, therefore, though gauchos had vanished as a distinct social group by *Don Segundo Sombra's* period, they were still very much in the minds of the Argentine public, remembered nostalgically, with something of a legendary aura about them.

All this, however, was only one aspect of the literary scene in Güiraldes's time. It must be remembered that while gauchesque poetry reflected an interest in indigenous themes and an independent form of expression, a substantial amount of Argentine literature of the nineteenth century had shown itself highly susceptible to influence from Europe, and particularly from France. *Modernismo* was, at first, to a large degree the culmination of this trend; *Don Segundo Sombra* incorporates some aspects of the persisting impact of *modernismo* on the Spanish-American novel. Moreover, when Jorge Luis Borges returned from Spain in 1921 his *ultraísmo* prompted the beginning of the avant-garde in Buenos Aires. Güiraldes was to contribute to the leading magazine of the *vanguardia, Martín Fierro,* and to act as co-director of another, *Proa.* Although only indistinct echoes are perceptible in *Don Segundo Sombra,* there can be no doubt that the vigour and enthusiasm of the young *vanguardistas,* who often gathered round Güiraldes, created an environment without which the novel could not have been finished in its present form.

A final point to be taken into account is that Güiraldes was writing at a time of intense national awareness and self-examination. In most of Latin America this attitude was reflected in the literary trend known as Regionalism (with the peak period between 1915 and 1930). *Don Segundo Sombra* reveals Güiraldes's response to the urge to examine his country's local realities—especially those features which distinguished it from European and other Latin-American countries—and to explore its destiny.

The Literary Development of Ricardo Güiraldes

Güiraldes was born in 1886 to wealthy landowners of the Province of Buenos Aires. As one consequence, he always felt a natural attachment to the land and had the opportunity to witness rural life and to assimilate the values of people living on the pampa. As another consequence, there were no financial pressures: he could write without wide sales, without catering for public demand, and without sharing his literary career with any other (such as journalism), which many of his contemporaries were obliged to do. Equally important, he could travel to Europe with relative frequency.

In fact, only a year after his birth his family took him to France. When he returned three years later he spoke mainly French (with a little German). During his youth a high proportion of the books he was encouraged to read were French, and this early familiarity with that country's literature was to lead in its turn to a permanent enthusiasm for it. The French Symbolist poets were to remain his favourite authors. Although his schooling was in Buenos Aires, Güiraldes spent vacations on the family ranch, where the other major influence on his outlook came into play: the pampa. Dissatisfied with the career his father encouraged him to take up in law, Güiraldes sailed to Europe in 1910. Granada, Paris, the Near East were among the places visited before he settled for a year in Paris. It was here that he determined on a literary career, assisted in making this decision by a favourable environment contrasting with that of Buenos Aires, where the public in general was uninterested in the arts and easily scandalized by experiment or unflattering comment, and where recent European books were virtually unobtainable. In this same year he recorded his first aesthetic principles, stressing the ideal of simplicity («Pulir, pulir, hasta llegar a la simplicidad que constituye lo grande»—*Obras completas,* p. 721) and the fundamental role of his native country in the inspiration of thematic material («Por eso he buscado entre todos los temas y argumentos, los que me puedan prestar el gaucho o nuestras pampas»), and insisting that words and expressions restricted to use on the pampa were as valid in a work of art as those accepted by the Spanish Academy.

These principles were reflected in three short stories published in 1915 under the title *Cuentos de muerte y de sangre.* The same year, however, saw the appearance of *El cencerro de cristal,* where the inspiration was from a contrasting aesthetic. These poems and prose poems often borrow their subject matter from French poets (Laforgue, Corbière, Mallarmé, and Baudelaire). Although technical aspects of the book reveal some imprint of *modernismo,* there is frequently a new departure (a poem's appearance on the page; the merging of poetry with prose; experiment with sentence structure and with single words; the importance of sound; the use of unusual imagery; experiment with narrative techniques). It was through Güiraldes's assimilation of contemporary developments in France that he was able to anticipate in this way the arrival of the avant-garde in Buenos Aires. Only later, however, was he recognized by the *vanguardistas* themselves as a precursor; in 1915 his experiments brought him ridicule, and his two books were attributed no significance. The ambiguity inherent in his early attitude to his literary position was to persist throughout his career. On the one hand, he possessed a strong sense of national responsibility as a writer of the New World, and sought to give literary expression to realities of the regional scene: he saw dangers in attributing excessive attention to style, and considered that the ideas and content of a work of art were ultimately of greater value. On the other hand (and perhaps in spite of himself), he was attracted to that concept of art which makes a cult of beauty; style and form could

be an end in themselves; and in this aspect of his aesthetic, he was
linked, partly through *modernismo,* with French literature.

Güiraldes's next publication was *Raucho* (1917), a short novel
(which he regarded as an extended poem in prose) with autobiogra-
phical elements. Spending his schooldays in the capital and holidays
on the family ranch, the protagonist—Raucho—longs for adventure
and is lured by the attractions of Paris and the rest of Europe. When
he finally visits the Old World and satiates his appetites he finds the
environment of Paris disillusioning and corrupting, and returns grate-
fully to Argentina, enriched with experience and with a new enthusiasm for his own country. The overall theme, fairly commonplace
among Latin-American writers assessing their position in relation to
Europe, has an important connection with *Don Segundo Sombra,*
which will be discussed below. Disillusioned by the failure of his
works, Güiraldes now produced, in 1918, a deliberately sentimental
story, perhaps (as he claimed) as an act of revenge: «Un idilio de estación», known since 1922 as *Rosaura.* Irony already evident in *El cencerro de cristal* now assumed major importance, as did the exaggerated
use of an ornate style. The next visit to Europe, in 1919, was of vital
importance to Güiraldes. In the literary circles of Paris he mixed with
contemporary French writers, and established a close friendship with
Valery Larbaud. Since a journey to Jamaica in 1916 he had been
working on *Xaimaca*: Larbaud, as well as Argentine friends, urged him
to turn to more indigenous material. It was with this advice and
nostalgia for his homeland that the idea of *Don Segundo Sombra*—for
some years vaguely held—finally took shape, and before returning
from Paris he wrote a version of the first ten chapters of the novel.
After visits to the north of Argentina and the Dolores region of the
pampa, he made his penultimate journey to France in 1922. *Xaimaca*
was published the following year, in a revised and greatly reduced
form. This novel, or long poem in prose, as Güiraldes preferred to
call it, has the framework of a journey. Although a romance gives some
solidity to the work, the chief interest lies in the impressions all
experiences have on the narrator. With elegant language, elaborate
imagery, the merging of prose with poetry, and impressionistic de-

scription, Güiraldes gave full rein in this book to his aestheticizing tendencies.

With the relative failure of yet another of his works, Güiraldes withdrew to the seclusion of his *estancia*, "La Porteña", where he underwent a period of psychological crisis. It was not merely a question of the lack of literary success; it was a more general re-assessment of spiritual values, associated with his increasing sense of human solitude and with his growing mysticism. *Poemas solitarios* and *Poemas místicos* (both published posthumously) are intimate expressions of this inner self. By this time the avant-garde was well under way in Buenos Aires. Recognizing that since 1915 Güiraldes had been practising some of their own ideals, and eager to profit from his knowledge of France and his experience and advice, a group of writers known as *martinfierristas* drew him out of his isolation and encouraged him to contribute to their magazine, *Martín Fierro*. With energy and enthusiasm Güiraldes mixed with these young writers, and in collaboration with Brandán Caraffa, Rojas Paz, and Borges produced his own magazine, *Proa* (1924-6). Though his written work appears to have had little direct influence, his personal impact on the *vanguardistas* was, by all accounts, considerable. With his talent recognized and his participation sought, Güiraldes was able to resume work on *Don Segundo Sombra,* which he completed with intensive effort in 1926. On its publication that same year the novel was awarded the Primer Premio Nacional de Literatura and—although there were dissenting voices—he found himself suddenly, almost unexpectedly, a success.

Meanwhile he had been writing a *Diario íntimo* (as yet unpublished) and a collection of notes on mainly religious and aesthetic topics, *El sendero,* the last entry of which was made two days before his death in Paris in 1927. The emphasis now was on the spiritual role of art. It was, to some extent, a re-interpretation of essentially non-religious aesthetic principles formulated by Symbolists and *modernistas.* But Güiraldes imbued the ideas with his own intimate passion: art was both the prayer through which he sought God and beauty, and the outward expression of his inner self. In this final stage in the progress of his aesthetic ideas both his attachment to Argentine realities and his aestheticizing tendencies found, to some extent, a natural meeting-point: both were aspects of his inner self. Güiraldes's literary reputation depends, perhaps rightly, almost exclusively on *Don Segundo Sombra*. In *Xaimaca, Poemas solitarios, Poemas místicos,* and *El sendero* a clearer, more intimate impression of the man is found. But these essentially poetic works lack the wider significance of the novel. *Don Segundo Sombra* existed in embryonic form within Güiraldes's mind from the beginning of his literary career; ten chapters were written in France in 1919; further preparation was one reason for his travel in Argentina in 1921; much of its gestation coincided with the writing of *Xaimaca* and *Poemas solitarios;* it was completed in 1926 after a spiritual crisis and while the author was involved in the avant-garde. It expresses, then, all sides of the author: the importance of France, the national conscience, the attention to style, the personal solitude, the spiritual inquiry. At the same time it exists independently of the author; in this work alone Güiraldes allowed an artistic creation to make its own demands and, with great effort, restrained the temptation to impose his private will (see his letter to Larbaud, *Obras completas,* p. 788). *Don Segundo Sombra* has become something of a national classic, has been translated into numerous languages, and represents a critical stage in the history of Spanish-American literature.

Structural Features of Don Segundo Sombra

A good deal of interest has been aroused by what some critics regard as *Don Segundo Sombra*'s slack, disorganized form, and what other critics see as its obvious arrangement into a firm structure. The novel falls into three distinct periods of time. Chapters I-IX involve the narrator at the age of fourteen; X-XXVI see him aged nineteen; XXVII occurs three years later. Three stages in Fabio's development correspond to these temporal divisions. I-IX: after reflection on the imprisonment of his orphan childhood he meets *Don Segundo,* flees from home to the free spaces of the pampa and, as a novice, begins to encounter experiences which test his manliness, courage and determination. X-XXVI: recollections of life under *Don Segundo*'s wing during the last five years introduce a Fabio who has become relatively accomplished in the skills of a herdsman and familiar with life on the pampa; he now lives through a series of situations which not only prove this, but also teach him wisdom and give him a mature approach to life; the news of his identity and inheritance comes as a climactic test. XXVII: in the final stage Fabio, now in the role of a landowner and educated man, faces the culminating experience in his development—the departure of Don Segundo. As though to give emphasis to this temporal basis of his novel's structure, Güiraldes begins each of the three stages with a scene where Fabio gazes into water (a river twice, a lagoon finally) and recalls events leading up to that moment.

In an early sketch for a plan of the novel (to my knowledge unpublished until now) Güiraldes arranged the structure in three parts that bear similarities to the divisions discussed above. (A photocopy of the manuscript is reproduced on page 10.) The nine chapters of Part I in the plan correspond approximately with the first nine of the book; Fabio's «vida vagabunda» ends in XXV; and Fabio (earlier manuscripts give his name as Blanco) is seen as a landowner in this and the two remaining chapters. But this arrangement was not —whatever Güiraldes's earliest intentions—the basis of the final structure in aesthetic terms. On the contrary, it will be found that much of the adverse criticism arises because of the influence of this external arrangement on the momentum of the novel as a story. The first nine chapters develop at a rapid pace; incidents are fresh to Fabio and also to the reader; the young boy begins to change with each event; and there is a clear indication of the time involved (a few days). But there follows a long static phase in which time seems endless, the story meanders, three chapters deal mainly with local customs (XI: the dance; XIII: the cock-fight; XX: the horse-races), two consist of tales related by Don Segundo (XII and XXI), one is a self-contained episode (XXIII), and at least four further illustrate the tasks of herdsmen on the pampa (XIV, XVI, XVII, XXIV). The awareness of time returns only when in XXV the story is resumed with news of Fabio's inheritance, and a rapid conclusion ensues. It might be argued that each chapter of the static section has a rele-

Rough draft of a plan for *Don Segundo Sombra*, written on a small card,
probably in 1919.

vance to the psychological development of the narrator, but a full
defence of the novel's structure on aesthetic grounds can best be
made if a different kind of arrangement is perceived.

Critics unanimously take I-IX as the first part. Some have argued
that the next natural division occurs with Fabio's injury (XVII); the
third section of the novel thus links his vision of the future (XVIII)
with its materialization. More tenable, perhaps, are arguments less
concerned with symmetry in the number of constituent chapters. In
both a physical and figurative sense the novel has a cyclical movement.
Fabio departs from his home area of San Antonio de Areco (III) and
roams far afield through the Province of Buenos Aires (summary
in X). Between Chapters X and XXVI a clear direction is given to

his travels: he moves southwards through Navarro (the cock-fight of XIII) to the coastal area of Dolores (the crab-beds of XV, the rodeo of XVI and XVII), and then retraces his steps through Navarro (XXV) until he returns to his home area (XXVI, XXVII). His journey takes him deeper into the essential gaucho territory of old times (the main frontier area between Indians and white men lay south of Buenos Aires, around the extremity of his travels), where he steadily increases his apprenticeship as a gaucho until he is brought back to the fringe of the cosmopolitan city for education as a cultured man, following which he is left, as he began, without Don Segundo. It will now be clear that Chapters XVI-XIX constitute a turning-point; in XVII-XIX, moreover, occurs the longest section of the book in which Don Segundo virtually disappears from the scene, as though the lessons Fabio learns at this point involve his coming to terms with himself.

One final structural feature of the novel, insufficiently noted, is the rise and fall of mood. As the young boy sets out on a new way of life the optimism is infectious. His early progress is largely a string of successes: he helps Don Segundo, is accepted at the ranch, conquers a girl, is allowed on a cattle-drive, endures the hardships, breaks in his own horse, and learns the professional skills of the gaucho. The line of ascent eases slightly after the first nine chapters, but does not end at once. Fabio's setback at the dance is taken lightly and compensated by the merriment of the scene and the implication of the Dolores and Consuelo tale that success comes with perseverance. At the cock-fight Fabio's winnings continue the optimism, and the mood is held at this level by the humour of Chapter XIV. In the following chapter, however (only eight leagues from the furthest point of his travels), there are signs of a transition: the landscape assumes a horrifying appearance, and Fabio almost loses a horse in one of the crab-beds; at Don Sixto's ranch an uneasy feeling is created by the violent fit of the owner and the suggestion that supernatural powers are at work. With barbaric forces apparently inherent in the landscape and antagonistic forces gaining control over human lives, the mood begins a descent to which almost every scene gives emphasis. A cow injures a herdsman, a bull damages a favourite horse and injures Fabio himself; there is an unsuccessful romance; Fabio inflicts a knife-wound on the simple-minded Numa; he then loses nearly all his money and horses at the races (by contrast with the cock-fight, his change of fortune being underlined by his losing no less than five out of six bets); he witnesses the fun-loving Antenor drawn into violence and possibly doomed to remorse as well as legal problems; and on the final cattle-drive attention dwells on the hardships caused by the ferocious storm and on the great fatigue of the herdsmen. News of his inheritance does not mean a sudden rise in the mood; on the contrary, it brings to Fabio sadness and resignation, so that the descent of the mood continues even to the disappearance of Don Segundo on the final page. Fabio's development is not chiefly one from orphan to landowner, but from eager adolescent to worldly-wise adult, and it is this latter sense that is enhanced by the parallel rise and fall of the mood.

Style and Narrative Technique

The decision to narrate in the first person was of paramount importance in the composition of *Don Segundo Sombra,* bringing with its expected advantages one or two unforeseen problems. Strictly speaking, the writer of the book is Fabio Cáceres, a landowner who recalls and relives chosen moments from his past. Some commentators (such as Jorge Luis Borges) have regarded this as no more than a technical device: the Fabio who writes is not the raw, immature young man involved in the action, but the mouthpiece of Güiraldes himself, nostalgically recapturing a past era. In terms of verisimilitude a logical explanation for the difference between Fabio as protagonist and Fabio as writer may be found in his final education from books. Güiraldes himself was aware of the technical necessity of treating the narrator as an autonomous being. Indeed, it meant that the novel could not be written in quite the manner he would have preferred, as he admitted in a letter to Larbaud: «Encerrado en un personaje que no me permitía volcarme en él sino con mucha prudencia, me he visto refrenado en mis deseos de perfeccionar la expresión, y he tenido que dejar muchas cosas como estaban, indigestándome con todas las posibilidades de reforma que se me quedaban dentro. Hubiera rehecho cada capítulo, pero he querido conservarles el tono del personaje que escribe» (*Obras completas,* p. 788). The implications of this for the novel's style are considerable, as will be seen shortly. Equally significant, however, is the effect this standpoint has on the portrayal of character and treatment of landscape.

The people Fabio meets—mostly in fleeting encounters—exist only as a background against which he relives actions, thoughts, and sensations that were vital to his development. There is, therefore, little attempt to describe characters; it is mainly through deeds and spoken words that they are known. A quick reference to a man's appearance (e.g. the «frente angosta de pampa» of «el tape Burgos»; or the «perudo panzón» at the horse-races) introduces a brief scene in which that man reveals one or two distinguishing traits (aggressive drunkenness and meekness, courtesy and good humour) before he promptly drops out of the narrative. Even Fabio's companions exist as little more than outlines (Valerio, Pedro, Goyo); only Don Segundo, his one constant companion, emerges in any depth, though —as will be seen in the next section—he too is hardly a fully drawn character: he too is merely what he *seems* to Fabio. As for the narrator himself, the impression we have inevitably includes extensive details of background (Chapter I), progress (X), and attitude (II, XXIV, etc.) through his habit of meditating. This, however, is the only kind of explicit information he gives about himself; the rest it is necessary to infer from his behaviour and from the way other characters treat him. He does not make straightforward statements on inherent characteristics: that he is, for example, hot-headed (e.g. when he kills the bull in XV, and hears of his inheritance in XXV), tenacious (when he breaks his horse, VII and IX), and quick-witted (when he settles in at the ranch, III). Nor is he always explicit about psychological states, such as his need for paternal affection and guidance (illustrated by his following Don Segundo). His physical appearance remains unknown. In all, it is perhaps something less than the complete portrayal one might expect if Güiraldes's intention were to make his novel the study of one man.

Not only characters but events are perceived through Fabio's eyes and sensations. While his eyes do not lie, his nature often intervenes between a scene and the reader, determining the emphasis. In Chapter

IV, when Don Segundo arrives at the ranch and chats to Valerio, the narrator does not recede into the background; on the contrary, his curiosity («curiosamente me asomé»), expectancy («sin parecer reconocerme»), delight («encantado puse una pava al fuego»), annoyance («contemplé a Don Segundo con cierto resentimiento»), and embarrassment («se me encendió la cara») are successively referred to, so that the scene, far from existing in its own right, is valid only when Fabio's emotions are included.

An extension of this is the expression of Fabio's inner moods as though they were projected in an aspect of Nature—as after the horror of the crab-beds and the uneasiness of the night, when his natural resilience brings him a renewed freshness, vigour, and hope the following morning (p. 129). Güiraldes was quite aware of using this literary device: he even went so far as to have Fabio explain the process by which the presence of water establishes a meditative atmosphere and suggests such concepts as the passing of time (p. 220). Although it is a technique widely used in literature (especially poetry) it is probable that Symbolist and *modernista* influences were the important ones for Güiraldes. That Nature is used for such technical purposes explains in part the reason for there being relatively little detailed pictorial description. It is normally argued, nevertheless, that the pampa also exists in the novel as a kind of protagonist. The landscape, climate, wild beasts, and birds form an environment which moulds its inhabitants: not only those like Don Segundo, Valerio, and Antenor, but the narrator too. It is not sufficient, therefore, to claim that Nature merely reflects Fabio's thoughts and moods, for it can also influence them (see the end of VI, for example). The pampa's role as a force to be reckoned with is given particular emphasis by its repeated personification. In this aspect Güiraldes's concept of Nature incorporates the frequent Latin-American view that the forces of civilization were opposed by a hostile barbarism inherent in the natural environment («Civilización y barbarie» is part of the full title of Sarmiento's *Facundo* of 1845). As will be seen below, however, he rejected the social implications of the point of view.

The style of *Don Segundo Sombra* is a complex interplay of rustic and sophisticated elements. In the dialogue (including that involving the narrator in his uneducated years), and in the two stories told by Don Segundo, Güiraldes reflects the frugal nature of rural speech and its wit and irony. The spelling is adjusted to indicate pronunciation, grammatical variations are incorporated, forms carried down from archaic Spanish are used, new forms invented locally by analogy with others are inserted and the Argentine usage of «voseo» is adhered to. While a few critics have censured Güiraldes for an incomplete knowledge of local speech, others have stressed the deliberate blending of traditional language (from gauchesque literature) with contemporary local usage (encountered by Güiraldes during his long chats with the ranch—hands).

In the main narrative, on the other hand, an appropriate style had to be found for the Fabio whose language had undergone an influence by books. Amado Alonso's important study (see Bibliography) affirms that the process adopted by Güiraldes was not to begin with a literary language which would then be transferred into more rustic expression, but rather the reverse. However this may be, the result is a combination of both elements. A general search for simplicity and rustic characteristics may be detected in such features as the following: a preference for brief sentences with an elementary structure (subject-verb-predicate); the frequent inclusion of Argentine words («boliche», etc.), idiomatic expressions («hacer pata ancha», etc.), and syntactic constructions («detrás mío», etc.); an effort in some passages to restrict the use of adjectives and adverbs to the functional (see, for example, the arrival of Don Segundo in Chapter IV); and the use of a rudimentary kind of figurative language, above all personification («El campo entero escuchaba»), and simile in which the comparison is made with commonplace experiences or phenomena typical of the pampa («Yo conocía esas cosas desde chico, y me movía en ellas como sapo en el barro»).

But the narrative style is imbued with refinements, some of them derived from the influence of contemporary cultured language in Buenos Aires, others from the impact of French literature and *modernismo*. The vocabulary, far from being always restricted to the simple or the local, is often intellectual, cultured: «*consuetudinario* calabozo», «*tintes áureos*», «*angosto* espacio», etc. Another manifestation of this tendency is the abundant (and perhaps excessive) substantivization: «irradiando *valentías* de tambor», «con ágiles *galanteos* de gallo»; it usually produces a more abstract effect than the corresponding verbal expression, drawing attention away from actions to the impressions on the narrator's senses, as is well illustrated by the description of Fabio's attempted horse-breaking at the end of Chapter VII (one paragraph, with an abundance of nouns, emphasizes his feelings; the next, where verbs take over, deals with rapid action). The occurrence of hyperbaton endows the style with an even greater cultured tone: «Traspuesto que hubimos unas cuarenta leguas, pude sonreír mal que mal ante lo sucedido». With similar effects, Güiraldes reveals a fondness for the enclitic use of reflexive and object pronouns: «sentíame hosco», «hiciéronse frías», «Distrájome de mis pensamientos la cruzada del río». There are occasional gallicisms: «malgrado» *(malgré)*, «dormía a puños cerrados» *(dormait à poings fermés)*.

A second look at figurative language in the novel will quickly reveal that not all of it responds to a search for simplicity. Though there are no images of a kind that only avant-garde influence could have produced, there are some that suggest careful thought for the most precise, powerful, or colourful expression, and compression is a frequent characteristic of them: «Llenóse de espuma, de risas y roturas, la corriente arisca»; «La noche me apretaba las carnes». An adjective is sometimes used in an unconventional manner, more typical of poetry than of prose, such as the transferred epithet of «la risa carnosa de sus labios». Similes, moreover, are not always of a simple kind; there are some in which the sight of natural phenomena inspires a complex thought and involves a highly sophisticated image: «Y había tantas estrellas, que se me caían en los ojos como lágrimas que debiera llorar para adentro», and others with the construction «como si»—where the real suggests the unreal—«...y era como si el horizonte, que nos iba a preceder en la marcha, se hiciera presente por el silencio». Such similes being typical of *Xaimaca* rather than of the gauchesque manner, one deduces that their use corresponds to Güiraldes's own style rather than to that of Fabio. It is insufficient, moreover, to see only a search for simplicity as the reason for widespread use of short sentences with a straightforward, repetitive construction. These too are a feature of such works as *Raucho, Xaimaca,* and *Poemas solitarios,* as is the use of unusually brief paragraphs. Characteristic of *modernista* poetic prose, they are, in Güiraldes's case, influenced by the *versets* of French poets such as Claudel and St. John Perse and descriptive procedures of Bertrand, Baudelaire, Rimbaud, and Fargue. Reference to the closing passage of Chapter IX (from the line: «De pronto, una abertura se hizo en el cielo.») will elucidate the process. Each paragraph is a semantic and syntactic unit (like the *verset*), complete and self-contained, separated from other units by a blank space (the whiteness of the page); each one introduces a new aspect of the situation. A pattern is formed by the repetition of short paragraphs and the repetitive sentence-structure, with an overall rhythmic effect that draws the prose close to poetry. Indeed, Güiraldes's prose sometimes assumes almost metrical form (the opening paragraph of the novel, for example). In Flaubert, whom Güiraldes greatly admired, this would be the result of reading aloud and repeated correction; in Güiraldes the process is less elaborate, but still reveals a striving for beauty of form. These tendencies are especially pronounced in passages aimed at creating an atmosphere and reflecting the emotions of the narrator.

There is no denying the importance of style in establishing *Don Segundo Sombra*'s reputation, particularly in exalting its value in relation to the regionalist novels. From the earliest times, however, there were reservations about the handling of rustic language by a cosmopolitan landowner. More recent criticism sometimes finds fault, on aesthetic grounds, either with what is considered an unsuccessful blending of the raw and traditional with the sophisticated and modern, or with the style's ornamental qualities.

Interpretations of Don Segundo Sombra

In the avant-garde periodical, *Martín Fierro* (no. 42, 1927), the third edition of *Don Segundo Sombra* was advertised with the blurb: «Vida de reseros: arreos, proezas de lazo, domas, reyertas sangrientas, bailes, amoríos, en el gran marco silencioso y a veces hostil de la pampa.» Although most readers have found more to comment on than these features, a good deal of critical attention has been directed towards the illustration of values and customs of gauchos and modern cowboys in the novel. And not without good reason, for Güiraldes admitted

(*Obras completas,* p. 732) that the gaucho was a complete human type, with his own moral code, religious philosophy, handicraft, speech, dances and dress. Most of these points appear in Chapter X, where Fabio summarizes the teaching of Don Segundo. In the course of the narrative they and other facets of life on the pampa are illustrated with scenes involving either Don Segundo or other herdsmen. Although much of the picture emerges indirectly, there are scenes in which the depiction of local customs seems to assume major importance (in particular the dance in XI, the cock-fight in XIII, and the horse-races in XX). The final impression is by no means an exact portrayal either of the gaucho life of the past or of the rural life in the 1920s; it is a mixture of features from both periods. The pampa of Güiraldes's own age is glimpsed through references to wire fencing, the growing of grain crops, the export of meat to Great Britain, the presence of large towns, and the employment of most men as permanent ranch-hands. On the other hand, Don Segundo's and Fabio's nomadic existence reverts, if not to the original gaucho age, at least to the transitional period (though a few gauchos still sought casual employment in the 1920s). The open pampa, where much of the action unfolds, bears little indication of the passing of time. Many of the rural customs and traditions (the cures for ailments described in X; the dancing, cock-fighting, horse-racing, story-telling, and knife-fighting) appear with only minor differences from the form they assumed in the past, while the professional skills of the herdsmen, their clothing and equipment, show little change.

Where Güiraldes most fully embodied his impressions of the old traditions was in the person of Don Segundo, whom one or two critics have gone so far as to regard as the novel's protagonist, and the character who controls the action. An early version of this figure appeared in the stories «Al rescoldo» (in *Cuentos de muerte y de sangre*) and «Politiquería» (in the magazine *Plus Ultra,* I, no. 8, 1916). There is a clear link between the fictitious character and one of the hands working at "La Porteña" from around 1900, Segundo Ramírez, who was admired by the young Güiraldes for his gauchesque appearance, nature, and abilities. But the connection should not be overstated; a more important source for Don Segundo was the image of gauchos transmitted through literature. The basis for the character, then, lies partly in present

INTRODUCTION 19

reality and partly in a legendary version of past reality. By general consent, moreover, Don Segundo is more than an ordinary gaucho: he is an idealized figure. An expert fighter, but with a generous disposition, a man perfectly accomplished in all the skills of the herdsman, yet also possessing a wisdom that embraces all aspects of human existence, he unites manly ability with depth of character. He is popular with all and commands without aggression. His reputation for having killed a man, rather than branding him as a *matrero,* contributes to the aura of esteem in which he is held.

Besides being an idealized figure of flesh and blood, Don Segundo is usually regarded as a symbol, with abstract qualities. In a poem of *El cencerro de cristal* with the revealing title of «Al hombre que pasó» Güiraldes alluded to the gaucho as «Símbolo pampeano y hombre verdadero». Leopoldo Lugones, revered by Güiraldes, had already seen the gaucho—in *El payador* (1916)—as the prototype of the modern Argentinian and the source of all that was thoroughly national. In accordance with this line of thought, Don Segundo is said to symbolize those qualities to which Argentinians adhered in their search for a national identity. He is portrayed in such a way as to enhance his symbolic dimensions. His name, Sombra, suggests a shadow from the past, the darkness that creates mystery, a shadowy and intangible physical reality. (Lolita, the author's sister, has stated to the present writer that Sombra was actually one of Segundo Ramírez's family names.) Though a dominating presence in the novel, he is always seen obliquely, through the eyes and senses of the narrator, magnified by the latter's admiration, and slightly veiled in mystery. It is an approach partially indebted to the French Symbolists, for whom to name an object—rather than *suggest* it—was to suppress three-quarters of the enjoyment of a poem (Mallarmé) and to achieve grey, indistinct features and nuances was the proper ambition (Verlaine). Like them, Güiraldes sought to remove the subject from the level of prosaic reality and to suggest truths beyond mere appearances. The first impression of Don Segundo is vital. An atmosphere of uneasiness and mystery is created as Fabio passes the cemetery in the twilight, with a possible allusion to spirits from the past and supernatural forces. Don Segundo is encountered at a crossroads (Fabio's path will subsequently coincide with his); he is significantly on horseback; he is seen only in outline, and his size is exaggerated. Having difficulty in making a precise record of what he witnesses, Fabio uses the word «parecer» three times and gropes for the best term to represent the unreal, abstract quality of his impression: «fantasma», «sombra», «algo que pasa», «más una idea que un ser». A compelling force within the young boy's mind coincides with the encounter. As Don Segundo departs on the final page he becomes once again a silhouette (twice mentioned) and an idea («más una idea que un hombre»), and he leaves behind a mysterious abstract presence («una luz llena de pequeñas vibraciones»). Despite the view of Rodríguez Alcalá, it is not easy to accept that in between these two moments he assumes full dimensions as a human being. In the *pulpería* in Chapter II, the physical description is not one that individualizes him; on the contrary, since the few details Güiraldes gives could equally well apply to any gaucho, it serves to add to his representative or symbolic dimensions. From this point on, Don Segundo is characterized, not by direct description, but by indistinct impressions the characters—and especially the narrator—have of his words and deeds.

It is not a large step from this position to that adopted by J. M. Aguirre. In his view Don Segundo, far from being the equivalent of Martín Fierro, in Hernández's poem, is the projection of the narrator's imagination, the embodiment of his ideals. Perhaps this argument merely sees the idealizing and abstracting process as coming from Fabio instead of Güiraldes, but it places the emphasis squarely on the narrator, and correctly insists on him as the true protagonist of the novel.

Some have seen in Fabio and Don Segundo echoes of Sancho Panza and Don Quijote. Others, after Borges, have observed parallels with Mark Twain's *Huckleberry Finn* and Rudyard Kipling's *Kim*. In such interpretations the role of the local scene and of gauchesque traditions is considerably reduced. Enrique Caracciolo pursues this point of view to its limit, arguing that Güiraldes was not really interested in the pampa and the gaucho in themselves. They were a pretext, vehicles for expressing universal truths. Man, like Fabio, is an orphan in this world; like Fabio, he discovers his liberty, but with that discovery comes awareness of man's tragic condition on Earth. The impartial reader may well find this an overstatement. Güiraldes devotes too

much time to illustrating local customs and too much effort to repro-
ducing rural language for the gaucho element to be considered a mere
pretext or to be relegated to minor importance. A good deal of Fabio's
metaphysical awareness, moreover, is of a kind that provided topics
for gaucho songs or found expression in gauchesque poetry (resignation
to the power of Fate, superstition, a sense of insignificance in society,
a resilience to confront the hardships of everyday existence). Rather than
insist on *Don Segundo Sombra* as simply an allegory of man on Earth,
it may be safer to assume that Güiraldes's intentions were shared
between the two perspectives. Placing an Argentine youth of the
twentieth century in contact with the traditions of the pampa, he
sought to trace their relevance to his development. At the same time
his protagonist must inevitably encounter universal human experience:
eager and innocent youth becoming tempered, aware, and responsible
in maturity; the man forming himself through his environment, human
contacts, and constant decisions. There is also in Fabio—as Ramachandra Gowda has argued—something of the Güiraldes of *Poemas místicos* and *El sendero*. Fabio discovers that corporal suffering can be
overcome by the imposition of the will, permitting a man to separate
mind from body and to attain a state of spiritualization: «Sabía que
si en gran parte se resiste por tener hecho el cuerpo a la fatiga,
más se resiste por tener hecha la voluntad a no ceder... Y el cuerpo
cae en el descanso, porque la voluntad se separa de él (p. 205). It is,
perhaps, the fullest sense in which Fabio comes to grips with the
human condition and succeeds in knowing himself.

A final aspect of *Don Segundo Sombra* is its relevance to national
problems. It has been called a myth for its poetic portrayal of Argentina's heroes, or "gods". A sociological interpretation has also been
found: Don Segundo is the exploited gaucho seen through the eyes of
the exploiting landowner (Fabio or Güiraldes). If the novel is considered alongside some of Güiraldes's notes and essays, it will be noticed
that it contains what he regarded as the most important message for
his country at that time. In an unpublished essay, *Semblanza de nuestro país,* he refutes the traditional view of the superiority of the city
over the provinces, sees a danger in «seguir aceptando la ley extraña»,
and considers that Argentina should now discover within its own

countryside its «semblanza gaucha», and, recognizing the gaucho's virtues, build on them: «La personalidad no se agranda sino trabajando sobre sí misma.» In the novel itself Don Segundo embodies the genuine virtues of Argentina. These he passes down to the younger generation, represented by Fabio. It is as well to notice, however, that the gaucho heritage is not perfect in every respect. Don Segundo's behaviour might sometimes be considered anti-social, his beliefs primitive. His role in the Antenor episode (XXIII), moreover, is by no means flattering: his code encourages a situation that leads to violent death, repelling the onlookers, including Fabio. In XXII Fabio refuses to relinquish a nomadic life and contact with his gaucho companion; but in XXV Güiraldes takes the young man away from his wandering on the pampa, and from the gaucho himself in XXVII. Meanwhile, civilization of a European, urban kind is not completely rejected. Raucho, in the earlier novel, though disillusioned with Paris, incorporated his experiences there into his total development, adding to them an education from the pampa (before reappearing in *Don Segundo Sombra*). Fabio's development includes the same elements, though the order is reversed and the emphasis changed. To a thorough grounding in his country's traditions he later adds the knowledge and culture of a European type of civilization.

A Note on the Language

It is hoped that difficulties with regional expressions and vocabulary will be resolved in the Glossary and footnotes. The following list is intended as a brief guide to phonetic and morphological characteristics of the dialogue, to which the reader may refer when identifying a transformed word. Güiraldes's approach to the graphical representation of local speech was similar to that of gauchesque poets, though he considerably reduced the divergence from normal Spanish spelling, and was not completely consistent in the forms he used. Further relevant details will be found in Eleuterio Tiscornia, *La lengua de «Martín Fierro»*, Buenos Aires, 1930.

(i)   Vowel changes (tonic vowel)

(atonic vowel)

mismo > **mesmo**
voy > **vi**
oscuro > **escuro**
cuanto más > **cuanti más**

(ii)   Hiatus > single syllable

This may involve a shift of stress

arrear > **arriar**
toíto (todito) > **tuito** (and **toito**)
ahora > **aura**
caer > **cair**
ahí > **ahi**

(iii)   Elision of vowels. Two like vowels usually
        > one

The *e* of *el* may be omitted after a vowel
An initial *e* may drop when followed by a stressed
syllable

voy a hacer > **vi'hacer**
muchos de esos > **muchos d'esos**
para el río > **pa'l río**

está bien > **'stá bien**

(iv)   Consonant changes. The prefix *ad* > *al*
       Initial *b* or *v* > *g*

c or *qu* sometimes > *g*
Initial and intervocalic *f* > *j*

Initial *h* may > *j*
hue > *güe*
Yeísmo: *ll* is often written as *y*, both being pronounced [3]

n sometimes > *ñ*
r is often confused with *l*
Intervocalic *s* > *h*

advertir > **alvertir**
buenas tardes > **güenas tardes**
volver > **golver**
renquera > **renguera**
fuerte > **juerte**
afuera > **ajuera**
huido > **juido**
hueso > **güeso**

llevar > **yevar**
cállate > **cayate**
nublar > **ñublar**
crin > **clin**
vas a pagar > **vah 'a pagar**

(v)   Loss of consonant. Final and intervocalic *d*

Final *j*
Intervocalic *r* in *para*
r of infinitive before *l* of pronoun
Simplification of consonant groups

usted > **usté**
días pasados > **días pasaos**
la pulpería de Las Ganas > **la
   pulpería 'e Las Ganas**
reloj > **reló**
para > **pa**
verlos > **velos**
dirección > **dirición**

(vi)   Prothesis. *d* is added to the beginning of all
       parts of *entrar*

d is added to the infinitive of *ir*

entrar > **dentrar**
entraba > **dentraba**
voy a ir > **voy a dir**

(vii)   Metathesis

de repente > **redepente**

(viii)   A word ending in a stressed vowel forms
         the plural with -*ses*

pies > **pieses**

(ix)   There is occasional confusion over prefixes

insubordinado > **desabordinao**

(x)   Verb forms. In the imperfect tense -*ba* is not
      confined to the first conjugation

traía > **traiba**
creía > **creiba** and **craiba**

In plural command forms the *n* is usually placed
after the enclitic pronoun   lárguenlo > **larguelón**
Sometimes *n* occurs both after the enclitic pronoun
and in its normal position   ladéense > **ladeensén**
(The pronoun often draws the stress.)
An archaic preterite of *ver* is usual   vio > **vido**
An archaic present subjunctive of *haber* is fre-
quent   haya > **haiga**

(xi) Adverbs often take a different form from
the norm   todavía > **entoavía**

(xii) Extensive use is made of suffixes, those most typical of gauchesque usage being
illustrated in the following words: **bellaqueada** *(action)*; **ponchada** *(collection)*;
vacaje *(collection)*; **pajonal** *(place)*; **rebencazo** *(blow)*; **apuradazo** *(augmentative)*;
surero *(pertaining to)*; **resero** *(agent)*; **tirón** *(augmentative)*; **cimbrón** *(blow)*;
mancarrón *(pejorative)*; **comprador** *(agent)*; **bigotudo** *(augmentative)*.

The diminutive *-ito* occurs with high frequency, attached to various parts of speech.
It has, in particular, an affective use: **aurita, mocito, tuito, finadito, cuantito.**

Voseo. In the spoken language of Argentina, and certain other Latin-
American countries, the second person singular familiar pronoun *tú* is
replaced by *vos*. It is usually recognized that *voseo* (the term arose
through analogy with *tuteo*) derives from the co-existence of *tú* and
vos as familiar modes of address in sixteenth-century Spanish. Though
strictly plural in origin, *vos* is used as a singular pronoun, and—in most
tenses—is accompanied by the usual singular form of the verb («Vos
te has juido 'el pueblo»). In the present tense (and sometimes the preterite, though not in *Don Segundo Sombra*) the form is a second person
plural that disappeared in Spain by the end of the sixteenth century
(«¿Lo conocés vos?»). A plural form is also the basis of the imperative
(«Volvete pa la cocina y mandámelo a Valerio»). *Tu* serves as possessive
article, and the conjunctive object pronoun *te* is retained; but *vos* becomes the disjunctive pronoun. *Ustedes* is used for both familiar
and polite plural forms with the third person of the verb.

BIBLIOGRAPHY

GÜIRALDES'S WORKS

El cencerro de cristal, Juan Roldán, editor, Buenos Aires, 1915.
Cuentos de muerte y de sangre, Juan Roldán, editor, Buenos Aires, 1915.
Raucho, Juan Roldán, editor, Buenos Aires, 1917.
Rosaura («Un idilio de estación», in *El Cuento Ilustrado*, año I, núm. 4, Buenos Aires, 1918), Establecimientos Gráficos, Colón, San Antonio de Areco, 1922.
Xaimaca, Establecimientos Gráficos, Colón, San Antonio de Areco, 1923.
Don Segundo Sombra, Ed. Proa, Establecimientos Gráficos, Colón, San Antonio de Areco, 1926.

Poemas solitarios, Poemas místicos, El sendero, El libro bravo, and *Pampa* were published posthumously. All Güiraldes's books, most of his articles, and many of his letters are collected in *Ricardo Güiraldes. Obras completas*, Emecé, Buenos Aires, 1962, which includes a detailed bibliography by Horacio Jorge Becco.

Recommended Critical Studies on Güiraldes

J. M. Aguirre, «*Don Segundo Sombra*: Una interpretación más», in *Nueva Revista de Filología Hispánica*, XVII, 1-2, 1963-4, pp. 88-95.

Amado Alonso, «Un problema estilístico en *Don Segundo Sombra*», in *Materia y forma en poesía*, Gredos, Madrid, 1955, pp. 418-28.

Guillermo Ara, *Ricardo Güiraldes*, La Mandrágora, Buenos Aires, 1961.

P. R. Beardsell, "The dichotomy in Güiraldes's aesthetic principles", in *The Modern Language Review*, 66, 1971, pp. 322-7.

Horacio Jorge Becco, «*Don Segundo Sombra*» y su vocabulario, Ollantay, Buenos Aires, 1952.

Jorge Luis Borges, «Sobre *Don Segundo Sombra*», in *Sur*, 217-18, 1952, pp. 9-11.

Enrique Caracciolo, «Otro enfoque de *Don Segundo Sombra*», in *Papeles de Son Armadans*, CXVI, 1965, pp. 123-39.

Eugenio Castelli and Rogelio Barufaldi, *Estructura mítica e interioridad de «Don Segundo Sombra»*, Ed. Colmegna, Santa Fé, 1968.

Juan Collantes de Terán, *Las novelas de Ricardo Güiraldes*, Escuela de Estudios Hispano-Americanos, Sevilla, 1959.

Irma Cuña, «Símbolos de *Don Segundo Sombra*», in *Revue de Littérature Comparée*, XXXVI, 1962, pp. 404-37.

Ernesto G. Da Cal, «*Don Segundo Sombra*, teoría y símbolismo del gaucho», in *Cuadernos Americanos*, XLI, 1948, pp. 245-59.

Peter Earle, «El sentido poético de *Don Segundo Sombra*», in *Revista Hispánica Moderna*, XXVI, 3-4, 1960, pp. 126-32.

Juan Carlos Ghiano, *Ricardo Güiraldes*, Pleamar, Buenos Aires, 1966.

T. B. IRVING, "Myth and reality in *Don Segundo Sombra*", in *Hispania*, XL, 1957, pp. 44-48.

EUNICE JOINER GATES, "The imagery of *Don Segundo Sombra*", in *Hispanic Review*, XVI, 1948, pp. 33-49.

OFELIA KOVACCI, *La pampa a través de Ricardo Güiraldes*, Instituto de Literatura Argentina, Buenos Aires, 1961.

MICHAEL P. PREDMORE, "The function and symbolism of water imagery in *Don Segundo Sombra*", in *Hispania*, XLIV, 1961, pp. 428-30.

GIOVANNI PREVITALI, *Ricardo Güiraldes and "Don Segundo Sombra"*, Hispanic Institute in the U.S., New York, 1963.

HUGO RODRÍGUEZ ALCALÁ, «Sentido y alcance de las comparaciones en *Don Segundo Sombra*», in *Korn, Romero, Güiraldes, Unamuno, Ortega*, Col. Studium, México, 1958.

HUGO RODRÍGUEZ ALCALÁ, «A los cuarenta años de *Don Segundo Sombra*», in *Cuadernos Americanos*, CLI, 1967, pp. 224-55.

E. ROMANO, *Análisis de «Don Segundo Sombra»*, Centro Editor de América Latina, Buenos Aires, 1967.

G. H. WEISS, "Argentina, the ideal of Ricardo Güiraldes", in *Hispania*, XLI, 1958, pp. 149-53.

Don Segundo Sombra

DEDICATORIA

A Ud., Don Segundo.

A la memoria de los finados: Don Rufino Galván, Don Nicasio Cano y Don José Hernández.

A mis amigos domadores y reseros: Don Víctor Taboada, Ramón Cisneros, Pedro Brandán, Ciriaco Díaz, Dolores Juárez, Pedro Falcón, Gregorio López, Esteban Pereyra, Pablo Ojeda, Victoriano Nogueira y Mariano Ortega.

A los paisanos de mis pagos.

A los que no conozco y están en el alma de este libro.

Al gaucho que llevo en mí, sacramente, como la custodia lleva la hostia.

R. G.

CAPITULO PRIMERO

En las afueras del pueblo, a unas diez cuadras de la plaza céntrica, el puente viejo tiende su arco sobre el río, uniendo las quintas al campo tranquilo.[1]

Aquel día, como de costumbre, había yo venido a esconderme bajo la sombra fresca de la piedra, a fin de pescar algunos bagrecitos, que luego cambiaría al pulpero de «La Blanqueada» por golosinas, cigarrillos o unos centavos.

Mi humor no era el de siempre; sentíame hosco, huraño, y no había querido avisar a mis habituales compañeros de huelga y baño, porque prefería no senreír a nadie ni repetir las chuscadas de uso.

La pesca misma pareciéndome un gesto superfluo, dejé que el corcho de mi aparejo, llevado por la corriente, viniera a recostarse contra la orilla.

Pensaba. Pensaba en mis catorce años de chico abandonado, de «guacho»,[2] como seguramente dirían por ahí.

Con los párpados caídos para no ver las cosas que me distraían, imaginé las cuarenta manzanas del pueblo, sus casas chatas, divididas monótonamente por calles trazadas a escuadra, siempre paralelas o perpendiculares entre sí.

En una de esas manzanas, no más lujosa ni pobre que otras, estaba la casa de mis presuntas tías, mi prisión.

¿Mi casa? ¿Mis tías? ¿Mi protector Don Fabio Cáceres?[3] Por centésima vez aquellas preguntas se formulaban en mí, con grande

---

[1] The setting of Chapters I and II is based on San Antonio de Areco, a small town in the Province of Buenos Aires a few miles from Güiraldes's own ranch.

[2] *Guacho* (Quechuan *huaccha:* orphan; Araucan *huachu:* orphan, illegitimate) is often considered one of the possible origins of *gaucho.* Güiraldes's insistence on the word (it occurs again on p. 31) in a chapter that deals with Fabio's own origins seems symptomatic of a conscious attempt to link theme and language: Fabio develops from an orphan into something of a gaucho.

[3] Earlier manuscripts have the name Don Blanco Cáceres.

interrogante ansioso, y por centésima vez reconstruí mi breve vida como única contestación posible, sabiendo que nada ganaría con ello; pero era una obsesión tenaz.

¿Seis, siete, ocho años? ¿Qué edad tenía a lo justo cuando me separaron de la que siempre llamé «mama», para traerme al encierro del pueblo, so pretexto de que debía ir al colegio? Sólo sé que lloré mucho la primera semana; aunque me rodearon de cariño dos mujeres desconocidas y un hombre de quien conservaba un vago recuerdo. Las mujeres me trataban de «m'hijito» y dijeron que debía yo llamarlas Tía Asunción y Tía Mercedes. El hombre no exigió de mí trato alguno, pero su bondad me parecía de mejor augurio.

Fui al colegio. Había ya aprendido a tragar mis lágrimas y a no creer en palabras zalameras. Mis tías pronto se aburrieron del juguete y regañaban el día entero, poniéndose de acuerdo sólo para decirme que estaba sucio, que era un atorrante, y echarme la culpa de cuanto desperfecto sucedía en la casa.

Don Fabio Cáceres vino a buscarme una vez, preguntándome si quería pasear con él por su estancia. Conocí la casa pomposa como no había ninguna en el pueblo, que me impuso un respeto silencioso a semejanza de la Iglesia, a la cual solían llevarme mis tías sentándome entre ellas para soplarme el rosario y vigilar mis actitudes, haciéndose de cada reto un mérito ante Dios.

Don Fabio me mostró el gallinero, me dio una torta, me regaló un durazno y me sacó por el campo en «sulky» para mirar las vacas y las yeguas.

De vuelta al pueblo conservé un luminoso recuerdo de aquel paseo y lloré, porque vi el puesto en que me había criado y la figura de «mama», siempre ocupada en algún trabajo, mientras yo rondaba la cocina o pataleaba en un charco.

Dos o tres veces más vino Don Fabio a buscarme y así concluyó el primer año.

Ya mis tías no hacían caso de mí sino para llevarme a misa los domingos y hacerme rezar de noche el rosario.

En ambos casos me encontraba en la situación de un preso entre dos vigilantes, cuyas advertencias poco a poco fueron reduciéndose a un simple coscorrón.

Durante tres años fui al colegio. No recuerdo qué causa motivó mi libertad. Un día pretendieron mis tías que no valía la pena seguir mi instrucción y comenzaron a encargarme de mil comisiones que me hacían vivir continuamente en la calle.

En el Almacén, en la Tienda, el Correo, me trataron con afecto. Conocí gente que toda me sonreía, sin nada exigir de mí. Lo que llevaba yo escondido de alegría y de sentimientos cordiales se libertó de su consuetudinario calabozo, y mi verdadera naturaleza se expandió libre, borbotante, vívida.

La calle fue mi paraíso, la casa mi tortura; todo cuanto comencé a ganar en simpatías afuera, lo convertí en odio para mis tías. Me hice ladino. Ya no tenía vergüenza de entrar en el hotel a conversar con los copetudos, que se reunían a la mañana y a la tarde para una partida de tute o de truco. Me hice familiar de la peluquería, donde se oyen las noticias de más actualidad, y llegué pronto a conocer a las personas como a las cosas. No había requiebro ni guasada que no hallara un lugar en mi cabeza, de modo que fui una especie de archivo que los mayores se entretenían en revolver con algún puyazo, para oírme largar el brulote.

Supe las relaciones del comisario con la viuda Eulalia, los enredos comerciales de los Gambutti, la reputación ambigua del relojero Porro. Instigado por el fondero Gómez, dije una vez «retarjo» al cartero Moreira, que me contestó «¡guacho!», con lo cual malicié que en torno mío también existía un misterio que nadie quiso revelarme.

Pero estaba yo demasiado contento con haber conquistado en la calle simpatía y popularidad, para sufrir inquietudes de ningún género.

Fueron los tiempos mejores de mi niñez.

La indiferencia de mis tías se topaba en mi sentir con una indiferencia mayor, y la audacia que había desarrollado en mi vida de vagabundo sirvióme para mejor aguantar sus represiones.

Hasta llegué a escaparme de noche e ir un domingo a las carreras, donde hubo barullo y sonaron algunos tiros sin mayor consecuencia.

Con todo esto parecíame haber tomado rango de hombre maduro y a los de mi edad llegué a tratarlos, de buena fe, como a chiquilines desabridos.

Visto que me daban fama de vivaracho, hice oficio de ello, satisfaciendo con cruel inconsciencia de chico la maldad de los fuertes contra los débiles.

—Andá decile algo a Juan Sosa —proponíame alguno—, que está mamao, allí, en el boliche.

Cuatro o cinco curiosos que sabían la broma, se acercaban a la puerta o se sentaban en las mesas cercanas para oír.

Con la audacia que me daba el amor propio, acercábame a Sosa y dábale la mano:

—¿Cómo te va Juan?

—......

—'ta que tranca tenés, si ya no sabés quién soy.

El borracho me miraba como a través de un siglo. Reconocíame perfectamente, pero callaba maliciando una broma.

Hinchando la voz y el cuerpo como un escuerzo, poníamele bien cerca, diciéndole:

—No ves que soy Filumena tu mujer y que si seguís chupando, esta noche, cuantito dentrés a casa bien mamao, te vi'a zampar de culo en el bañadero'e los patos pa que se te pase el pedo.

Juan Sosa levantaba la mano para pegarme un bife; pero sacando coraje en las risas que oía detrás mío no me movía un ápice, diciendo por lo contrario en son de amenaza:

—No amagués, Juan..., no vaya a ser que se te escape la mano y rompás algún vaso. Mirá que al comisario no le gustan los envinaos y te va a hacer calentar el lomo como la vez pasada. ¿Se te ha enturbiao la memoria?

El pobre Sosa miraba al dueño del hotel, que a su vez dirigía sus ojos maliciosos hacia los que me habían mandado.

Juan le rogaba:

—Dígale pues que se vaya, patrón, a este mocoso pesao. Es capaz de hacerme perder la pacencia.

El patrón fingía enojo, apostrofándome con voz fuerte:

—A ver si te mandás mudar, muchacho, y dejás tranquilos a los mayores.

Afuera reclamaba yo de quien me había mandado:

—Aura dame un peso.

—¿Un peso? Te ha pasao la tranca Juan Sosa.

—No..., formal; alcanzame un peso que vi'hacer una prueba.

Sonriendo, mi hombre accedía esperando una nueva payasada, y a la verdad que no era mala, porque entonces tomaba yo un tono protector, diciendo a dos o tres:

—Dentremos muchachos a tomar cerveza. Yo pago.

Y sentado en el hotel de los copetudos me daba el lujo de pedir por mi propia cuenta la botella en cuestión, para convidar, mientras contaba algo recientemente aprendido sobre el alazán de Melo, la pelea del tape Burgos con Sinforiano Herrera, o la desvergüenza del gringo Culasso que había vendido por veinte pesos su hija de doce años al viejo Salomovich, dueño del prostíbulo.

Mi reputación de dicharachero y audaz iba mezclada de otros comentarios que yo ignoraba. Decía la gente que era un perdidito y que concluiría, cuando fuera hombre, viviendo de malos recursos. Esto, que a algunos les hacía mirarme con desconfianza, me puso en boga entre la muchachada de mala vida, que me llevó a los boliches convidándome con licores y sangrías, a fin de hacerme perder la cabeza; pero una desconfianza natural me preservó de sus malas jugadas. Pencho me cargó una noche en ancas y me llevó a la casa pública. Recién [4] cuando estuve dentro me di cuenta, pero hice de tripas corazón y nadie notó mi susto.

La costumbre de ser agasajado me hizo perder el encanto que en ello experimentaba los primeros días. Me aburría nuevamente por más que fuera al hotel, a la peluquería, a los almacenes o a la pulpería de «La Blanqueada», cuyo patrón me mimaba y donde conocía gente de «pajuera»: reseros, forasteros o simplemente peones de las estancias del partido.

Por suerte, en aquellos tiempos, y como tuviera ya doce años, Don Fabio se mostró más que nunca mi protector, viniendo a verme a menudo, ya para llevarme a la estancia, ya para hacerme algún regalo. Me dio un ponchito, me avió de ropa y hasta, ¡oh maravilla!, me regaló una yunta de petisos y un recadito, para que fuera con él a caballo en nuestros paseos.

Un año duró aquello. En mi destino estaría escrito que todo bien era pasajero. Don Fabio dejó de venir seguido. De mis petisos,

---

[4] *Recién,* besides being used, as in Spain, with past participles, is also used in Argentina with other parts of the verb and with adverbs of time (as here), in each case intensifying the negative value of the time prior to the action.

mis tías prestaron uno al hijo del tendero Festal, que yo aborrecía por orgulloso y maricón. Mi recadito fue al altillo, so pretexto de que no lo usaba.

Mi soledad se hizo mayor, porque ya la gente se había cansado algo de divertirse conmigo y yo no me afanaba tanto en entretenerla.

Mis pasos de pequeño vagabundo me llevaron hacia el río. Conocí al hijo del molinero Manzoni, al negrito Lechuza que, a pesar de sus quince años, había quedado sordo de andar bajo el agua.

Aprendí a nadar. Pesqué casi todos los días, porque de ello sacaba luego provecho.

Gradualmente mis recuerdos habíanme llevado a los momentos entonces presentes. Volví a pensar en lo hermoso que sería irse, pero esa misma idea se desvanecía en la tarde, en cuyo silencio el crepúsculo comenzaba a suspender sus primeras sombras.

El barro de las orillas y las barrancas habíanse vuelto de color violeta. Las toscas costeras exhalaban como un resplandor de metal. Las aguas del río hiciéronse frías a mis ojos y los reflejos de las cosas en la superficie serenada tenían más color que las cosas mismas. El cielo se alejaba. Mudábanse los tintes áureos de las nubes en rojos, los rojos en pardos.

Junto a mí, tomé mi sarta de bagrecitos «duros pa morir»,[5] que aún coleaban en la desesperación de su asfixia lenta, y envolviendo el hilo de mi aparejo en la caña, clavando el anzuelo en el corcho, dirigí mi andar hacia el pueblo en el que comenzaban a titilar las primeras luces.

Sobre el tendido caserío bajo, la noche iba dando importancia al viejo campanario de la Iglesia.

---

[5] «Fighting hard against death.»

CAPITULO II

Sin apuros, la caña de pescar al hombro, zarandeando irreverentemente mis pequeñas víctimas, me dirigí al pueblo. La calle estaba aún anegada por un reciente aguacero y tenía yo que caminar cautelosamente para no sumirme en el barro, que se adhería con tenacidad a mis alpargatas amenazando dejarme descalzo.

Sin pensamientos seguí la pequeña huella que, vecina a los cercos de cinacina, espinillo o tuna,[6] iba buscando las lomitas como las liebres para no correr por lo parejo.

El callejón, delante mío, se tendía oscuro. El cielo, aún zarco de crepúsculo, reflejábase en los charcos de forma irregular o en el agua guardada por las profundas huellas de alguna carreta, en cuyo surco tomaba aspecto de acero cuidadosamente recortado.

Había ya entrado al área de las quintas, en las cuales la hora iba despertando la desconfianza de los perros. Un incontenible temor me bailaba en las piernas, cuando oía cerca el gruñido de algún mastín peligroso; pero sin equivocaciones decía yo los nombres: Centinela, Capitán, Alvertido. Cuando algún cuzco irrumpía en tan apurado como inofensivo griterío, mirábalo con un desprecio que solía llegar al cascotazo.

Pasé al lado del cementerio y un conocido resquemor me castigó la médula, irradiando su pálido escalofrío hasta mis pantorrillas y antebrazos. Los muertos, las luces malas, las ánimas, me atemorizaban ciertamente más que los malos encuentros posibles en aquellos parajes. ¿Qué podía esperar de mí el más exigente bandido? Yo conocía de cerca las caras más taimadas, y aquel que por inadvertencia me atajara, hubiese conseguido cuanto más que le sustrajera un cigarrillo.[7]

---

[6] Shrub- and cactus-like trees, the last two especially typical of Argentina.
[7] "The most he would have achieved would be for me to relieve him of a cigarette." Güiraldes frequently substitutes *hubiese* for the more conventional *hubiera* (or *habría*) in forming a conditional perfect tense.

El callejón habíase hecho calle; las quintas, manzanas; y los cercos de paraísos, como los tapiales, no tenían para mí secretos. Aquí había alfalfa, allá un cuadro de maíz, un corralón o simplemente malezas. A poca distancia divisé los primeros ranchos, míseramente silenciosos y alumbrados por la endeble luz de velas o lámparas de apestoso kerosén.

Al cruzar una calle espanté desprevenidamente un caballo, cuyo tranco me había parecido más lejano, y como el miedo es contagioso, aun de bestia a hombre, quedéme clavado en el barrial sin animarme a seguir. El jinete, que me pareció enorme bajo su poncho claro, reboleó la lonja del rebenque contra el ojo izquierdo de su redomón; pero como intentara yo dar un paso, el animal asustado bufó como una mula, abriéndose en larga «tendida». Un charco bajo sus patas se despedazó chillando como un vidrio roto. Oí una voz aguda decir con calma:

—Vamos pingo... Vamos, vamos pingo...

Luego el trote y el galope chapalearon en el barro chirle.

Inmóvil, miré alejarse, extrañamente agrandada contra el horizonte luminoso, aquella silueta de caballo y jinete. Me pareció haber visto un fantasma, una sombra, algo que pasa y es más una idea que un ser; algo que me atraía con la fuerza de un remanso, cuya hondura sorbe la corriente del río.

Con mi visión dentro, alcancé las primeras veredas sobre las cuales mis pasos pudieron apurarse. Más fuerte que nunca vino a mí el deseo de irme para siempre del pueblito mezquino. Entreveía una vida nueva hecha de movimiento y espacio.

Absorto por mis cavilaciones crucé el pueblo, salí a la oscuridad de otro callejón, me detuve en «La Blanqueada».

Para vencer el encandilamiento fruncí como jareta los ojos al entrar al boliche. Detrás del mostrador estaba el patrón, como de costumbre, y de pie, frente a él, el tape Burgos [8] concluía una caña.

—Güenas tardes, señores.

—Güenas —respondió apenas Burgos.

—¿Qué trais? —inquirió el patrón.

—Ahí tiene Don Pedro —dije mostrando mi sarta de bagrecitos.

—Muy bien. ¿Querés un pedazo de mazacote?

—No, Don Pedro.

---

[8] Earlier manuscripts give this character's name as Muchacho Malo.

—¿Unos paquetes de La Popular?

—No, Don Pedro... ¿Se acuerda de la última platita que me dio?

—Sí.

—Era redonda.

—Y la has hecho correr.

—Ahá.

—Güeno... ahí tenés —concluyó el hombre, haciendo sonar sobre el mostrador unas monedas de níquel.

—¿Vah' a pagar la copa? —sonrió el tape Burgos.

—En la pulpería'e Las Ganas —respondí contando mi capital.

—¿Hay algo nuevo en el pueblo? —preguntó Don Pedro, a quien solía yo servir de noticiero.

—Sí, señor..., un pajuerano.

—¿Ande lo has visto?

—Lo topé en una encrucijada, volviendo' el río.

—¿Y no sabés quién es?

—Sé que no es de aquí... no hay ningún hombre tan grande en el pueblo.

Don Pedro frunció las cejas como si se concentrara en un recuerdo.

—Decime... ¿es muy moreno?

—Me pareció..., sí señor..., y muy juerte.

Como hablando de algo extraordinario el pulpero murmuró para sí:

—Quién sabe si no es Don Segundo Sombra.

—El es —dije sin saber por qué, sintiendo la misma emoción que al anochecer me había mantenido inmóvil ante la estampa significativa de aquel gaucho, perfilado en negro sobre el horizonte.

—¿Lo conocés vos? —preguntó Don Pedro al tape Burgos, sin hacer caso de mi exclamación.

—De mentas no más. No ha de ser tan fiero el diablo como lo pintan; ¿quiere darme otra caña?

—¡Hum! —prosiguió Don Pedro—, yo lo he visto más de una vez. Sabía venir por acá a hacer la tarde. No ha de ser de arriar con las riendas. El es de San Pedro. Dicen que tuvo en otros tiempos una mala partida con la policía.[9]

---

[9] In earlier manuscripts this sentence indicates the link with the Don Segundo known personally to Güiraldes: «Se ha cambiao de apellido y se hace nombrar Ramírez porque tuvo en otros tiempos una mala partida con la policía.»

—Carnearía un ajeno.

—Sí, pero me parece que el ajeno era cristiano.[10]

El tape Burgos quedó impávido mirando su copa. Un gesto de disgusto se arrugaba en su frente angosta de pampa, como si aquella reputación de hombre valiente menoscabara la suya de cuchillero.

Oímos un galope detenerse frente a la pulpería, luego el chistido persistente que usan los paisanos para calmar un caballo, y la silenciosa silueta de Don Segundo Sombra quedó enmarcada en la puerta.

—Güenas tardes —dijo la voz aguda, fácil de reconocer—. ¿Cómo le va, Don Pedro?

—Bien, ¿y usted Don Segundo?

—Viviendo sin demasiadas penas graciah' a Dios.

Mientras los hombres se saludaban con las cortesías de uso, miré al recién llegado. No era tan grande en verdad, pero lo que le hacía aparecer tal hoy le viera, debíase seguramente a la expresión de fuerza que manaba de su cuerpo.

El pecho era vasto, las coyunturas huesudas como las de un potro, los pies cortos con un empeine a lo galleta, las manos gruesas y cuerudas como cascarón de peludo. Su tez era aindiada, sus ojos ligeramente levantados hacia las sienes y pequeños. Para conversar mejor habíase echado atrás el chambergo de ala escasa, descubriendo un flequillo cortado como crin a la altura de las cejas.

Su indumentaria era de gaucho pobre. Un simple chanchero rodeaba su cintura. La blusa corta se levantaba un poco sobre un «cabo de güeso», del cual pendía el rebenque tosco y ennegrecido por el uso. El chiripá era largo, talar, y un simple pañuelo negro se anudaba en torno a su cuello con las puntas divididas sobre el hombro. Las alpargatas tenían sobre el empeine un tajo para contener el pie carnudo.

Cuando lo hube mirado suficientemente, atendí a la conversación. Don Segundo buscaba trabajo y el pulpero le daba datos seguros, pues su continuo trato con gente de campo hacía que supiera cuanto acontecía en las estancias.

---

[10] *Carnear* means both to put a horse out of its misery and to kill someone in a fight. By suggesting that Don Segundo merely killed someone else's horse, Burgos hopes to shrug aside his reputation; Don Pedro, however, counters with the point that it was a human being, not a horse, that was killed.

—...en lo de Galván hay unas yeguas pa domar.[11] Días pasados estuvo aquí Valerio y me preguntó si conocía algún hombre del oficio que le pudiera recomendar, porque él tenía muchos animales que atender. Yo le hablé del Mosco Pereira, pero si a usté le conviene...

—Me está pareciendo que sí.

—Güeno. Yo le avisaré al muchacho que viene todos los días al pueblo a hacer encargos. El sabe pasar por acá.

—Más me gusta que no diga nada. Si puedo iré yo mesmo a la estancia.

—Arreglao. ¿No quiere servirse de algo?

—Güeno —dijo Don Segundo, sentándose en una mesa cercana—, eche una sangría y gracias por el convite.

Lo que había que decir estaba dicho. Un silencio tranquilo aquietó el lugar. El tape Burgos se servía una cuarta caña. Sus ojos estaban lacrimosos, su faz impávida. De pronto me dijo, sin aparente motivo:

—Si yo juera pescador como vos, me gustaría sacar un bagre barroso bien grandote.

Una risa estúpida y falsa subrayó su decir, mientras de reojo miraba a Don Segundo.

—Parecen malos —agregó— porque colean y hacen mucha bulla, pero ¡qué malos han de ser si no son más que negros!

Don Pedro lo miró con desconfianza. Tanto él como yo conocíamos al tape Burgos, sabiendo que no había nada que hacer cuando una racha agresiva se apoderaba de él.

De los cuatro presentes sólo Don Segundo no entendía la alusión, conservando frente a su sangría un aire perfectamente distraído. El tape volvió a reírse en falso, como contento con su comparación. Yo hubiera querido hacer una prueba y ocasionar un cataclismo que nos distrajera. Don Pedro canturreaba. Un rato de angustia pasó para todos, menos para el forastero, que decididamente no había entendido y no parecía sentir siquiera el frío de nuestro silencio.

—Un barroso grandote —repitió el borracho—, un barroso grandote... ¡ahá! aunque tenga barba y ande en dos patas como los

---

11 «Lo de Galván»: "Galván's place." Francisco Caldiz, in *Lo que no se ha dicho de Don Segundo Sombra* (La Plata, 1952), argues that a gaucho would never be seen in public riding a mare, and that Güiraldes seems unaware of this here.

cristianos... En San Pedro cuentan que hay muchos d'esos bichos; por eso dice el refrán:

> San Pedrino
> El que no es mulato es chino.[12]

Dos veces oímos repetir el versito por una voz cada vez más pastosa y burlona.

Don Segundo levantó el rostro y, como si recién se apercibiera de que a él se dirigían los decires del tape Burgos, comentó tranquilo:

—Vea amigo... vi'a tener que creer que me está provocando.

Tan insólita exclamación, acompañada de una mueca de sorpresa, nos hizo sonreír a pesar del mal cariz que tomaba el diálogo. El borracho mismo se sintió un tanto desconcertado, pero volvió a su aplomo, diciendo:

—¿Ahá? Yo creiba que estaba hablando con sordos.

—¡Qué han de ser sordos los bagres con tanta oreja! Yo, eso sí, soy un hombre muy ocupao y por eso no lo puedo atender ahora. Cuando me quiera peliar, avíseme siquiera con unos tres días de anticipación.

No pudimos contener la risa, malgrado el asombro que nos causaba esa tranquilidad que llegaba a la inconsciencia. De golpe, el forastero volvió a crecer en mi imaginación. Era el «tapao», el misterio, el hombre de pocas palabras que inspira en la pampa una admiración interrogante.

El tape Burgos pagó sus cañas, murmurando amenazas.

Tras él corrí hacia la puerta, notando que quedaba agazapado entre las sombras. Don Segundo se preparó para salir a su vez y se despidió de Don Pedro, cuya palidez delataba sus aprensiones. Temiendo que el matón asesinara al hombre que tenía ya toda mi simpatía, hice como si hablara al patrón para advertir a Don Segundo.

—Cuídese.

Luego me senté en el umbral, esperando, con el corazón que se me salía por la boca, el fin de la inevitable pelea.

---

[12] "If he's from San Pedro he's either half-negro or half-Indian."

Don Segundo se detuvo un momento en la puerta, mirando a diferentes partes. Comprendí que estaba habituando sus ojos a lo más oscuro, para no ser sorprendido. Después se dirigió hacia su caballo caminando junto a la pared.

El tape Burgos salió de entre la sombra y creyendo asegurar a su hombre, tiróle una puñalada firme, a partirle el corazón. Yo vi la hoja cortar la noche como un fogonazo.

Don Segundo, con una rapidez inaudita quitó el cuerpo, y el facón se quebró entre los ladrillos del muro con nota de cencerro.

El tape Burgos dio para atrás dos pasos y esperó de frente el encontronazo decisivo.

En el puño de Don Segundo relucía la hoja triangular de una pequeña cuchilla. Pero el ataque esperado no se produjo. Don Segundo, cuya serenidad no se había alterado, se agachó, recogió los pedazos de acero roto y con su voz irónica, dijo:

—Tome, amigo, y hágala componer, que así tal vez no le sirva ni pa carniar borregos.

Como el agresor conservara la distancia, Don Segundo guardó su cuchillita y, estirando la mano, volvió a ofrecer los retazos del facón.

—¡Agarre, amigo!

Dominado el matón se acercó, baja la cabeza, en el puño bruñido y torpe la empuñadura del arma, inofensiva como una cruz rota.

Don Segundo se encogió de hombros y fue hacia su redomón. El tape Burgos lo seguía.

Ya a caballo el forastero iba a irse hacia la noche; el borracho se aproximó, pareciendo por fin haber recuperado el don de hablar:

—Oiga, paisano —dijo levantando el rostro hosco, en que sólo vivían los ojos—. Yo vi'a hacer componer este facón pa cuando usted me necesite.

En su pensamiento de matón no creía poder más, como gesto de gratitud, que el ofrecer así su vida a la de otro.

—Aura deme la mano.

—¡Cómo no! —concedió Don Segundo, con la misma impasibilidad con que hoy aceptaba el reto—. Ahí tiene, amigo.

Y sin más ceremonias se fue por el callejón, dejando allí al hombre que parecía como luchar con una idea demasiado grande y clara para él.

Al lado de Don Segundo, que mantenía su redomón al tranco, iba yo caminando a grandes pasos.

—¿Lo conocés a este mozo? —me preguntó terciando el poncho con amplio ademán de holgura.

—Sí, señor. Lo conozco mucho.

—Parece medio pavote, ¿no?

CAPITULO III

Frente a casa, camino a la fonda donde iba a comer, Don Segundo se separó de mí, dándome la mano. Adiviné que aquello se debía a mi aviso de que se cuidase al salir de «La Blanqueada», y sentí un gran orgullo.

Entré a casa sin apuro. Como había previsto, mis tías me pegaron un reto serio, tratándome de perdido y condenándome a no comer esa noche.

Las miré como se miran las guascas viejas que ya no se van a usar. Tía Mercedes, flaca, angulosa, cuya nariz en pico de carancho asomaba brutalmente entre los ojos hundidos, fue quien me privó de comida. Tía Asunción, panzuda, tetona y voraz en todo placer, fue la que me insultó con más voluntad. Yo las encomendé a quien correspondía, y me encerré en mi cuarto a pensar en mi vida futura y en los episodios de esa tarde. Me parecía que mi existencia estaba ligada a la de Don Segundo y, aunque me decía los mil y mil inconvenientes para seguirlo, tenía la escondida esperanza de que todo se arreglaría. ¿Cómo?

Primero pensé que a Don Segundo le pasaba otro percance y que yo, por segunda vez, lo advertía del peligro. Esto sucedía en tres o cuatro distintas ocasiones, hasta que el hombre me aceptaba como amuleto. Después era porque nos descubríamos algún parentesco y se hacía mi protector. Ultimamente, porque me tomaba afecto, permitiéndome vivir a su lado, mitad como peoncito, mitad como hijo del desamparo. Por de pronto, encontré una solución inmediata. ¿Don Segundo iba a lo de Galván? Pues bien, yo iría antes. Llegado a esta altura de mis meditaciones, no pensé más porque la solución me satisfacía y porque el pensar hasta el cansancio no para en nada práctico.

—Me voy, me voy —decía casi en alta voz.

Sentado en el lecho, a oscuras para que me creyeran dormido, esperé el momento propicio a la fuga. Por la casa soñolienta arrastrábanse los últimos ruidos, que me decían la estupidez de los menudos hechos cotidianos. Ya no podía yo aguantar aquellas cosas, y una irrupción de rabia me hizo mirar, en torno mío, las desmanteladas paredes de mi cuartucho, como se debe mirar sin piedad al enemigo vencido. ¡Oh, no extrañaría seguramente nada de lo que dejaba, pues las riendas y el bozalito, que adivinaba enrollados en el clavo que los sostenía contra la madera de la puerta, vendrían conmigo! Los muros que habían visto impasibles mis primeras lágrimas, mis aburrimientos y mis protestas, quedarían bien solos.

Al tanteo extraje de bajo el lecho un par de botitas raídas. Junto a ellas coloqué riendas y bozal. Encima tiré el cariñoso poncho, regalo de Don Fabio, y unas escasas mudas de ropa. El haber puesto mano a la obra aumentó mi coraje, y me escurrí cuidadosamente hasta el fondo del corralón, dejando entreabierta la puerta. La inmensidad de la noche me infligió miedo, como si se hubiese adueñado de mi secreto. Cautelosamente caminé hacia el altillo. Sargento, el perro, me hizo algunas fiestas. Subí por una escalera de mano al vasto aposento donde los ratones corrían entre algunas bolsas de maíz y trastos de desecho.

Era difícil encontrar las desparramadas pilchas de mi recadito, pero por suerte tenía en mis bolsillos una caja de fósforos. A la luz insegura de la pequeña llama, pude juntar matras, carona, bastos, pellón, sobrepuesto y pegual.[13] Ajustado el todo con la cincha, me eché el bulto al hombro, volviendo a mi cuarto, donde agregué mis nuevos haberes al poncho, las botas y las riendas. Y como no tenía más que llevar, me tumbé entre aquellas cosas de mi propiedad, dejando vacía la cama, con lo cual rompía a mi entender con toda ligadura ajena.

De noche aún, desperté, el flanco derecho dolorido de haberse apoyado sobre el freno, el trasero enfriado por los ladrillos, la nuca

---

[13] All part of the essential riding equipment (see Glossary). In the vocabulary included with the text of *Raucho* Güiraldes gives the following information under the heading *bastos*: «Cilindros paralelos de cerda, junco o mimbre, forrados de cuero vacuno o de carpincho, que sirven para armar el recado y de almohada para dormir en campo raso, cuando uno se acuesta en las caronillas y cojonillos, cubriéndose con las matras.»

un tanto torcida por su incómoda posición. ¿Qué hora podía ser? En todo caso resultaba prudente estar preparado para prever toda eventualidad.

Como un turco me eché a la espalda recado y ropa. Medio dormido llegué al corralón, enfrené mi petiso, lo ensillé y, abriendo la gran puerta del fondo, gané la calle.

Experimentaba una satisfacción desconocida, la satisfacción de estar libre.

El pueblo dormía aún a puños cerrados y dirigí mi petiso al tranco, singularmente sonoro, hacia la cochera de Torres, donde pediría me entregasen el otro petiso, que allí hacía guardar Festal chico.

Un gallo cantó. Alboreaba imperceptiblemente.

Como la cochería comenzaba a despertar temprano, a fin de prepararse para el tren de la madrugada, encontré el portón abierto y a Remigio, un muchachón de mis amigos, entre la caballada.

—¿Qué viento te trae? —fue su primera pregunta.

—Güen día, hermano. Vengo a buscar mi parejero.

Largo rato tuve que discutir con aquel pazguato para probarle que yo era dueño de disponer de lo mío. Por fin se encogió de hombros.

—Ahí está el petiso. Hacé lo que te parezca.

Sin dejármelo decir dos veces embozalé al animal, por cierto mejor cuidado que el que había quedado en mis manos, y despidiéndome de Remigio, con caballo de tiro y ropa en el poncho, como verdadero paisano, salí del pueblo hacia los campos, cruzando el puente viejo.

Para ir a lo de Galván tenía que tomar la misma dirección que para lo de Don Fabio. A cierta altura un callejón arrancaba hacia el norte y por él debía seguir hasta el monte que de lejos ya conocía.

Apurado por alejarme del pueblo me puse a galopar. El petiso que llevaba de tiro cabresteaba perfectamente.

Cuando hube hecho unas dos leguas, di un resuello a mis bestias, mientras el sol salía sobre mi existencia nueva.

Sentíame en poder de un contento indescriptible. Una luz fresca chorreaba de oro el campo. Mis petisos parecían como esmaltados de color nuevo. En derredor, los pastizales renacían en silencio, chispeantes de rocío; y me reí de inmenso contento, me reí de libertad, mientras mis ojos se llenaban de cristales como si también ellos se renovaran en el sereno matinal.

Una legua faltábame para llegar a las casas y la hice al tranco, oyendo los primeros cantos del día, empapándome de optimismo en aquella madrugada, que me parecía crear la pampa venciendo a la noche.

Receloso ante las casas, enderecé al galpón. No parecía haber nadie. Los perros que gruñían arrimándose a los garrones de mi petiso no eran una invitación amable de echar pie a tierra. Por fin asomó un viejo a la puerta de la cocina, gritó «¡juera!» a la perrada, diciéndome que pasara adelante, y me señaló uno de los tantos bancos del aposento para que me sentara.

Toda la mañana quedé en aquel rincón espiando los movimientos del viejo, como si de ellos dependiera mi porvenir. No dijimos una palabra.

A mediodía empezaron a llegar algunos peones y sonó una campana llamando para la comida. La gente saludaba al entrar y algunos me miraban de soslayo.

Junto con cuatro o cinco hombres entró Goyo López, que yo conocía del pueblo.

—¿Andás pasiando? —me preguntó.

—Vengo a buscar trabajo.

—¿Trabajo? —repitió clavándome la vista. Un momento temblé pensando que algo iba a decir de mi familia en el pueblo; pero Goyo era hombre discreto. Los peones me observaban. Un muchachón dijo, comentando mi respuesta:

—Vendrá a conchabarse pa hombrear bolsas.

Goyo se dio vuelta hacia él:

—Sí, chucialo aura que está medio asustao, porque cuanto tome confianza tal vez te hombree a vos. No sabés qué peje es éste.

Un momento fui el punto de mira de cuarenta ojos. No pestañeé siquiera, esperando que pasara aquella atención.

Sin embargo, las palabras de Goyo habían hecho su efecto. Ser despierto, aunque pasando los límites de la buena conducta, es un mérito que el paisano aprecia.

Goyo me llamó desde la puerta diciendo que desenfrenara mi petiso, que él me enseñaría dónde estaba la bebida para que le diera un poco de agua. Esto no era más que una maniobra para hablarme a solas. Ni bien nos encontramos afuera, me dijo:

—Vos te has juido 'el pueblo.

—No digas nada, hermanito, mirá que me comprometés.

—¿Te comprometo? ¡Qué traza!... y ¿vah'a trabajar?

—¿Y de no?

—Güeno... dale agua al petiso... Mirá, allí viene el mayordomo.

Esperamos que un inglés acriollado llegara hasta nosotros y, después del saludo, hice mi pedido.

—No tengo trabajo que dar —dijo bajando del caballo.

—Entonces, ¿me da permiso pa comer? En seguidita después me voy.

—¿P'adónde vas a ir?

—P'allá —contesté estirando la mano al azar.

El inglés me miró con una sonrisa bonachona.

—¿Sos bien mandao?

—Sí, señor.

—¿Usté lo conoce, Goyo?

—Algo, Don Jeremías.

—Muy bien. Después de la siesta dele el petiso Sapo. Que ate el carrito'e pértigo y vaya sacando esa paja'e los pesebres y la eche en los zanjones de la puerta blanca.

—Sí, señor.

Para ganarle el «lao de las casas» al «mayor»,[14] me acerqué a su caballo, le bajé el recado dándole vueltas las matras para que se orearan y pregunté a Goyo dónde debía largarlo.

—En aquel potrerito donde está la cebada.

—¿Con bozal o sin bozal? —pregunté a Goyo.

—Sin bozal.

No puedo decir mi alegría cuando en la mesa, ya flanqueada de veinte hombres, tomé lugar entre Goyo y un gringuito viejo que cuidaba la quinta.

—Cocinero —dijo Goyo—, pásele un plato y una cuchara al mensual nuevo.

—¿Mensual nuevo? —rio el muchacho que hoy había hecho burla de mi pedido de trabajo—. ¿Será pa acarriar basuras?

---

[14] "To win the major-domo's favour".

Me di cuenta de que aquellas palabras, que en otro pudieran haber sido maldad, no eran más que estupidez, y aproveché la ocasión, no queriendo hacer mentir a Goyo, que había prometido bueno para cuando yo tuviera confianza.

—¿Pa acarriar basuras? —repetí—. Tené cuidado no vaya a ser que algún día amanezcás por los zanjones.

Y como sentí que reían, recordé mis días de popularidad en el pueblo.

—Mala inclinación tenés —continué, mirando el pelo motoso y desordenado de mi interlocutor—; si fuera el patrón te mandaría cortar la porra pa rellenar pecheras.

Una risotada general acogió mi discurso. Cuando se hubo terminado, un hombre de los más viejos me reconvino con altura:

—Muchas leyes parece que tenés, pero es güeno no querer volar antes de criar bien las alas. Sos muy cachorro pa miar como los perros grandes.

Una mirada me había bastado para saber quién me hablaba, y esa vez agaché la cabeza, diciendo mansamente, como corresponde cuando se habla con un mayor:

—No crea, señor; también sé respetar.

—Así debe ser —concluyó el viejo, y después de una breve pausa volvió a correr la broma de punta a punta de la mesa.

Toda esa tarde me la pasé acarreando paja de los pesebres a los zanjones, por un trecho de unas diez cuadras. Cuando llegaba al galpón, cargaba el carro el galponero, dejando clavada en la carga la horquilla. En los zanjones esgrimía yo el instrumento, que luego venía matraqueando de una manera ensordecedora sobre las tablas del carro vacío.

La comida me halló medio dormido; pero el cansancio, que me exponía a alguna burla, pasó desapercibido en el silencio general.

En el cuarto de Goyo me acomodaron un catre. No tenía yo colchón ni prenda para arreglarme en el lecho poco amable, pero la fatiga siendo el mejor de los colchones, me eché envuelto en mi poncho sobre la lona desnuda y áspera, sin cuidarme de mimos. Un rato pensé en mi escapada, evoqué la casa de mis tías, sus figuras, mis rezos. El sueño cayó sobre mí, como una parva sobre un chingolo.

CAPITULO IV

Horacio me despertó bruscamente sacudiéndome por los hombros.

Mi primer pensamiento fue para el día anterior: mi huida, el éxito de mi treta para preceder a Don Segundo en la estancia de Galván, la recepción de Goyo y la presentación que hizo de mí a la peonada como mensual nuevo, el incidente de la mesa.

Alboreaba, y ya por la pequeña ventana vi rociarse de tintes dorados las nubes del naciente, largas y finas como pétalos de mirasol.

Bajé los pies del catre, me levanté con esfuerzo sobre las piernas blandas como queso, ajusté mi faja, me rasqué los ojos, cuyos párpados sentía más pesados que si los hubieran picado los mangangás, y me encaminé arrastrando las alpargatas hacia la cocina. Tenía frío y el cuerpo cortado de cansancio.

En torno al fogón, casi apagado, concluía de matear[15] la peonada y ligué tres amargos que me despertaron un tanto.

—Vamos —dijo uno, y como si no se hubiese esperado sino aquella voz, nos desparramamos desde la puerta hacia rumbos diferentes.

La primera mirada del sol me encontró barriendo los chiqueros de las ovejas con una gran hoja de palma. No era muy honroso, en verdad, eso de hacer correr las cascarrias por sobre los ladrillos y juntar algunos flecos de lana sarnosa; sin embargo, estaba tan contento como la mañanita. Hacía mi trabajo con esmero, diciéndome que por él era como los hombres mayores. El fresco apuraba mis

---

[15] The drinking of *mate* (also known as *yerba* and *verde*) is a tradition of Argentina. The name is taken from the herb, grown especially in Argentina and Paraguay, whose leaves are used for the preparation of the drink. *Mate* has a bitter taste and produces a stimulating effect similar to that of coffee. After the grains are poured into a small bowl (*porongo*) and hot water is added, the drink is sucked through a kind of tube (*bombilla*) until dry, when more water is added and the *porongo* and *bombilla* are passed on to the next person.

movimientos. En el cielo deslucíanse los colores volteados por la luz del día.

A las ocho me llamaron para el almuerzo, y mientras, a diente, despedazaba un trozo de churrasco, espié a mis compañeros, de quienes todo quería adivinar en los rostros.

El domador, Valerio Lares,[16] era un tape forzudo, callado y risueño; hubiera deseado hacerme amigo suyo, pero no quería ser entrometido. Además, nadie hablaba, porque el escaso tiempo de que disponíamos quería ser aprovechado por cada uno en forma más útil.

Concluido el almuerzo, el cocinero me dijo que quedara a ayudarlo, y fueron saliendo todos hasta dejar vacío el gran aposento, cuyo significado parecía resumirse en el fogón, bajo cuya campana tomó lugar la olla, rodeada de pavas como un ñandú por sus charabones.

El cocinero no fue más locuaz que el día de mi llegada, y me pasé la mañana haciendo de pinche, los ojos constantemente atraídos por la silenciosa silueta del domador, que, vecino a la puerta, cosía unas riendas de cuero crudo.

Debía ser ya cerca del mediodía, cuando oímos unas espuelas rascar los ladrillos de afuera. La voz de Valerio saludó a alguien, invitándolo a que pasara a tomar unos mates. Curiosamente me asomé, viendo al mismo Don Segundo Sombra.[17]

—¿Pasiando? —preguntaba Valerio.

—No, señor. Me dijeron que aquí había unas yeguas pa domar y que usté estaba muy ocupao.

—¿No gusta dentrar a la cocina?

—Güeno.

Los dos hombres se arrimaron al fogón. Don Segundo dio los buenos días sin parecer reconocerme; ambos tomaron asiento en los pequeños bancos y continuó la conversación con grandes pausas.

---

[16] Güiraldes intentionally named this ranch-hand—the first to help Fabio—after the French writer Valery Larbaud, who was himself a source of friendship and guidance to the author. (See his letter to Larbaud, *Obras completas*, p. 788.)

[17] In earlier manuscripts the ensuing dialogue opens with additional lines:
—¿Cómo le va Valerio?
—Bien ¿y usted Don Segundo?
—Bien gracias.
Their omission is typical of Güiraldes's practice of pruning redundant material.

Volviéndose hacia mí, Valerio ordenó con autoridad:

—A ver pues, muchacho, traite un mate y cebale a Don Segundo.

—¿Este?

—No. Ese es de Gualberto, qu'es medio mañero. Agarrá aquel otro sobre la mesa.

Encantado puse una pava al fuego, activé las brasas y llené el poronguito en la yerbera.

—¿Dulce o amargo?

—Como caiga.

—Dulce, entonces.

—Güeno.

Arrimé un banco para mí y, mientras el agua empezaba a hacer gorgoritos, contemplé a Don Segundo con cierto resentimiento, por no haber sido en su saludo un poco menos distraído.

Como nadie hablaba, me atreví a preguntarle:

—¿No me reconoce?

Don Segundo me miró sin dignarse hacer un esfuerzo para darme gusto.

—Yo jui —agregué— el que espantó el redomón ayer noche en las quintas del pueblo.

Lejos de la exclamación que esperaba, mi hombre se puso a observarme con atención, como si algo curioso hubiese esperado encontrar en mi semblante.

—La lengua —dijo— parece que la tenés pelada.

Comprendí y se me encendió la cara. Don Segundo temía una indiscreción y prefería no conocerme. Un rato largo quedamos en silencio, y el diálogo interrumpido entre el forastero y el domador volvió a arrastrarse lentamente.

—¿Son muchas las yeguas?

—No, señor. Son ocho no más, son.

—Me han dicho que los animales d'esta cría saben salir flojos de cincha.

—No, señor; son medioh'idiosos no más, son.

La campana llamó para la comida. Don Segundo seguía chupando la bombilla y ya había yo cambiado dos veces la cebadura.

Fueron cayendo los peones abotagados de calor, pero alegres de haber concluido por un tiempo con el trabajo. Siendo casi todos conocidos del forastero, no se oyó un rato sino saludos y «güenos días».

Poco dura la seriedad en una estancia cuando en ella trabajan numerosos muchachos inquietos y fuertes. Goyo tropezó en los pies de Horacio. Horacio le arrojó por la cabeza un pellón. La gente hizo cancha a aquellos mocetones incómodos, acostumbrados a andar golpeándose por todos los rincones.

—¡A dedo tiznao, maula! —convidó Horacio, y ambos visteadores, por turno, pasaron sus dedos sobre la panza de la olla.[18]

Las piernas abiertas en una guardia corta, que permite rápidas cuerpeadas y embestidas, el brazo adelante como si lo guareciera el poncho, la derecha movediza en cortas fintas Goyo y Horacio buscaron marcarse.

Paró la chacota, cuando Horacio se echó a la cara las puntas del pañuelo que llevaba al cuello, queriendo disimular la raya de hollín que sesgaba su mejilla.

—Sos muy pesao —decía Goyo.

—Ya te tuvo que contar tu hermana.

—¿De cuándo comemos chanchos en casa?

Interrumpió la bulla la entrada del patrón, hombre de aspecto ríspido. Don Segundo se adelantó hacia él, diciéndole el objeto de su venida. Salieron a conversar y la cocina quedó como en misa.

Don Segundo comió con nosotros, y dijo que se había arreglado para empezar la doma esa misma tarde. Valerio se comidió a echar las yeguas al corral, cuando cayera un poco el sol, para que sufrieran menos.

—Si necesita algún maniador, riendas o lo que se ofrezca, yo le puedo emprestar lo que guste.

—Muchas gracias. Creo que tengo todo.

A pesar de mi fatiga no pude dormir la siesta, pensando en cómo haría para asistir a la domada. Sabía que el patrón había recomendado a Don Segundo el mayor cuidado, visto su peso; pero ¿hasta dónde puede evitarse que un potro corcovee?

---

[18] The challenge is to a mock knife-fight in which each contestant aims to mark his opponent's cheek with soot from his finger instead of with a cut from his knife. Each contestant in such a practice-bout (merely a game by Güiraldes's time) was known as a *visteador,* and the sparring itself as *vistear.*

Llegado el momento, me arreglé para llevar a los zanjones unas cargas de alambres rotos, fierros viejos y varillas quebradas. Camino haciendo, cruzaría por la playa y tal vez me cupiera en suerte presenciar el trabajo.

Advino lo que había previsto. Las tres primeras yeguas salieron mansas, dando trabajo sólo a los padrinos. La cuarta quiso librarse del bulto que pesaba en sus lomos, pero fue vencida por las manos potentes del domador, que le impedía agachar la cabeza.

La quinta fue trigo de otra chacra, y, como no pudiera correr, corcoveó furiosamente a vueltas, del modo más duro y peligroso.

Tuve la ganga de que esto coincidiera con una vuelta mía de los zanjones, y de cerca oí el grito ahogado de la bestia, el sonar de las caronas, el golpear descompasado de las patas contra el suelo, en cuyo apoyo la yegua buscaba desesperadamente el contragolpe brusco. El cuerpo del hombre grande estaba como atornillado en los bastos, mientras la cara broncínea decía el esfuerzo y la boca entreabierta jadeaba breves palabras:

—...Déjela de ese lao... atráquese a la derecha a ver si se enderieza... ¡aura así!... ¡hasta que se desaugue!

Los padrinos trataban de seguir aquellas órdenes, aunque no hubiera más remedio que quedar a distancia, esperando intervenir de un modo eficaz. La yegua no gritaba ya. Don Segundo calló. Era como si ambos estuviesen atentos a un intenso trabajo mental, hecho de malicias y sorpresas, de resistencia y bizarría.

El animal, ya entregado, resistió pasivamente los tirones que debían ablandarle la boca. Don Segundo se desmontó de un salto ágil, que le colocó a distancia prudente. Su respiración buscaba, hondamente, satisfacer el ansia de aire, levantando su tórax vasto. Tenía las manos aún encogidas de haber estrangulado las riendas; las piernas, moldeadas por el recado, arqueábanse, sobre los pies, como para solidificar su equilibrio, y sus hombros, echados hacia atrás a fin de despejar el pecho, parecían complacerse de sentir su capacidad de dominio.

Lastimosa, la yegua, cuyo cogote sudado apenas podía sostener la cabeza, jadeaba, afanosamente, los ijares temblorosos y vacíos.

—Esta no es como la zaina —dijo Valerio con cierta satisfacción.

—No, señor —replicaba Don Segundo con su asombrada voz de falsete—; ésta es alazana.

De pronto recordé que estaba en mi petiso Sapo, con mi carrito de pértigo a la cincha, abriendo la boca ante los ojos mismos del patrón, y un susto repentino me hizo castigar al pobre bichoco, tomando rumbo a las casas al compás del férreo canto de la horquilla, que temblequeaba sobre las planchas del carrito. ¡Dale música, hermano y moveme esos güesitos!

A la oración, el señor me mandó llamar para que le cebara unos mates, bajo la sombra ya oscura de un patio de paraísos. Para eso tuve que ir a la cocina de adentro. La cocinera, que me entregó el poronguito, me hizo largas recomendaciones, diciéndome casi que el patrón me iba a comer si veía nadar unos palitos en la boca de plata. Desagradablemente me acordé de mis tías.

¿Pa qué servían las mujeres? Pa que se divirtieran los hombres. ¿Y las que salían fieras y gritonas? Pa la grasería seguramente, pero les andaban con lástima.

El patrón me preguntó de dónde era, si tenía familia y si hacía mucho que salía a trabajar. Contesté aproximadamente la verdad, de miedo de pisar en alguna trampa y ser mandado al pueblo.

—¿Qué edad tenés?

—Quince años —contesté, agregándome uno.

—'stá bien.

Sonaron los últimos chupetazos en la bombilla.

—No cebés más... Volvete pa la cocina y mandámelo a Valerio.

Hubo gran contento en la cocina después de la comida. Al día siguiente sería domingo y la gente preparaba su ida al pueblo. Los muchachos se daban bromas precisas, siendo conocidos los amoríos de cada uno. Los que tenían familia se iban esa misma noche, para volver el lunes de madrugada. Los puesteros tal vez se decidieran también al viajecito para hacer alguna compra necesaria; pero los más quedarían de seguro en sus ranchos, «haciendo sebo», o vendrían a las casas principales a jugar una partida de bochas, en la cancha que había bajo un despejado plantío de moreras.

Los más viejos protestaban diciendo que ya no había corridas de sortijas, ni carreras, ni «entretención» alguna. Medio dormido me acomodé en un rincón, cerca de un grupo formado por Don Segundo, Valerio y Goyo, que querían aprender el oficio, y escuchaba en lo posible los comentarios del trabajo brutal, lleno de sutilezas y mañas.

Atento a las lecciones, me hamacaba hacia atrás sobre mi pequeño banco con maquinal vaivén de cuna. Poco a poco las voces fueron siendo como pensamientos confusos del fogón en vías de apagarse, y sentía muy patente un pie, porque lo tenía pisado con el otro.

Aquella presión de la alpargata me era agradable, y al imprimir a mi banco su lento balanceo, mi empeine sufría con placer el áspero contacto de la tosca suela de soga.

Mis tías me hubieran reñido seguramente por tan curioso entretenimiento, pero estaban tan lejos, tan lejos, que apenas oía sus voces sumidas en un rezo, singularmente grave... ¿Por qué tenían mis tías esa voz de cura?...

De pronto el banco, en que había concluido por dormirme, cayó hacia atrás, bruscamente. Mis espaldas comprimieron un manojo de leña, y las pequeñas ramas, al quebrarse, me hincaron las costillas como espuelas.

CAPITULO V

A los quince días estaban mansas las yeguas. Don Segundo, hombre práctico y paciente, sabía todos los recursos del oficio. Pasaba las mañanas en el corral manoseando sus animales, golpeándolos con los cojinillos para hacerles perder las cosquillas, palmeándoles las ancas, el cogote y las verijas para que no temieran sus manos, tusándolos con mil precauciones para que se habituaran al ruido de las tijeras, abrazándolos por las paletas para que no se sentaran cuando se les arrimaba. Gradualmente y sin brusquedad, había cumplido los difíciles compromisos del domador y lo veíamos abrir las tranqueras y arrear novillos con sus redomonas.

—Las yeguas ya están mansitas —dijo, al cabo, al patrón.

—Muy bien —respondió Don Leandro—; sígalas unos días, que después tengo un trabajo para usté.

Pasadas mis dos semanas de gran tranquilidad, en que sólo rabié con las perezas del petiso Sapo, habíame caído una mala noticia:

En el pueblo sabían mi paradero, y posiblemente querrían obligarme a volver para casa. Esa isoca no me haría daño, porque ya estaba en parva mi lino. Antes me zamparía en un remanso o me haría estropear por los cimarrones, que aceptar aquel destino. De ningún modo volvería a hacer el vago por las calles aburridas. Yo era, una vez por todas, un hombre libre que ganaba su puchero, y más bien viviría como puma, alzado en los pajales, que como cuzco de sala entre las faldas hediondas a sahumerío eclesiástico y retos de mandonas bigotudas. ¡A otro perro con ese hueso! ¡Buen nacido me había salido en la cruz! [19]

Apenado, no hice caso de la actividad desplegada en torno mío por la peonada. Los más, en efecto, habían tomado un aspecto misterioso y ocupado, que no comprendí sino cuando me informaron de que habría aparte y luego arreo.

---

[19] "My troubles had really come to a head."

Por segunda vez parecía que la casualidad me daba la solución. ¿No decidí pocos días antes escapar, por haberme marcado un camino el paso de Don Segundo? Pues esa vez me iría detrás de la tropa, librándome de peligros lugareños con sólo mudar de pago. ¿Adónde iría la tropa? ¿Quiénes iban de reseros?

A la tarde Goyo me informó, aunque insuficientemente, a mi entender.

La tropa sería de quinientas cabezas y saldría de allí dos días para el Sur, hacia otro campo de Don Leandro.

—¿Y quiénes son los reseros?

—Va de capataz Valerio, y de piones, Horacio, Don Segundo, Pedro Barrales y yo, a no ser que mandés otra cosa.

Don Segundo fue más parco aún en sus explicaciones, y yo no sabía por entonces a qué se debía ese silencio despreciativo que usan los que se van cuando hablan con los que quedan en las casas.

—¿Podré dir yo?

—Si te manda el patrón.

—¿Y si no me manda?

Don Segundo me miró de arriba abajo y sus ojos se detuvieron a la altura de mis tobillos.

—¿Qué es lo que busca? —pregunté fastidiado por su insistencia.

—La manea.

—¿Ande la tiene?

—Creiba que te la habías puesto.

Un momento tardé en darme cuenta de su decir. Cuando comprendí hice lo posible por reírme, aunque me sintiera burlado con justicia.

—No es que me haiga maniao Don,[20] pero tengo miedo qu'el patrón se me siente.

—Cuando yo tenía tu edad, le hacía el gusto al cuerpo sin pedir licencia a naides.

Aleccionado, me alejé tratando de resolver el conflicto creado por las ansias de irme y el temor de un chasco.

---

[20] In Argentina any person a little past his youth may be addressed respectfully as *don,* in isolation (as here), with the Christian name (as in Spain), or even —in gauchesque speech—with the surname.

Como Don Jeremías se había mostrado bondadoso, a él me dirigí, aunque tartamudeando mi pedido. El inglés se encogió de hombros:

—Valerio te dirá si te quiere yevar.

Valerio, de quien menos esperaba yo comedimiento, me dijo que hablaría con el patrón, pidiéndole permiso para agregarme a los troperos con medio pago.

—Mirá —agregó— que el oficio es duro.

—No le hace.

—Güeno, esta noche te vi'a contestar.

Cuando media hora más tarde Valerio me hizo una seña desde el palenque, largué los platos que estaba limpiando en la cocina y salí corriendo.

—Podés dir juntando tus prendas y preparando la tropilla.

—¿Me lleva?

—Ahá.

—¿Habló con el patrón?

—Ahá.

—¡Ese sí que eh'un hombre gaucho! —prorrumpí lleno de infantil gratitud.

—Vamoh'a ver lo que decís cuando el recao te dentre a lonjiar las nalgas.

—Vamoh'a ver —contesté seguro de mí mismo.

La botaratada es una ayuda, porque una vez hecho el gesto se esfuerza uno en callar todo pensamiento sincero. Ya está tomada la actitud, y no queda más que hacer «pata ancha». Pero la ausencia del público corrige luego las resoluciones tomadas arbitrariamente; de suerte que cuando quedé solo, púseme, a pesar mío, a consultar las posibilidades de sostener mi gallardía. ¿Cómo hablaría, en efecto, cuando «el recao me dentrara a lonjiar las nalgas»? ¿Qué tal me sabría dormir al raso una noche de llovizna? ¿Cuáles medios emplearía para disimular mis futuros sufrimientos de bisoño? Ninguna de estas vicisitudes de vida dura me era conocida, y comencé a imaginar crecientes de agua, diálogos de pulpería, astucias y malicias de chico pueblero que me pusieran en terreno conocido. Inútil. Todo lo aprendido en mi niñez aventurera resultaba un mísero bagaje de experiencia para la existencia que iba a emprender. ¿Para qué diablos me sacaron del lado de «mama» en el puestito campero, llevándome al colegio a aprender el alfabeto, las cuentas y la historia, que hoy de nada me servían? En fin, había que hinchar la panza y aguantar la cinchada. Por otra parte, mis pensamientos no mellaban mi resolución, porque desde chico supe dejarlos al margen de los hechos. Metido en el baile, bailaría, visto que no había más remedio, y si el cuerpo no me daba, mi voluntad le serviría de impulso. ¿No quería huir de la vida mansa para hacerme más capaz?

—¿Qué estáh'ablando solo? —me gritó Horacio, que pasaba cerca.

—¿Sabéh'ermano?

—¿Qué?

—¡Que me voy con el arreo!

—¡Qué alegría pa la hacienda! —exclamó Horacio, sin la admiración que yo esperaba.

—¿Alegría? ¡No ves que voy de a pie!

—¡Oh!, no le andás muy lejos.

—Verdá, hermano —confesé pensando en mis dos petisos—. ¿No sabés de ningún potrillo que me pueda comprar?

—¿Te vah'acer domador?

—¡Vi'a arreglarme como pueda. ¿No sabes de nenguno?

—Cómo no; aquí cerquita no más, en la chacra de Cuevas, vah'a hallar lo que te conviene... y baratito —concluyó Horacio, dándome buenos datos después de haber comenzado mofándose de mi indigencia.

—¡Graciah'ermano!

A la caída del sol tomé rumbo a lo de Cuevas. La chacra estaba a unas quince cuadras atrás del monte, y me fui a pie para disimular mi partida al patrón, que podía disgustarse, y a los peones, que se burlarían de mi audacia conociendo mi falta de capital para un negocio.

Salí por un grupo de eucaliptos, pisando en falso sobre los gajos caídos de algunas ramas secas y enredándome a veces en un cascarón, por ir mirando para atrás. Al linde de la arboleda descansé mi andar, asentando las alpargatas sobre la lisa dureza de una huella; poco a poco, fui acercándome al rancho, por un maizalito de unas pocas cuadras.

Andando distraídamente, pensaba en cómo haría mi oferta de compra y mi promesa de pagar más adelante, y resolví cerrar el trato, si el negocio convenía, prometiendo pasar al día siguiente para verificar el pago y llevarme el potrillo.

De pronto sentí en el maizal que iba orillando mi huella un ruido de tronquillos quebrados, y no pude impedir un intuitivo salto de lado. Entre la sementera verde reía la cara morocha de una chinita, y una mano burlona me dijo adiós, mientras encolerizado seguía mi camino interrumpido por el miedo grotesco.

Un enorme perro bayo me cargó, haciéndome echar mano al cuchillo, pero la voz del amo fue obedecida. Estaba junto a las poblaciones: un rancho de barro prolíjamente techado de paja con, al frente, un patio bien endurecido a agua y escoba. En un corralito vi unos doce caballos y entre ellos un potrillo petizón de pelo cebruno.

—Güenas tardes, señor.

—Güenas tardeh'amigo.

—Soy mensual de las casas..., vengo porque me han dicho que tenía un potrillo pa vender.

El hombre me estudiaba con ojos socarrones y adiviné una ligera sonrisa dentro de la barba.

—¿Eh' usté el comprador?

—Si no manda otra cosa.

—Ahí está el potrillo... lo doy por veinte pesos.

—¿Puedo mirarlo?

—Cómo no... hasta que se enllene.

Tras una corta mirada, que no fue muy clara, dada la turbación que me infundía mi papel importante, volví hacia el dueño.

—Mañana, con su licencia, vendré a buscarlo y le traeré la plata.

—Había sido redondo pa los negocios.

—...

Un rato quedé sin saber qué hablar, y como aquel hombre parecía más inclinado a la ironía muda que al gracejo, saludé, llevándome la mano al sombrero, y di frente a mi huellita.

El perro bayo quiso cargarme, pero, decididamente, su amo sabía hacerse obedecer. No sé por qué, llevaba una impresión de temor y apuré el paso hasta esconderme en el maizal, donde me sentí libre de dos ojos incómodamente persistentes.

Una pequeña silueta salió a unos veinte metros delante mío, poniéndose a caminar en el mismo sentido que yo. Por el pañuelo rojo que llevaba atado a la cabeza y el vestido claro, reconocí a la chinita de hoy.

Sin preguntarme con qué objeto, me puse a correr tras aquella grácil silueta, escondiéndome en las orillas del maizal.

Advertida por mis pasos, se dio vuelta de pronto, y habiéndome reconocido, rio con todo el brillo de sus dientes de morena y de sus ojos anchos.

Yo nunca había tenido miedo sino delante de mujeres grandes, por temor a las burlas de quienes estaban acostumbradas a juguetes más serios, pero esta vez me sentí preso de una exaltación incómoda.

Para vencerme, pregunté imperativamente:

—¿Cómo te llamás?

—Me llamo Aurora.

Su alegría y la malicia de sus ojos disiparon mi timidez.

—¿Y no tenés miedo que te muerda algún tigre, andando ansí solita por el maizal?

—Aquí no hay tigres.

Su sonrisa se hizo más maliciosa. Su pequeño busto se irguió con orgullo y provocación.

—Puede venir uno de pajuera —apoyé significativamente.

—No será cebao en carne'e cristiano.

Su desprecio era duro e hirió mi amor propio. Extendí hacia ella mi mano. Aurora hizo unos pasos atrás. Entonces sentí que por ningún precio la dejaría escapar, y rápidamente la tomé entre mis brazos, a pesar de su tenaz defensa y de sus amenazas.

—¡Largame o grito!

Empeñosamente la arrastré hacia el escondite de los tallos verdes, que trazaban innumerables caminos. Entorpecido por su resistencia, tropecé en un surco y caímos en la tierra blanda.

Aurora se reía con tal olvido de su cuerpo que hacía un rato tenazmente defendía, que pude aprovechar de aquel olvido.

Un solo momento calló, frunciendo el rostro, entreabriendo la boca como si sufriera. Luego volvió a reír.

Orgulloso, no pude dejar de decirle:

—Me querés, prendita.

Aurora, enojada, me apartó de un solo golpe, poniéndose de pie.

—Sonso…, sinvergüenza…, decí que sos más juerte.

Y la dejé que se fuera, muy digna, murmurando frases que consolaban su pudor y su amor propio.

CAPITULO VI

A las tres de la mañana despertóme mi propia impaciencia. Cuando fuera día saldríamos, llevando nuestra tropa, camino al desconocido. Aguanté en lo posible mi turbulencia, diciéndome las múltiples obligaciones en las cuales una falla sería luego castigada severamente. Recordé que mi recado estaba en el galpón de los padrillos, donde lo había dejado por su proximidad con el palenque. El petiso reservado para mis primeras horas estaba en el corral, mientras su compañero y mi nueva adquisición debían encontrarse en compañía de la tropilla de Goyo. Las mudas que había dispuesto llevar yacían apiladas a los pies de mi catre. ¿Tabaco?... Tenía un paquete de picadura y papel para armar.

Hecha mi revisión de haberes, me sentí feliz, rememorando cómo los preparativos de ese primer viaje fueron fáciles para mí. El patrón me había hecho entregar los veinticinco pesos de mi sueldo mensual, con los cuales pude pagar el potrillo, sobrando para «los vicios».

¿Qué más quería? Tres petisos, de los cuales uno chúcaro que podía reservarme una mala sorpresa, es cierto; recado completo con su juego de riendas y bozal, su manea, lonjas y tientos; ropa para mudarme en caso de mojadura y buen poncho que es cobija, abrigo e impermeable. Con menos avíos, a la verdad, suele salir un resero hecho.

Concluido aquel recuento, al tiempo que anudaba las alzaprimas de mis espuelas, me incorporé satisfecho, echando, no sin tristeza, una mirada a mi cuartito y al catre, que quedaba desnudo y lamentable como una oveja cuereada. Adiós vida de estancia, ya veríamos lo que nos reservaban los caminos y el campo sin huellas.

Con las dos mudas envueltas en el poncho, puesto en la cintura, salí andando de a pedacitos hasta afuera, y me detuve un rato, porque la noche suele ser traicionera y no hay que andar llevándosela por delante.

Respiré hondamente el aliento de los campos dormidos. Era una oscuridad serena, alegrada de luminares lucientes como chispas de un fuego ruidoso. Al dejar que entrara en mí aquel silencio me sentí más fuerte y más grande.

A lo lejos oí tintinear un cencerro. Alguno andaría agarrando caballo o juntando la tropilla. Los novillos no daban aún señales de su vida tosca, pero yo sentía por el olor la presencia de sus quinientos cuerpos gruesos.

De pronto oí correr unos caballos; un cencerro agitó sus notas con precipitación de gotera. Aquellos sonidos se expandían en el sereno matinal como ondas en la piel soñolienta del agua al golpe de algún cascote. Perdido en la noche, cantó un gallo, despertando la simpatía de unos teros. Solitarias expresiones de vida diurna que amplificaban la inmensidad del mundo.

En el corral agarré mi petiso, algo inquieto por el inusitado correr de sus compañeros libres. Al ponerle el bozal sentí su frente mojada de rocío. Sobre el suelo húmedo oí rascar las espuelas de Goyo, que andaba buscando alguna prenda.

—Güen día, hermano —dije despacio.

—Güen día.

—¿Se te ha perdido algo?

—Ahá, el arriador.

—¿Cuál?

—El cabo'e plata.

—Está en el cuarto contra el baúl.

—Vi'a alzarlo.

—¿No matiamos?

—Aurita.

Mientras Goyo buscaba su arriador, ensillé chiflando mi petiso, que dormitaba, gachas las orejas, resoplando a intervalos con disgusto.

Cuando entré a la cocina estaban ya acompañando a Goyo, Pedro Barrales y Don Segundo.

—Güenos días.

—Güenos días.

Horacio entró descoyuntándose a desperezos.

—Te vah'a quebrar —rió Goyo.

—¿Quebrar?... Ni una arruguita le vi'a dejar al cuerpo.

Silencioso, Valerio traspuso el umbral, dirigiéndose a un rincón, donde en cuclillas se calzó un brillante par de lloronas de plata. Después rodeamos el fogón, y el mate comenzó a hacer sus visitas.

Cada cual vivía para sí y mi alegría de pronto se hizo grave, contenida. Un extraño nos hubiese creído apesadumbrados por una desgracia.

No pudiendo hablar, observé.

Todos me parecían más grandes, más robustos, y en sus ojos se adivinaban los caminos del mañana. De peones de estancia habían pasado a ser hombres de pampa. Tenían alma de reseros, que es tener alma de horizonte.

Sus ropas no eran las del día anterior; más rústica, más práctica, cada prenda de sus indumentarias decía los movimientos venideros.

Me dominó la rudeza de aquellos tipos callados, y no sé si por timidez o por respeto, dejé caer la barbilla sobre el pecho, encerrando así mi emoción.

Afuera, los caballos relinchaban.

Don Segundo se puso en pie, salió un momento, volvió con un par de riendas tiocas y fuertes.

—Traime un poco de sebo, muchacho.

Lentamente untó el cuero grueso con la pasta, que a las tres pasadas perdió su blancura.

Valerio acomodó una poca ropa en su poncho, que ató en torno a su cintura, sobre el tirador.

Pedro Barrales se asomó hacia la noche, dio un sonoro rebencazo en un banco y dijo con mueca de resignación:

—Me parece que a mediodía el sol nos va a hacer hervir los caracuses.

De un movimiento coincidente salimos sin necesidad de ser mandados. Las espuelas[21] resonaron en coro, trazando en el suelo sus puntos suspensivos. La noche empezaba a desmayarse.

En el palenque tomamos cada cual su caballo y salimos tranqueando por la playa.

---

[21] Caldiz argues that spurs were not in fact worn for this job since they were considered too uncomfortable.

—Goyo —dijo Valerio—, andá sacando los caballos...; nosotros vamoh'a buscar la tropa... Vos, muchacho, seguilo a Goyo. Ya es güeno que nos movamos.

Por primera vez el capataz daba una orden, y esto era como un paréntesis abierto para el arreo.

Valerio, Horacio y Barrales galoparon hacia un potrero cercano, en que se veía confusamente el bulto de los novillos echados. Goyo y yo abrimos la tranquera del corral, dejando salir las tropillas, que pronto hicieron familia, cada cual con su madrina, cuyo cencerro les sirve de voluntad.

—Abriles la puerta del potrero grande y quedate adelante pa que no disparen.

Había empezado mi trabajo y con él un gran orgullo: orgullo de dar cumplimiento al más macho de los oficios.

Primero tuve que espolear mi petiso y correr de un punto a otro para sujetar los ímpetus libertarios de las tropillas; pero muy pronto las madrinas baquianas comprendieron, tomando sometidamente el camino. Marchando bien la madrina, podía reírme de las rebeldías de los más briosos, que un silbido y un «vuelva pingo» cortaban de cuajo. Tranquilo marché, sabiéndome seguido.

De la playa venían los gritos y el ruedo de la tropa en marcha; rumor de guerra con sus tambores, sus órdenes, sus quejidos, carreras, choques y revolcones. Aquello se acercaba, aumentando en tamaño, y pronto distinguimos un pesado entrevero de colores y formas en la luz naciente.

Fuése calmando la tropa hasta formar una sola masa de movimiento, de la cual yo era el principio tallado en punta.

En mi aislamiento, y mientras el amanecer iba haciendo su obra, me sentí de pronto triste. ¿Por qué? Tal vez fuera un detalle del oficio. Hoy, en la cocina, antes de la partida, no había oído ninguna risa, sorprendiéndome, por el contrario, la seriedad de las expresiones. ¿Sería porque dejaban algo detrás suyo? ¿Sería un pasajero momento de duda al iniciar la tarea en que corrían el albur de no volver más a sus pagos, a sus familias? No conociendo lo que era extrañar la querencia, explicábame a medias los sentimientos nostálgicos. ¿Sería, entonces, por las chinas y los gauchitos? ¿Y qué tenía yo que ver con eso? Una carita olvidada en el trajín de mi partida se presentó nítida a mis ojos: Aurora.

Aurora, pensé, ¿qué tenía que ver conmigo sino el compartimiento de un juego sin mayor pasión, dada nuestra rudimentaria sensualidad?

Sin embargo, la imagen no retrocedió ante mi pensamiento. ¿En qué andaría a esas horas? ¿No estaría triste, a pesar de la sonrisa con que me había despedido la noche antes en el maizal?

Idear una expresión de llanto en su pequeño rostro hecho de alegría me echó en un repentino enternecimiento.

—Chinita —dije casi fuerte, y mordí la manijera del rebenque mirando hacia adelante, para abstraerme en otra cosa.

El día se iba preparando hacia el Este con vibración potente. Mi petiso escarceaba seguido como llamando la madrugada. Ya un pájaro tendía el vuelo sobre la llanura.

Los recuerdos de mis últimos dos horas en la estancia parecían empaparse de finura y lejanía.

Al día siguiente de mi primer encuentro con Aurora había ido a hacer efectiva mi compra, y de vuelta la encontré en el mismo lugar, pero esa vez hosca.

—Güenas tardes.

—Güenas.

—¿Estáh'enojada?

—¡No he de estar! Anoche, por culpa tuya, he perdido una sortija entre el maíz, y mama me ha pegao una paliza.

—¿Querés que la busque? —pregunté, no sin malicia.

—¿Te acordás dónde jue?

—¡Cómo no me vi'acordar, preciosa!

—Sonso.

Después, juntos, habíamos buscado la pequeña joya y habíamos encontrado nuestros juegos.

Esa tarde no me había reñido, y al apartarnos no fui yo quien dijo:

—Mañana te espero.

Pobre chinita, aquel mañana había sido nuestro último encuentro.

Distrájome de mis pensamientos la cruzada del río. Volvió a formarse el remolino y el griterío, osciló la tropa asustada, hasta que los primeros novillos se echaron al agua. Llenóse de espuma, de risas y roturas, la corriente arisca; salimos a la otra orilla con las cinchas goteando y algún que otro salpicón en las bombachas.

Sobre la tierra, de pronto oscurecida, asomó un sol enorme, y sentí que era yo un hombre gozoso de vida. Un hombre que tenía en sí una voluntad, los haberes necesarios del buen gaucho y hasta una chinita querendona que llorara su partida.

CAPITULO VII

Con la salida del sol, vino el fresco, que nos trajo una alegría ávida de traducirse en movimiento. Dejando el río a nuestras espaldas, cruzamos la rinconada de un potrero para entrar, por una tranquera, al callejón.

En aquel camino, que corría entre sus alambrados como un arroyo entre sus barrancas, el andar de la tropa se hizo tranquilo y el peligro de un desbande más remoto.

Sujetando a mi petiso, me coloqué a una orilla y esperé la llegada de Goyo para dar expansión a mi estado comunicativo.

—Si querés, volvete p'atrás —me dijo.

—Güeno.

Sin moverme, dejé pasar la tropa. Los novillos caminaban con pausa y sin cansancio. Unos pocos balaban, mirando hacia la estancia. De vez en cuando, una cornada producía un hueco de algunos metros que volvía a rellenarse, y la marcha seguía pausada, sin cansancio. Al enfrentarme, las bestias hacían una curva a distancia, observándome desconfiadamente. Muchos se detenían, las narices levantadas, olfateando con curiosidad.

Absorto en el movimiento de las paletas fuertes y el cabeceo rítmico, esperé a los troperos. El sol matinal, pegando de soslayo en aquellos cuerpos, dorábales el perfil de un trazo angosto, y las sombras se estiraban sobre el campo, en desmesurada parodia.

Pronto me vi envuelto en un asalto de bromas.

—s'tán muy amontonados pa contarlos —reía Pedro Barrales.

—No, si está eligiendo la res pa ponerle el lazo —contestábale Horacio.

—¡Mozo! —gritó Valerio—, si se me hace que ya lo veo atravesado sobre el recao y con las nalgas p'arriba pa que lah' alivee el fresco.

—Me están boliando parao —retruqué—; dejenmé siquiera que corra un poco.

68

La conversación se hacía a gritos, mientras uno de aquí, otro de allá, menudeábamos porrazos a los rezagados que marcaban un intento de escapar para la querencia.

—Vez pasada —contó Pedro—, cuando juimos de viaje pa Las Heras, ¿te acordá'h, Horacio?, lo llevábamos de bisoño a Venero Luna. Hubieran visto la bulla que metía este cristiano. Puro floriarse entre el animalaje. Tenía una garganta como trompa'e línea y dele pacá, dele payá,[22] les gritaba: «Ajuera guay, ajuera guay». Pero, cuando llevábamos cinco días de arreo, al hombre se le fueron bajando los humos. A la llegada, ya casi ni se movía. «Era ey, era ey», decía como si estuviese rezando, y estaba de flaco y sumido que me daban ganas de atarlo a los tientos.

—Sí —acentuaba gravemente Valerio—; pa empezar, toditos somos güenos.

Y quedaron un momento saboreando aquella gloria de sus cuerpos resistentes. ¿Qué muchacho no ha probado el oficio? Sin embargo, no abundaban los hombres siempre dispuestos a emprender las duras marchas, tanto en invierno como en verano, sufriendo sin queja ni desmayos la brutalidad del sol, la mojadura de las lluvias, el frío tajeante de las heladas y las cobardías del cansancio.

Asaltado de dudas, repetí el decir de Valerio: «Pa empezar, toditos somos güenos». ¿Me vería yo vencido después de mi primer ensayo? Eso sólo podría decirlo el futuro; por el momento, lejos de arredrarme sentí un gran coraje, y tuve la certeza de que me había de romper el alma antes que ceder a las fatigas o esquivar algún peligro del arreo.

Tan valiente me juzgué que resolví ensillar, en la primer parada, mi petiso potro, y así demostrarme a mí mismo la decisión de tomar las cosas de frente. La mañana invita con su ejemplo a una confianza en un inmediato más alto y yo obedecía tal vez a aquella sugestión.

Mientras iba afirmándome en mi resolución vi que llegábamos a un boliche. Era una sola casa de forma alargada. A la derecha estaba el despacho, pieza abierta, amueblada con un par de bancos largos, en los que nos sentamos como golondrinas en un alambre. El pulpero alcanzaba las bebidas por entre una reja de hierro grueso, que lo en-

---

[22] "First one way, then the other": *pacá* and *payá* are contractions of *para acá* and *para allá*.

jaulaba en su vasto aposento, revestido de estanterías embanderadas de botellas, frascos y tarros de toda laya.

El suelo estaba poblado de cuartos de yerba, damajuanas de vino, barriles de diversas formas, cojinillos, matras, bastos, lazos y otros artículos usuales. Entre aquel cúmulo de bultos, el pulpero se había hecho un camino, como la hacienda hace una huella, y por el angosto espacio iba y volvía trayendo las copas, el tabaco, la yerba o las prendas de ensillar.

Frente al despacho había un par de columnas de material, sujetando una enramada que unía el abrigo de la casa al de un patio de paraísos nudosos. Más lejos se veía la cancha de taba.

Delante de la pulpería, el callejón se agrandaba en amplia bolsa, cosa que volvía fácil el cuidado de las tropas.

A eso de las ocho echamos pie a tierra para reponernos con algún alimento.

Empezaba ya a hacer calor y traíamos una lasitud de hambre, pues estábamos en movimiento desde hacía cinco horas con sólo unos mates en el buche.

Horacio y Goyo acomodaron un fogón y prepararon el churrasco. Los demás entraron al despacho, saludaron al pulpero, conocido en otros viajes, y pidieron éste una Giñebra, aquél un Carabanchel.

—¿Qué vah'a tomar? —me preguntó Don Segundo.

—Una caña'e durazno.

—Te vah'a desollar el garguero.

—Deje no más, Don.

En silencio, vaciamos nuestras copas.

Por turno, un rato más tarde «tumbiamos» y yo me eché otra caña al cuerpo.

Repuestos y alegres nos preparamos a seguir viaje. Don Segundo y Valerio mudaron caballo. Valerio ensilló un colorado gargantilla que todos lo codiciaban por su pinta vivaracha, la finura de sus patas y manos.

—¡Qué pingo pa una corrida'e sortija! —decía Pedro Barrales.

—Medio desabordinao, no más —comentó Valerio—, y capaz de hacerme una travesura cuando lo toque con lah'espuelas.

—Algún día tiene que aprender.

Así como hubo concluido de subirlo y lo tocara con las espuelas, vio Valerio que no había errado. El gargantilla se alzó «como leche hervida».

Valerio, de cuerpo pequeño y ágil, seguía a maravilla los lazos de una «bellaqueada», sabia en vueltas, sentadas, abalanzos y cimbrones. Su poncho acompasaba el hermoso enojo del bruto, que en cada corcovo lucía la esbeltez de un salto de dorado. Sus ijares se encogían temblorosos de vigor. Su cabeza rayaba casi el suelo en signos negativos y su lomo, encorvado, sostenía muy arriba la sonriente dominación del jinete.

Al fin, la mano diestra puso término a la lucha, y Valerio rio jadeante.

—¿No les dije?

—¡Hm! —comentó Pedro—, no es güeno darle mucha soga.

—Si lo dejo, de seguro se me hace bellaco.

—Sería pecao..., un pingo tan parejo.

Enardecido por el espectáculo, alentado por las dos cañas que me bailaban en la cabeza, recordé mi proyecto de hacía un rato.

—¿Quién me da una manito pa ensillar mi potrillo?

—¿Pa qué?

—Pa subirlo.

—Te vah'acer trillar.

—No le hace.

—Yo te ayudo —dijo Horacio—, aunque no sea más que por tomar café esta noche en el velorio.

Con risas y al compás de dicharachos agarraron y ensillaron mi petiso, más pronto de lo que era menester para que yo pensara en mi temeridad. Horacio tomó el potrillo de la oreja, le dio unos zamarreones.

—Cuando querráh'ermano.

Con sigilo me acerqué, puse el pie en el estribo y «bolié la pierna», tratando de no despertar demasiado pronto las cosquillas del cebrunito.

Las bromas me ponían nervioso. ¿Para dónde iría a salir el petiso? ¿Cómo prevendría yo el primer movimiento?

Había que concluir de una vez y, tomando mi coraje a dos manos, después de haberme acomodado del modo que juzgué más eficiente, di la voz de mando.

—¡Larguelón no más!

El petiso no se movió. Por mi parte, no veía muy claro. Delante mío adivinaba un cogote flacucho, ridículo, un poco torcido. Al mismo tiempo noté que mis manos sudaban y tuve miedo de no poderme afirmar en las riendas.

—¿Pa cuándo? —preguntó detrás mío una voz que no supe a quién atribuir.

Como una vergüenza, peor que un golpe, sentí el ridículo de mi espera, y al azar solté por la cabeza del petiso un rebencazo. Experimenté un doloroso tirón en las rodillas y desapareció para mí toda noción de equilibrio. Para mal de mis pecados eché el cuerpo hacia adelante, y el segundo corcovo me fue anunciado por un golpe seco en las asentaderas, que se prolongó al cuerpo en desconcertante sacudimiento. Abrí grandes los ojos previendo la caída, y echéme esta vez para atrás, pues había visto el camino subir hacia mí, no encontrando ya con la mirada ni el cogote ni la cabeza del petiso.

Otra y otra vez se repitieron los cimbronazos, que parecían quererme despegar los huesos, pero sintiendo las rodillas firmes y alentado por un «¡aura!» de mis compañeros, volví a dar un rebencazo a mi potro. Más y más sacudones se siguieron con apuro. Me parecía que ya iban cien y las piernas se me acalambraban. Una rodilla se me zafó de la grupa; me juzgué perdido. El recado desapareció debajo mío. Desesperadamente, viéndome suspenso en el vacío, tiré un manotón sin rumbo. El golpe me castigó el hombro y la cadera con una violencia que me hizo perder los sentidos. A duras penas, empero, alcancé a ponerme de pie.

—¿Te has lastimao? —me preguntó Valerio, que no se apartó de al lado mío durante mi mala jineteada.

—Nada, hermano, no me he hecho nada —respondí, olvidando la deferencia que debía a mi capataz.

A unos treinta metros, Don Segundo había puesto el lazo al fugitivo y corrí en su dirección.

—¡Ténganmelo!

—¿Pa llorarlo luego al finadito? [23] —rio Goyo.

—No, formal, ténganmelo ese maula que lo vi'a hacer sonar a azotes.

---

[23] "So we'd have to weep over a dead lad?"

—Déjelo pa mañana —me ordenó sin bromas Valerio—, mire que tenemos que marchar y el trabajo no es divirsión.

—Me parece —dijo Don Segundo— que si éste no se sosiega, lo vamoh'a tener que mandar pa la jaula'e las tías.

Horacio me trajo embozalado el petiso de Festal chico.

CAPITULO VIII

En la pampa las impresiones son rápidas, espasmódicas para luego borrarse en la amplitud del ambiente, sin dejar huella. Así fue como todos los rostros volvieron a ser impasibles, y así fue también como olvidé mi reciente fracaso sin guardar sus naturales sinsabores. El callejón era semejante al callejón anterior, el cielo permanecía tenazmente azul, el aire, aunque un poco más caluroso, olía del mismo modo, y el tranco de mi petiso era apenas un poco más vivaracho.

La novillada marchaba bien. Las tropillas que iban delante llamaban siempre con sus cencerros claros. Los balidos de la madrugada habían cesado. El traqueteo de las pezuñas, en cambio, parecía más numeroso, y el polvo alzado por millares de patas iba tornándose más denso y blanco.

Animales y gente se movían como captados por una idea fija: caminar, caminar, caminar.

A veces un novillo se atardaba mordisqueando el pasto del callejón, y había que hacerle una atropellada.

Influido por el colectivo balanceo de aquella marcha, me dejé andar al ritmo general y quedé en una semi-inconsciencia que era sopor, a pesar de mis ojos abiertos. Así me parecía posible andar indefinidamente, sin pensamiento, sin esfuerzo, arrullado por el vaivén mecedor del tranco, sintiendo en mis espaldas y mis hombros el apretón del sol como un consejo de perseverancia.

A las diez, el pellejo de la espalda me daba una sensación de efervescencia. El petiso tenía sudado el cogote. La tierra sonaba más fuerte bajo las pezuñas siempre livianas.

A las once tenía hinchadas las manos y las venas. Los pies me parecían dormidos. Dolíanme el hombro y la cadera golpeados. Los novillos marchaban más pesadamente. El pulso me latía en las sienes de manera embrutecedora. A mi lado la sombra del petiso disminuía desesperadamente despacio.

A las doce, íbamos caminando sobre nuestras sombras, sintiendo así mayor desamparo. No había aire y el polvo nos envolvía como queriéndonos esconder en una nube amarillenta. Los novillos empezaban a babosear largas hilachas mucosas. Los caballos estaban cubiertos de sudor, y las gotas que caían de sus frentes salábanles los ojos. Tenía yo ganas de dormirme en un renunciamiento total.

Al fin llegamos a la estancia de un tal don Feliciano Ochoa. La sombra de la arboleda nos refrescó deliciosamente. A pedido de Valerio, nos dieron permiso para echar la tropa en un potrerito pastoso, provisto de aguada, y nos bajamos del caballo con las ropas moldeadas a las piernas, caminando como patos recién desmaniados. Rumbo a la cocina, las espuelas entorpecieron nuestros pasos arrastrados. Saludamos a la peonada, nos sacamos los chambergos para aliviar las frentes sudorosas y aceptamos unos mates, mientras en el fogón colocábamos nuestro churrasco de reseros y activábamos el fuego.

No tomé parte en la conversación que pronto se animó entre los forasteros y los de las casas. Tenía reseco el cuerpo como carne de charque, y no pensaba sino en «tumbiar» y echarme aunque fuera en los ladrillos.

—¿Seguirán marchando cuando acaben de comer?

—No, señor —contestó Valerio—. El tiempo está muy pesao pa los animales... Pensamos, más bien, con su licencia, echar una siestita y caminar un poco de noche, si Dios quiere.

¡Qué placer indescriptible me dio aquella respuesta! Instantáneamente sentí mis miembros alargarse en un descanso aliviador y toda mi buena disposición volvió a mí como por magia.

—¡Lindo! —exclamé, escupiendo por el colmillo.[24]

Uno de los peones me miró sonriente:

—Has de ser nuevo en el oficio.

—Sí —dije como para mí—, soy un nuevo que se va gastando.

—¡Oh! —comentó un viejo—, antes de gastarte tenés que dir p'arriba.

—Si es apuradazo —replicó Pedro Barrales—. Hoy ya subió un potrillo; iba descolgándosele por la paleta que no le quería bajar el rebenque. Es de los que mueren matando.

---

24 "Ostentatiously neglecting due respect" (a Peninsular expression).

—¡Güen muchacho! —dijo el viejo con los ojos risueños de simpatía—. Toma un mate dulce por gaucho.

—Lo habré merecido cuando no me voltee, Don.

—Será mañana, pues.

—Quién sabe —intervino Goyo— no juera mejor que lo largara.

—¡Claro! —subrayé—, pa ver cómo corren por el campo mis veinte pesos.

—No —volvió a interrumpir el viejito—, si es ladinazo pa'l retruque.

—¡Oh! —aseguró Don Segundo—, si es por pico, no hay cuidao. Antes de callarse, más bien se le va hinchar la trompa. Es de la mesma ley que los loros barranqueros.

—Ya me castigaron —concluí encogiéndome de hombros, como para prevenir un golpe, y no hablé más.

Un chico como de doce años se había sentado cerca mío y miraba mis espuelas, mis manos lastimadas en la jineteada, mi rostro cubierto por la tierra del arreo, con la misma admiración con que días antes observé yo a Valerio o a Don Segundo. Su ingenua prueba de curiosidad admirativa era mi boleta de resero.

Para que durmiera la siesta, el mismo muchacho se comidió a enseñarme un lugar aparte, y le estuve de ello tan agradecido casi como de sus manifestaciones de muda simpatía.

A eso de las cuatro nos hallábamos otra vez en el callejón. Las despedidas habían sido cordiales, después de unos pocos mates, y yo me sentía como recién parido por haberme bañado el rostro en un balde y sacudido la tierra con una bolsa.

A los mancarrones les sonaba el agua en la panza, y la tropa, habiendo tenido tiempo de echarse y probar unos buenos bocados de gramilla, se encontraba mejor dispuesta.

Teníamos, además, la promesa cercana del frescor nocturno y eso de ir mejorando paulatinamente, hasta alcanzar un descanso, mantiene despierta la esperanza fundada.

Como a nuestra salida de la estancia, me fui hasta adelante de las tropillas, de donde me entretuve en mirar el camino y las poblaciones lejanas, para grabar el todo en mi memoria, acaudalando así mis primeros valores de futuro baquiano.

A las dos horas de marcha, como íbamos a pasar frente a un puesto, Goyo llegó hasta mí para transmitirme una orden de Valerio.

—Vení conmigo... Vamoh'a carniar un cordero y despuéh'alcanzamos la tropa.

—No sirvo, hermano, pa ese trabajo.

—No le hace. Te vah'a ir acostumbrando.

Mientras el arreo seguía su camino, nos apeamos en el rancho, cuyo dueño nos recibió como a conocidos viejos.

—¿Un borrego? —dijo cuando Goyo le hubo explicado nuestra necesidad de carne—. En seguidita no más.

No hubo discusión por el precio.

Goyo era baquiano y ligero. Mi atareada inutilidad le hacía reír sin descanso. No bien había yo rasgado el cuero de una pata, cuando ya su cuchillo, viniendo por la panza, me amenazaba con la punta. Con tajos largos y certeros separaba el cuero de la carne y, una vez abierta la brecha, metía en ella el puño con el que rápidamente procedía al despojo de la bestia. Haciendo primero un círculo con la hoja en derredor de las coyunturas, quebró las cuatro patas en la última articulación. Entre el tendón y el hueso del garrón, abrió un ojal en el que pasó la presilla del cabestro y, arrimándose a un árbol, tiró por sobre una rama la punta opuesta, de la cual me colgué con él hasta que quedara suspendida la res.

Rápidamente abrió la panza, sacó a vueltas y revueltas el sebo de tripa, despojó el vientre de desperdicios, el tórax de bofes, hígado y corazón.

—¿Pa eso me has llamado? —pregunté estúpidamente inactivo, avergonzado de mis manos que colgaban también como desperdicios.

—Aura me vah'ayudar pa llevar la carne.

Concluida la carneada, metimos cada cual nuestro medio borrego en una bolsa de arpillera, lo atamos a los tientos y, despidiéndonos del puestero, que nos hizo traer unos mates con una chinita flaca y huraña, nos fuimos a trote de zorrino hasta alcanzar la tropa, que por cierto no se había distanciado mucho.

Más apocado por mi ignorancia de carneador que por mi golpe de la mañana, me fui de nuevo hacia adelante mascando rabia. Horas antes había visto el buen lado de la taba[25] cuando el chico de lo de Don Feliciano miraba asombradamente mil pilchas y aposturas de resero; y no me había acordado que el huesito tenía otra parte designada con un nombre desdoroso; ésa la veía sólo cuando mi impericia de bisoño se topaba con una de las tantas realidades del oficio. ¿Cuántos otros desengaños me esperaban?

Antes de andar haciéndome el «taita», tenía por cierto que aprender a carnear, enlazar, pialar, domar, correr como la gente en el rodeo, hacer riendas, bozales y cabestros, lonjear, sacar tientos, echar botones, esquilar, tusar, bolear, curar el mal del vaso, el haba, los hormigueros y qué sé yo cuántas cosas más. Desconsolado ante este programa, murmuré a título de máxima: «Una cosa es cantar solo y otra cosa es con guitarra».

En esos trances me asaltó la tarde en una rápida fuga de luz. Acobardado por mi soledad, volvíme con los otros para saber a qué hora comeríamos.

Cenamos en campo abierto. Cerca del callejón había una cañada con unos sauces, de donde trajimos algunas ramas secas. El resplandor de la llama dio a nuestros semblantes una apariencia severa de cobre, mientras en cuclillas formábamos un círculo de espera. Las manos, manejando el cuchillo y la carne, aparecían lucientes y duras. Todo era quietud, salvo el leve cantar de los cencerros y los extrañados balidos de la hacienda.

En la cañada croaron las ranas, quebrando el uniforme siseo de los grillos. Los chajás delataban nuestra presencia a intervalos perezosos. Los gajos verdes de nuestra leña silbaban, para reventar como lejanas bombas de romerías. Sentía el dolor del cansancio mudar de sitio en mi pobre cuerpo y parecíame tener la cabeza apretada bajo un cojinillo.

No teníamos agua y había que sufrir la sed por unas horas.

Nuevamente, al andar de la tropa, proseguimos nuestro viaje.

Encima nuestro, el cielo estrellado parecía un ojo inmenso, lleno de luminosas arenas de sueño. Cada paso propagaba una manada de

---

[25] *Taba* is a game of Spanish origin, adopted by gauchos as a favourite means of betting. A sheep's knuckle-bone is used as a kind of dice, one side normally called *suerte,* the other *culo* (representing bad luck). It sometimes happens that the bone is unfairly weighted in favour of *culo.*

dolores por mis músculos. Cuántos vaivenes del tranco tendría que aguantar aún.

No sabía ya si nuestra tropa era un animal que quería ser muchos, o muchos animales que querían ser uno. El andar desarticulado del enorme conjunto me mareaba, y si miraba a tierra, porque mi petiso cambiaba de dirección o torcía la cabeza, sufría la ilusión de que el suelo todo se movía como una informe masa carnosa.

Hubiese querido poder dormir en mi caballo como los reseros viejos.

Nadie se ocupaba ya de mí. La gente iba atenta al animalaje, temiendo que alguno se rezagara. Se oía de vez en cuando un grito. Los teros chillaban a nuestro paso y las lechuzas empezaron a jugar a las escondidas, llamándose con gargantas de terciopelo.

Ninguna población se avistaba.

De pronto me di cuenta de que habíamos llegado. Cerca ya, vimos la gran apariencia oscura de unas casas, y el callejón se ensanchó como un río que llega a la laguna.

Goyo, Don Segundo y Valerio iban a rondar, según oí decir.

Estábamos en los locales de una feria, a orillas de un pueblo.

Cerca de las tropillas desenfrené mi petiso y le volteé el recado.

Bajo un cobertizo de cinc tiré mis pilchas al suelo y me les dejé caer encima, como cae un pedazo de barro de una rueda de carreta.

Un rebencazo casi insensible me cayó sobre las paletas.

—¡Hacete duro, muchacho!

Y creí haber reconocido la voz de Don Segundo.

CAPITULO IX

Goyo tuvo que arrastrarme lo menos unos tres metros, tirándome de los pies, para poder despertarme:

—'ta que sos dormilón... Si ya te estaba por hacer la prueba que se le hace al peludo pa sacarlo'e la cueva.

—¿Nos vamos ya?

—Dentro de un rato.

Queriéndome incorporar hice un esfuerzo inútil.

—¿No te podéh'enderezar?

—A gatitas —contesté mientras lograba tomar posición de gente.

—¿Qué te duele? —reía Goyo.

—El porrazo —alegué, para no confesar mi fatiga.

—¿Ande, aquí?

—¡Afa! —exclamé retirando rápidamente el brazo que me apretaba Goyo. Pero aquello era en realidad una farsa. Lo que me dolía era el vientre, las ingles, los muslos, las paletas, las pantorrillas.

—¿Estarás pasmao?

—Cuantito me mueva se me va a pasar.

Haciendo un sentido esfuerzo, salí caminando sin dar muestras de mis sufrimientos. Apenas quería aclarar el día nublado.

—¿Tendremos lluvia?

—Sí.

—¿Ande está Don Segundo?

—En la tropilla, ensillando.

Guiado por los cencerros caminé hasta ver la gran silueta del paisano, abultada por la noche.

—Güen día, Don Segundo.

—Güen día, muchacho. Te estaba esperando pa hablarte.

—Diga, Don.

—¿Vah'a volver a ensillar tu potrillo?

—¿Y de no?

80

—Güeno. Yo te vi'a ayudar pa que no andés sirviendo de divirsión 'e la gente. Aquí naides nos va a ver y vah'hacer lo que yo te mande.

—Cómo no, Don Segundo.

De los tientos de su encimera lo vi sacar el lazo. Luego tomó mi bozal, revisó el cabestro que era fuerte y me ordenó que lo siguiera.

En la luz incierta de la madrugada llovedora, se dirigió hacia mi cebrunito haciendo la armada. El petiso medio dormido no tuvo tiempo para escapar. El lazo se ciñó en lo alto del cogote y Don Segundo, sin darse siquiera la pena de «echar a verijas», contuvo a su presa.

—Andá arrimando tu recao.

Cuando volví encontré ya a mi potrillo sujeto a un poste, por tres vueltas de cabestro y enriendado.

Con paciencia, Don Segundo fue colocando bajeras, bastos y cincha. Cuando tiró del correón, el potrillo quiso debatirse, pero era ya tarde. Los cojinillos completaron rápidamente la ensillada.

Asombrado miraba yo el dominio de aquel hombre, que trataba a mi petiso como a un cordero guacho.

Mientras apretaba el cinchón y desataba el cebrunito del poste trayéndolo al medio de la playa, Don Segundo me aleccionó:

—El hombre no debe ser sonso. De la gente jineta que vos ves aura, muchos han sido chapetones y han aprendido a juerza de malicia. En cuanto subás charquiá no más sin asco, que yo no vi' andar contando y no le aflojés hasta que no te sintás bien seguro. ¿Me hah'entendido?

—Ahá.

—Güeno.

El caballo de Don Segundo estaba a dos pasos, pronto para apadrinarme. Antes de subir miré en torno, pues a pesar de los consejos del hombre que entre todos merecía mi respeto, me hubiera molestado que otros me pillaran trampeando.

Tranquilizado por mi inspección subí cautelosamente no sin que me temblaran un poco las piernas. Ni bien estuve sentado, el dolor de las ingles y muslos se me hizo casi insoportable; pero era mal momento para ceder y me acomodé lo mejor posible.

—No lo mováh'a ver si me da tiempo pa subir.

Como si hubiera entendido, el petiso quedó tranquilo hasta que mi padrino estuvo a mi lado.

Don Segundo alzó el rebenque. El petiso levantó la cabeza y echó
a correr sin intentar más defensa. Alrededor de la playa dimos una
gran vuelta. Poco a poco me fui envalentonando y acodillé al petiso
buscando la bellaqueada. Dos o tres corcovos largos respondieron a
mi invitación; los resistí sin apelar al recurso indicado.

—Ya está manso —dije.

—No lo busqués —contestó simplemente Don Segundo, a quien
mi maniobra no había escapado. Y colocándose alternativamente a
uno y otro lado, me llevó hasta el lugar en que los demás troperos
estaban desayunándose, con unos mates, a orilla del camino.

Nos recibieron con gritos y aplausos.

Hinchado de orgullo como un pavo, rematé mi trabajo tironeando
al petiso según las órdenes de mi padrino:

—Aura pa la izquierda... Aura pa la derecha... Aura de firme no
más, hasta que recule.

Y me cebaba en cada tirón, haciendo temblequear la jeta de mi
víctima, tal como lo había visto hacer a los otros.

—'stá güeno. Te podés desmontar. Agarrate del fiador del bozal y
abrítele bien pa cair lejos.

Lleno de confianza me ejecuté.

—¡Mozo liviano! —exclamó Pedro Barrales.

Recién cuando quise desensillar, me di cuenta de que por haberme excedido en los tirones tenía desgarradas las manos, de las
cuales la izquierda me sangraba abundantemente.

—Te hah' lastimao —dijo Horacio, habiendo visto mi mirada—.
Dejálo no más a tu redomón que yo le vi'a bajar los cueros.

No me hice rogar, porque sentía unos fuertes punzazos que me
subían hasta el codo. Me envolví la herida con un pañuelo que Pedro
me ayudó a anudar.

—Están resecas las riendas —dije a manera de comentario.

—Dejá eso no más —intervino Goyo— y arrimate a tomar unos
tragos del chifle, que te loh'as ganao.

Con explicable alegría recibí aquella oferta, que me resultaba el
más rico de los premios.

Media hora después, como se agotaran los elogios y las palmadas
y la yerba, volvimos a nuestras impasibles actitudes de troperos. Pero

yo llevaba dentro un tesoro de satisfacción, que saboreaba a grandes sorbos con el aire joven de la mañana.

Entre tanto, los nubarrones amontonados en el horizonte habían recubierto el cielo y, cuando el arreo en marcha volvía a la angostura del callejón, las primeras gotas sonaron de un modo opaco y precipitado.

Como a pesar de la hora temprana sintiéramos calor, fue más bien un goce aquel tamborileo fresco. Algunos empezaron a acomodar sus ponchos; yo esperé.

Mirando al cielo colegimos que aquello era preludio de algo más serio.

La tierra se había puesto a despedir perfumes intensamente. El pasto y los cardos esperaban con pasión segura. El campo entero escuchaba.

Pronto un nuevo crepitar de gotas alzó al ras del callejón una sutil polvareda. Parecía que nuestro camino se hubiese iluminado de un tenue resplandor.

Esa vez me acomodé el «calamaco» preparándome a resistir el chubasco.

La lluvia se precipitó interceptándonos el horizonte, los campos y hasta las cosas más cercanas. Los troperos se distribuyeron a lo largo de la novillada para cerrar de más cerca la marcha.

—¡Agua! —gritó Valerio entreverándose a pechadas entre los brutos.

Por mi parte me entretuve en sentir sobre mi cuerpo el cerrado martilleo de las gotas, preguntándome si el poncho me defendería de ellas. Mi chambergo sonaba a hueco y pronto de sus bordes empezaron a formarse goteras. Para que éstas no me cayeran en el pescuezo, requinté sobre la frente el ala, bajándola de atrás a fin de que el chorrito se escurriese por la espalda.

La primera reacción ante la lluvia, según más tarde pudo argumentar mi experiencia, es reír, aunque muchas veces nada bueno traiga consigo la perspectiva de una mojadura. Riendo, pues, aguanté aquel primer ataque. Pero tuve muy pronto que dejar de pensar en mí, porque la tropa, disgustada por aquel aguacero que la cegaba de frente, quería darle el anca y se hacía rebelde a la marcha.

Como los demás, tuve que meterme entre ellos distribuyendo so-papos y rebencazos. A cada grito llenábaseme la boca de agua, obli-gándome esto a escupir sin descanso. Con los movimientos me di cuenta de que mi ponchito era corto, lo cual me proporcionó el primer disgusto.

A la media hora, tenía las rodillas empapadas y las botas como aljibe.

Empecé a sentir frío, aunque luchara aún ventajosamente con él. El pañuelo que llevaba al cuello ya no hacía de esponja y, tanto por el pecho como por el espinazo, sentí que me corrían dos huellitas de frío.

Así, pronto estuve hecho sopa.

El viento que traíamos de cara arreció, haciendo más duro el cas-tigo, y a pesar de que a su impulso el aire se volviese más despejado, no fue tanto el alivio como para que no deseáramos un próximo fin.

Acobardado miré a mis compañeros, pensando encontrar en ellos un eco de mis tribulaciones. ¿Sufrirían? En sus rostros indiferentes el agua resbalaba como sobre el ñandubay de los postes, y no parecían más heridos que el campo mismo.

El callejón, que había sido una nota clara con relación a los prados, estaba lóbrego. Por delante de la tropa, la huella rebrillaba acerada; atrás todo iba quedando trillado por dos mil patas, cuyas pisadas sonaban en el barrial como masticación de rumiante. Los vasos de mi petiso resbalaban dando mayor molicie a su tranco. Por trechos la tierra dura parecía tan barnizada, que reflejaba el cielo como un arroyo.

Dos horas pasé, así, mirando en torno mío el campo hostil y bruñido.

Las ropas, pegadas al cuerpo, eran como fiebre en período álgido sobre mi pecho, mi vientre, mis muslos. Tiritaba continuamente, sa-cudido por violentos tirones musculares, y me decía que si fuera mujer lloraría desconsoladamente.

De pronto, una abertura se hizo en el cielo. La lluvia se des-menuzó en un sutil polvillo de agua y, como cediendo a mi angustioso deseo, un rayo de sol cayó sobre el campo; corrió quebrándose en los montes, perdiéndose en las hondonadas, encaramándose en las lomas.

Aquello fue el primer anuncio de mejora que, al cabo de una breve duda, vino a caer en benéfico derroche solar.

Los postes, los alambrados, los cardos, lloraron de alegría. El cielo se hizo inmenso y la luz se calcó fuertemente sobre el llano.

Los novillos parecían haber vestido ropas nuevas, como nuestros caballos, y nosotros mismos habíamos perdido las arrugas, creadas por el calor y la fatiga, para ostentar una piel tirante y lustrada.

El sol pronto creó un vaho de evaporación sobre nuestras ropas. Me saqué el poncho, abrí mi blusa y mi camiseta, me eché en la nuca el chambergo.

La tropa, olfateando el campo, se hizo más difícil de cuidar. Iniciamos algunas corridas arriesgando la costalada.

Una vida poderosa vibraba en todo y me sentí nuevo, fresco, capaz de sobrellevar todas las penurias que me impusiera la suerte.

Entre tanto, la vitalidad sobrante quedó agazapada en nuestros cuerpos, pues de ella tendríamos necesidad para sobrellevar los próximos inconvenientes, y, sin desparramarnos en inútiles bullangas, volvimos a caer en nuestro ritmo contenido y voluntarioso:

Caminar, caminar, caminar.

CAPITULO X

Le saqué el freno que recién se estaba acostumbrando a cascar;[26] le aflojé el maneador lo más posible para que bebiera tranquilo.

El bayo se arrimó al agua, que tocó con cauteloso hocico, y apurado por la sed bebió a sorbos interrumpidos, sin apartar de mí su ojo vivaz. Era un buen pingo arisco aún y lleno de desconfiadas cosquillas. Lo miré con orgullo de dueño y de domador, pues estaba seguro de que pronto sería un chuzo envidiable. Los tragos pasaban con regularidad de pulso por su garguero. Levantó la cabeza, se enjuagó la boca, aflojando los belfos al paso de su larga lengua rosada. De pronto se quedó estirado de atención, las orejas rígidas, esperando la repetición de algún ruido lejano.

—Comadreja —dije bajo, llamándolo por su nombre.

El bayo se volvió hacia mí, resopló como inquieto y comenzó a mordisquear la fina gramilla ribereña. Tranquilizado, comió glotonamente, recogiendo entre sus labios movedizos los bocados, que luego arrancaba haciendo crujir los pequeños tallos.

Mi vista cayó sobre el río, cuya corriente apenas perceptible hacía cerca mío un hoyuelo, como la risa en la mejilla tersa de un niño.

Así, evoqué un recuerdo que parecía perdido en la aburrida bruma de mi infancia.

Hacía mucho tiempo, cinco años [27] si mal no recordaba, intenté una recopilación de los insulsos días de mi existencia pueblera, y resolví romperla con un cambio brusco.

Era a orillas de un caserío, a la vera de un arroyo. A pocos pasos había un puente y hacia el medio del arroyo un remanso en el que solía bañarme.

---

26 More correctly *tascar el freno*: to champ at the bit.
27 Earlier manuscripts read «tres años».

¡Qué distintas imágenes surgían de mi nueva situación! Para constatarlo no tenía más que mirar mi indumentaria de gaucho, mi pingo, mi recado.

Bendito el momento en que a aquel chico se le ocurrió huir de la torpe casa de sus tías. Pero, ¿era mío el mérito?

Pensé en Don Segundo Sombra, que en su paso por mi pueblo me llevó tras él, como podía haber llevado un abrojo de los cercos [28] prendidos en el chiripá.

Cinco años habían pasado sin que nos separáramos ni un solo día, durante nuestra penosa vida de reseros. Cinco años de esos hacen de un chico un gaucho, cuando se ha tenido la suerte de vivirlos al lado de un hombre como el que yo llamaba mi padrino. El fue quien me guió pacientemente hacia todos los conocimientos de hombre de pampa. El me enseñó los saberes del resero, las artimañas del domador, el manejo del lazo y las boleadoras, la difícil ciencia de formar un buen caballo para el aparte y las pechadas, el entablar una tropilla y hacerla parar a mano en el campo, hasta poder agarrar los animales donde y como quisiera. Viéndolo me hice listo para la preparación de lonjas y tientos con los que luego hacía mis bozales, riendas, cinchones, encimeras, así como para injerir lazos y colocar argollas y presillas.

Me volví médico de mi tropilla, bajo su vigilancia, y fui baquiano para curar el mal del vaso dando vuelta la pisada,[29] el moquillo con la medida del perro [30] o labrando un fiador con trozos de un mismo maslo, el mal de orina poniendo sobre los riñones un cataplasma de barro podrido, la renguera de arriba [31] atando una cerda de la cola en la pata sana, los hormigueros con una chaira caliente, los nacidos, cerda brava y otros males, de diferentes modos.

---

[28] According to Caldiz, these barbs had been removed by the rural police before the beginning of this century. It is, then, one of many similes which hark back to the past.

[29] A rustic cure for swelling of the hoof was to cut the footprint in two and place the bottom part at the top, turning it round in the process.

[30] The following explanation is given in Horacio Jorge Becco, «*Don Segundo Sombra*» y su vocabulario, Ollantay, Buenos Aires, 1952, p. 113: «Medida del perro. Consiste en el perímetro del cuello de un perro joven que aún no tenga dientes y luego se aplica para la cura de algunas enfermedades.»

[31] Horse-hair bound tightly round the healthy leg makes it swell; the animal, to avoid the pain, favours its lame leg, thus speeding its recovery. Güiraldes himself explained this method in a letter (*Obras completas,* p. 790).

También por él supe de la vida, la resistencia y la entereza en la lucha, el fatalismo en aceptar sin rezongos lo sucedido, la fuerza moral ante las aventuras sentimentales, la desconfianza para con las mujeres y la bebida, la prudencia entre los forasteros, la fe en los amigos.

Y hasta para divertirme tuve en él a un maestro, pues no de otra parte me vinieron mis floreos en la guitarra y mis mudanzas en el zapateo. De su memoria saqué estilos, versadas y bailes de dos, e imitándolo llegué a poder escobillar un gato o un triunfo y a bailar una huella o un prado.[32] Coplas y relaciones sobraban en su haber para hacer sonrojar de gusto o de pudor a un centenar de chinas.

Pero todo eso no era sino un resplandorcito de sus conocimientos y mi admiración tenía donde renovarse a diario.

¡Cuánto había andado ese hombre!

En todos los pagos tenía amigos, que lo querían y respetaban, aunque poco tiempo paraba en un punto. Su ascendiente sobre los paisanos era tal que una palabra suya podía arreglar el asunto más embrollado. Su popularidad, empero, lejos de servirle, parecía fatigarlo después de un tiempo.

—Yo no me puedo quedar mucho en nenguna estancia —decía— porque en seguida estoy queriendo mandar más que los patrones.

¡Qué caudillo de montonera hubiera sido!

Pero por sobre todo y contra todo, Don Segundo quería su libertad. Era un espíritu anárquico y solitario, a quien la sociedad continuada de los hombres concluía por infligir un invariable cansancio.

Como acción, amaba sobre todo el andar perpetuo; como conversación, el soliloquio.

Llevados por nuestro oficio, habíamos corrido gran parte de la provincia:[33] Ranchos, Matanzas, Pergamino, Rojas, Baradero, Lobos, el Azul, Las Flores, Chascomús, Dolores, el Tuyú, Tapalqué y muchos otros partidos nos vieron pasar cubiertos de tierra o barro, a la cola de un arreo. Conocíamos las estancias de Roca, Anchorena, Paz,

---

[32] Of these four traditional gaucho dances three (the *gato, triunfo,* and *prado*) form part of the festivities in Chapter XI; but in the 1920s only the *gato* was normally included in the repertory of dances, together with waltzes, polkas, mazurkas, etc.

[33] The Province of Buenos Aires, in which the towns named in this paragraph are situated. (See map on page viii.)

Ocampo, Urquiza, los campos de «La Barrancosa», «Las Víboras», «El Flamenco», «El Tordillo», en que ocasionalmente trabajamos, ocupando los intervalos de nuestro oficio.

Una virtud de mi protector me fue revelada en las tranquilas pláticas de fogón. Don Segundo era un admirable contador de cuentos, y su fama de narrador daba nuevos prestigios a su ya admirada figura. Sus relatos introdujeron un cambio radical en mi vida. Seguía yo de día siendo un paisano corajudo y levantisco, sin temores ante los riesgos del trabajo; pero la noche se poblaba ya para mí de figuras extrañas y una luz mala, una sombra o un grito me traían a la imaginación escenas de embrujados por magias negras o magias blancas.

Mi fantasía empezó a trabajar, animada por una fuerza nueva, y mi pensamiento mezcló una alegría a las vastas meditaciones nacidas en la pampa.

A esa altura de mis mecedoras evocaciones, el bayo Comadreja dio una espantada que casi me quita el maneador de entre las manos.

Siguiendo su mirada vi en la orilla opuesta del río asomar la socarrona cabecita de un zorro.

Me dio vergüenza, como si hubiera burla en la atención de aquel bicho astuto.

Me levanté, tosí, acomodé las jergas del recado, enriendé el caballo y una vez montado emprendí el retorno a las casas.

Saliendo de las barrancas, vi tendido delante mío un vasto potrero y a lo lejos divisé el monte.

La estancia era grande y bien poblada. Diez leguas, ocho puestos, monte grande, con calles cuidadas, galpones, casa lujosa y un jardín de flores como nunca antes vi. Habíamos changado en unos trabajos de aparte, y ese día de Navidad el patrón daba un gran baile para mensuales, puesteros y algunos conocidos del campo.

A la mañana había yo ayudado a limpiar y adornar el galpón de esquila, que quedó emperifollado como una iglesia, y mientras volvía, que era para la oración, prometíame una buena noche de parranda como no se presenta en muchas ocasiones. Además, allí, en un puesto medio perdido en los juncales de un bajo, había conocido una mocita con más coqueterías que un jilguero. No sería mal arrimar un poquito de leña a ese fuego.

Entre tanto, mi bayo iba pisando con desconfianza entre matas de paja colorada y esparto. A mis espaldas quedaba la laguna cubierta por la bruma de un griterío confuso y ya tímido. Entré a una calle del monte. Los troncos vibraban aún de luz. Me encontré de improviso con otro jinete ante cuya semblanza mis ojos dudaron un momento.

—¿Sos vos Pedro?

—Barrales de apelativo. Yo mesmo soy. He sabido que andabas por acá y he venido a toparte solo pa que me contés de tu vida.

—Y es claro que vos no más habías sido. Con razón cuando te vide las viruelas me dije: Esa es cara con hocico.

—¿Y yo hermanito? ¡Si te habré extrañao! ¿Creerás que dende que no te veo no puedo miar?

Con qué gusto encontraba a mi bueno y viejo compañero del primer arreo, cuya alegría dicharachera había dejado en mi memoria la resonancia de un cencerro.

Hasta llegar al palenque, me hizo decir cuanto quiso sobre lo sucedido en mi existencia desde que no nos habíamos visto, y comentaba a antojo mis relatos con ingeniosos parangones o burlas simpáticas. Convinimos andar juntos en el baile y comimos codo a codo, en cuclillas, al lado del asador rodeado por unos treinta hombres.

Desde la cocina entreveíamos el galpón, al que iban llegando como avanzadas de fiesta algunos charrés y gente de a caballo. Adivinábamos risas de mujeres en los carruajes y poco a poco la cocina fue llenándose de paisanos que saludaban, alegres o taimados.

Ya la gente se había amontonado por demás y salimos con Pedro a curiosear lo que sucedía en el salón del baile.

Intimidados, a pesar de nuestros alardes, nos asomamos al recinto antes lleno de bolsas, maquinarias y cueros, entonces preparado con ostentación de lámparas, velas, candiles y banderitas, a contener la alegría de un centenar de parejas.

El centro despejado y limpio, asustaba y atraía como un remanso. En las sillas que formaban cuadros, apoyadas contra la pared, había mujeres de todas las edades, algunas con chicos en las faldas, los que asustados miraban con grandes ojos, o cansados dormían sin reparar en conversaciones, ni luces, ni colores.

Las mujeres, según la edad, vestían ropas oscuras o claras faldas floreadas. Algunas llevaban pañuelo en el pescuezo, otras en la cabeza.

Todas parecían recogidas en una meditación mística, como si esperaran el advenimiento de un milagro o la entrada de algún entierro. Pedro me golpeaba disimuladamente el muslo con el puño:

—Vamoh'ermanito, que aurita dentra el finao.

Del galpón nos dirigimos a una carpa improvisada con las lonas de las parvas, donde nos tentó una hilera de botellas y misteriosas canastas, tapadas con coloreados pañuelos, que según nuestros cálculos debían esconder alfajores, pasteles, empanadas y tortas fritas.

Pedro interpeló al muchacho, que se aburría entre tanta golosina con ojos hinchados de sueño:

—Pase un frasco, compañero, que se van a redamar de llenos y nosotros estamos vacidos.[34]

—¿No serán ustedes los llenos?

—De viento, puede ser.

—Y de intenciones.

—No sé mamarme con eso, mozo.

—Ni quiere tampoco el patrón que naides se mame.

—¿Y los pasteles?

—Después que se hayan servido las señoras y las mozas.

—Jue'pucha —concluyó Pedro—, usté nos ha resultao un chancho que no da tocino.

El guardián de las golosinas y los licores se rio, y nos volvimos con propósitos de asearnos un poco, porque ya los guitarreros y acordeonistas preludiaban y no queríamos perder el baile.

---

[34] «They're so full they're going to spill over (*derramarse*) and we're empty (*vacíos*).»

CAPITULO XI

En el camino de luz proyectado por la puerta hacia la noche, los hombres se apiñaban como queresas en un tajo. Pedro me echaba por delante y entramos; pero mis pobres ropas de resero me restaban aplomo, de modo que nos acoquinamos a la orillita de la entrada.

Las muchachas, modestamente recogidas en actitud de pudor, eran tentadoras como las frutas maduras que esperan en traje llamativo quien las tome para gozarlas.

Corrí mi vista sobre ellas, como se corre la mano sobre un juego de bombas trenzadas. De a una pasaron bajo mi curiosidad sin retenerla.

De pronto vi a mi mocita, vestida de punzó, con pañuelo celeste al cuello, y me pareció que toda su coquetería era para mí solo.

Un acordeón y dos guitarras iniciaron una polca. Nadie se movía.

Sufrí la ilusión de que toda la paisanada no tenía más razón de ser que la de sus manos, inhábiles en el ocio. Eran aquéllas unos bultos pesados y fuertes, que las mujeres dejaban muertos sobre las faldas y que los hombres llevaban colgados de los brazos como un estorbo.

En eso, todos los rostros se volvieron hacia la puerta, al modo de un trigal que se arquea mirando viento abajo.

El patrón, hombre fornido, de barba tordilla, nos daba las buenas noches con sonrisa socarrona:

—¡A ver, muchachos, a bailar y divertirse como Dios manda! Vos Remigio y vos Pancho; usted Don Primitivo y los otros: Felisario, Sofanor, Ramón, Telmo..., síganme y vamos sacando compañeras.

Un momento nos sentimos empujados de todas partes y tuvimos que hacer cancha a los nombrados. Bajo la voz neta de un hombre, los demás se sintieron unidos como para una carga. Y en verdad que no era poca hazaña tomar a una mujer de la cintura, para aquella gente que sola, en familia o con algún compañero, vivía la mayor parte del tiempo separada de todo trato humano por varias leguas.

Un tropel se formó en el centro del salón, remolineó inquieto, se desparramó hacia las sillas estorbándose como hacienda sedienta en una aguada.

Cada hombre dobló su importancia con la de la elegida. Arrancó el acordeonista a tocar un vals rápido.

—¡A bailar por la derecha y sin encontrones! —gritó con autoridad el bastonero. Y las parejas tomadas de lejos, los pies cercanos, el busto echado para atrás, como marcando su voluntad de evitarse, empezaron a girar desafiando el cansancio y el mareo.

Había comenzado la fiesta. Tras el vals tocaron una mazurca. Los mozos, los viejos, los chicos, bailaban seriamente, sin que una mueca delatara su contento. Se gozaba con un poco de asombro, y el estar así, en contacto con los géneros femeniles, el sentir bajo la mano algún corsé de rigidez arcaica o la carne suave y ser uno en movimiento con una moza turbada, no eran motivos para reír.

Sólo los alocados surtían el grito necesario de toda emoción.

Yo me enervaba al lado de Perico, sorprendido como en una iglesia. Peleaban en mí los deseos de sacar a mi mocita de punzó y la vergüenza. Calló un intervalo el acordeón monótono. El bastonero golpeó las manos:

—¡La polca'e la silla!

Un comedido trajo el mueble que quedó desairado en medio del aposento. El patrón inició la pieza con una chinita de verde, que luego de dar dos vueltas, envanecida, fue sentada en la silla, donde quedó en postura de retrato.

—¡Qué cotorra pa mi jaula! —decía Pedro; pero yo estaba, como todos, atento a lo que iba a suceder.

—¡Feliciano Gómez!

Un paisano grande quería disparar, mientras lo echaban al medio donde quedó como borrego que ha perdido el rumbo de un golpe.

—Déjenlo que mire p'al siñuelo —gritaba Pedro.

El mozo hacía lo posible por seguir la jarana, aunque se adivinara en él la turbación del buen hombre tranquilo nunca puesto en evidencia. Por fin tomó coraje y dio seis trancos que lo enfrentaron a la mocita de verde. Fue mirado insolentemente de pies a cabeza por la moza, que luego dio vuelta con silla, dejándolo a su espalda.

El hombre se dirigió al patrón con reproche:

—También, señor, a una madrinita como ésta no se le acollara mancarrón tan fiero.

—¡Don Fabián Luna!

Un viejo de barba larga y piernas chuecas, se acercó con desenvoltura para sufrir el mismo desaire.

—Cuando no es fiero es viejo —comentó con buen humor. Y soltó una carcajada como para espantar todos los patos de una laguna.

El patrón se fingía acobardado.

—Alguno mejor parecido y más mozo, pues —aconsejaba Don Fabián.

—Eso es; nómbrelo usted.

—Tal vez el reserito...

No oí más y me sentí como potro sobre un maneador seguro, pero estaba contra la pared y no pude bandearla para encontrar la noche, en que hubiera deseado perderme.

La atención general me hizo recordar mi audacia de chico pueblero. Con paso firme me acerqué, levanté el chambergo sobre la frente, crucé los brazos y quebré la cadera.

La muchacha pretendió intimidarme con su ya repetida maniobra.

—Cuanti más me mire —le dije— más seguro que me compra.

Seguidamente salimos a dar, bailando, nuestras dos reglamentarias vueltas, orillando la hilera de mirones.

—¿Qué gusto tendrán los norteros? —dijo como para sí la moza al dejarme en la silla.

—A la derecha usamos los chambergos —comenté a la manera de indicación.

A la derecha dio ella tres pasos, volviendo a quedar indecisa.

—Po'l lao del lazo se desmontan los naciones [35] —insistí.

Y viendo que mis señas no eran suficientemente precisas, recité el versito:

«*El color de mi querida es más blanco que cuajada,*
Pero en diciéndole envido se pone muy colorada.»

---

[35] The lasso was normally kept on the right-hand side of the horse; this allusion is to the white man's habit of mounting and dismounting on the left, as opposed to the Indian custom.

Esta vez fui entendido y tuve el premio de mi desfachatez cuando salí con mi morochita dando vueltas, no sé si al compás.

A medianoche vinieron bandejas con refrescos para las señoras. También se sirvió licor y algunas sangrías. Alfajores, bollos, tortas fritas y empanadas fueron traídos en canastas de mimbre claro. Y las que querían cenar algún plato de carne asada, salían hacia la carpa.

Los hombres, por su lado, se acercaban al despacho de los frascos, que hoy habíamos contemplado con Pedro, y allí hacían gasto de ginebra, anís Carabanchel y caña de durazno o guindado.

Desde ese momento se estableció una corriente de idas y vueltas entre las carpas y el salón, animado por un renuevo de alegría.

El acordeonista fue reemplazado por otro más vivaracho, bajo cuyos dedos las polcas y las mazurcas saltaban entre escalas, trinos y firuletes.

Ya las bromas se daban a voz alta y las muchachas reían olvidando su exagerada tiesura.

Saqué como cuatro veces a mi niña de punzó y, al compás de las guitarras, empecé a decirle floridas galanterías que aceptaba con gustosos sonrojos.

En los intervalos volvía hacia mi lugar, al lado de Pedro Barrales, que me divertía con sus comentarios.

—Sos sonso —le decía—, estás sumido y triste como lechón que se ha dejao quitar la teta.

—No ves que soy loco como vos, para andar pataleando sobre las baldosas.

—¿Loco?

—¡Si te hirve el agua en la cabeza!

Y como yo me fingiera resentido, tomábame del brazo para consolarme con afectuoso acento:

—No te me enojéh'ermanito. Sos como la cañada'e la Cruz: tenés tus retazos malos y tus retazos güenos.

—Válganme los güenos —concluía yo, volviendo a mi fandango.

Sin embargo, la animación crecía y éranos casi necesario un apuro de ritmos, cuando el bastonero golpeó las manos:

—¡Vamoh'a ver, un gato [36] bien cantadito y bailarines que sepan floriarse!

El acordeonista dio sitio al guitarrero que iba a cantar.

Los cuatro bailarines se colocaron cerca de los músicos. Las mujeres miraban al suelo mientras los hombres requintaban el ala de sus chambergos.

Empezaron a rasguear los mozos de las guitarras. Las manos de muñecas flojas pasaban sobre el encordado, con acompasado vaivén, y un golpe más fuerte marcaba el acento, cortando como un tajo el borrón rítmico del rasguido.

El latigazo intermitente del acento iba irradiando valentías de tambor en el ambiente. Los bailarines, de pie, esperaban que aquello se hiciera alma en los descansados músculos de sus paletas bravías, en la lisura de sus hombros lentos, en las largas fibras de sus tendones potentes.

Gradualmente, la sala iba embebiéndose de aquella música. Estaban como curadas las paredes blancas que encerraban el tumulto.

La puerta pegaba con energía sus cuatro golpes rígidos en el muro, abriéndolo a la noche hecha de infinito y de astros, sobre el campo que nada quería saber fuera de su reposo. Los candiles temblaban como viejas. Las baldosas preparaban sonido bajo los pies de los zapateadores. Todo se había plegado al macho imperio del rasguido.

Y el cantor expresó ternuras en tensas notas:

> «*Sólo una escalerita de amor me falta,*
> *Sólo una escalerita de amor me falta,*
> *Para llegar al cielo, mi vida, de tu garganta.*»

Las dos mujeres, los dos hombres, dieron comienzo a la danza.

Los hombres caminaban con ágiles galanteos de gallo que arrastra el ala.

Las mujeres tomaron la delantera en el círculo descrito y miraban coqueteando por sobre el hombro.

---

[36] The *gato* arrived early in the nineteenth century. There are two main types, both danced by pairs: the *gato corrido* involves dancing alone; the *gato con relación* includes the reciting of verses by the dancers when the music stops.

El cuadro dio una vuelta, el cantor continuaba:

«Vuela la infeliz, vuela, ay que me embarco
En un barco pequeño, mi vida, pequeño barco.»

Las mujeres tomaron entre sus dedos las faldas, que abrieron en abanico, como queriendo recibir una dádiva o proteger algo. Las sombras flamearon sobre los muros, tocaron el techo, cayeron al suelo como harapos, para ser pisadas por los pasos galanos. Un apuro repentino enojó los cuerpos viriles. Tras el leve siseo de las botas de potro [37] trabajando un escobilleo de preludio, los talones y las plantas traquetearon un ritmo, que multiplicó de impaciencia el amplio acento de las guitarras esmeradas en marcar el compás. Agitábanse como breves aguas los pliegues de los chiripases. Las mudanzas adquirieron solturas de corcovo, comentando en sonantes contrapuntos el decir de los encordados.

Repetíanse el paseo y la zapateada. Un rasgueo solo batió cuatro compases. Otra vez los pasos largos descansaron el baile. Volvieron a sonar talones y espuelas en una escasa sobra de agitación. Las faldas femeninas se abrieron, más suntuosas, y el percal lució como pequeños campos de trébol florido, la fina tonalidad de su hijo agreste.

Murió el baile sobre un punto final, marcado y duro.

Algunas mujeres hacían muecas de desagrado ante las danzas paisanas, que querían ignorar; pero una alegría involuntaria era dueña de todos nosotros, pues sentíamos que aquélla era la mímica de nuestros amores y contentos.

A mi vez fui parte del cuadro con Don Segundo y mi elegida. Era un gato con relación.

Cuando quedamos aislados en el silencio, deletrié claramente mis versos:

«Para venir a este baile puse un lucero de guía,
Porque supe que aquí estaba la prenda que yo quería.»

---

[37] The traditional gaucho footwear was the hide of a colt's hind leg. In order to shape it, the gaucho first wore it still moist. By the end of the nineteenth century this kind of boot had virtually disappeared from general use.

Por la derecha dimos una vuelta y zapateamos una mudanza. Quieto esperé la respuesta, que vino sin tardar:

«De amores me estás hablando, yo de amores nada sé.
Pero si en amor sos sabio, se me hace que aprenderé.»

A su vez tocó el turno a Don Segundo, que avanzó hacia su compañera retándola con firme voz de amenaza:

«Una, dos, tres, cuatro.
Si no me querés me mato.»

Concluida la vuelta, contestó con gran indiferencia y encogiéndose de hombros la voluminosa Doña Encarnación:

«Una, dos, tres.
Matate si querés.»

Entre burlas y galanteos siguió el juego de los versos.

Bailamos un triunfo y un prado y enardecidos nos entreveramos cada vez más con mi morocha, lanzándonos palabras que por ir en rima nos parecían disimuladas.

Una muchacha cantó. Un hombre tenía que contestar con una relación, porque era de uso. Pero, ¿quién se atreve a declamar una versada jocosa, paseando de una punta del salón a la otra ante el silencio de los demás?

Don Segundo quedó de pronto en el centro de la rueda.

La curiosidad volvía mudos a los mirones. Mi padrino se quitó el chambergo y pasó el antebrazo por la frente, en señal de trabajoso pensamiento. Por fin, pareciendo haber encontrado inspiración, echó una mirada circular y prorrumpió con voz fuerte:

«Yo soy un carnero viejo de la majada'e San Blas.»

Dio una vuelta como prestándose a la observación:

«Ya me han visto por delante...»

Y tomando dirección lentamente hacia la puerta de salida concluyó con desgano:

«...ahora mirenmé de atrás.»

Mi morochita era indudablemente la prenda más vivaracha de la fiesta y, como ya el amanecer nos sugería un deseo de blando descanso, no dejaba de anegarme en sus ojos chispones y en la risa carnosa de sus labios, dispuestos a la contestación tierna.

Un poco turbado por mis propios piropos y su consentimiento intenté apartarla, invitándola a tomar un refresco en la carpa. Cuando, con una hábil y costosa maniobra, pude llevarla hasta quedar escondido de la gente por la lona del improvisado boliche, le tomé la mano pretendiendo sin más aviso darle un beso. Luchamos un momento y me sentí rudamente apartado ante su mirada de enojo.

Volvimos al baile sin que se me ocurriese una artimaña para desagraviarla, y aunque fuera yo a pedirle tres piezas consecutivas negóse con pretextos nimios.

Rabioso, pensé en el trato benévolo de la de verde.

Al rato estaba muy bien de relaciones con mi nueva amiga, y hasta me acusaba de haber sido un sonso en desperdiciar mi tiempo con la otra.

Tiernamente, al concluir una polca, le oprimí los dedos; pero debía estar de mala pata esa noche porque se me cuadró en actitud altanera diciéndome:

—¿Se ha creído que soy escoba'e barrer sobras?

Adiós todos mis placeres de la noche. De pronto, la gente que me codeaba empezó a pesarme, como un caballo que lo ha apretado a uno en la rodada.

Me abrigué en la sociedad de Perico.

—Ve, ve —me decía éste señalando una pareja de gringos que pasaba bailando a saltos—. ¡Cha que son gauchitos, si van como arrancando clavos con los talones!

Y al notar mi seriedad, volvió hacia mí sus bromas:

—No ves que el andar saltando al pedo no lleva a nada güeno. ¿Te han basuriao, hermano? ¡Pobrecito! ¡Si te has quedao con la pontizuela caída!

Y Pedro aflojaba el labio inferior con expresión que trataba de acercar, lo más posible, a la de un freno con pontezuela.

De golpe me fui por el día ya alto a tender mi recado y dormir unas horas.

CAPITULO XII

Era nuestra noche de despedida. Mateando en rueda, después de la cena, habíamos agotado preguntas y respuestas a propósito de nuestro camino del día siguiente.

Breves palabras caían como cenizas de pensamientos internos. Estábamos embargados por pequeñas preocupaciones respecto a la tropilla o los aperos, y era como si el horizonte, que nos iba a preceder en la marcha, se hiciera presente por el silencio. Recordé mi primer arreo.

Perico, a quien repugnaba toda inacción, nos acusó de estar acoquinados como pollos cuando hay tormenta.

—O nos vamoh'a dormir —decía— o Don Segundo nos hace una relación de esas que él sabe: con brujas, aparecidos y más embrollos que negocio'e turco.

—¿De cuándo sé cuentos? —retó Don Segundo.

—¡Bah!, no se haga el más sonso de lo que es. Cuente ese del zorro con el inglés y la viuda estanciera.

—Lo habráh'oido en boca de otro.

—De esta mesma trompa embustera lo he oido. Y si no quiere contar ése, cuéntenos el de la pardita Aniceta, que se casó con el Diablo pa verle la cola.

Don Segundo se acomodó en el banco como para hablar. Pasó un rato.

—¿Y...? —preguntó Perico.

—¡Oh! —respondió Don Segundo.

Pedro se levantó, el rebenque en alto, tomado de la lonja.

—Negro indino —dijo—, o cuenta un cuento, o le hago chispear la cerda de un talerazo.

—Antes que me castigués —dijo Don Segundo, fingiendo susto para seguir la broma— soy capaz de contarte hasta las virgüelas.

Las miradas iban al rostro de Pedro, mosqueado de cicatrices, a la expresión impávida de Don Segundo, pasando así de una expresión jocosa a una admirativa.

Y yo admiraba más que nadie la habilidad de mi padrino que, siempre, antes de empezar un relato, sabía maniobrar de modo que la atención se concentrara en su persona.

—Cuento no sé nenguno —empezó—, pero sé de algunos casos que han sucedido y, si prestan atención, voy a relatarles la historia de un paisanito enamorao y de las diferencias que tuvo con un hijo'el diablo.

—¡Cuente, pues! —interrumpió un impaciente.

«—Dice el caso que a orillas del Paraná donde hay más remansos que cuevas en una vizcachera, trabajaba un paisanito llamao Dolores.[38]

«No era un hombre ni grande ni juerte, pero sí era corajudo, lo que vale más».

Don Segundo miró a su auditorio, como para asegurar con una imposición aquel axioma. Las miradas esperaron asintiendo.

«—A más de corajudo, este mozo era medio aficionao a las polleras, de suerte que al caer la tarde, cuando dejaba su trabajo, solía arrimarse a un lugar del río ande las muchachas venían a bañarse. Esto podía haberle costao una rebenqueada, pero él sabía esconderse de modo que naides maliciara de su picardía.

«Una tarde, como iba en dirición a un sombra'e toro, que era su guarida, vido llegar una moza de linda y fresca que parecía una madrugada. Sintió que el corazón le corcoviaba en el pecho como zorro entrampao y la dejó pasar pa seguirla».

—A un pantano cayó un ciego creyendo subir a un cerro —observó Perico.

—Conocí un pialador que de apurao se enredaba en la presilla —comentó Don Segundo— y el mozo de mi cuento tal vez juera'e la familia.

«—Ya ciego con la vista'e la prenda, siguió nuestro hombre pa'l río y en llegando la vido que andaba nadando cerquita'e la orilla.

---

[38] In this story Güiraldes takes a theme well known in the folklore of many countries and gives it an Argentine setting and a gauchesque treatment.

«Cuando malició que ella iba a salir del agua, abrió los ojos a lo lechuza porque no quería perder ni un pedacito».

—Había sido como mosca pa'l tasajo —gritó Pedro.

—¡Cayate, barraco! —dije, metiéndole un puñetazo por las costillas.

«—El mocito, que estaba mirando a su prenda, encandilao como los pájaros blancos con el sol, se pegó de improviso el susto más grande de su vida. Cerquita, como de aquí al jogón, de la flor que estaba contemplando, se había asentao un flamenco grande como un ñandú y colorao como sangre'e toro. Este flamenco quedó aleteando delante'e la muchacha, que buscaba abrigo en sus ropas, y de pronto dijo unas palabras en guaraní.

«En seguida no más, la paisanita quedó del altor de un cabo'e rebenque».

—¡Cruz diablo! —dijo un viejito que estaba acurrucado contra las brasas, santiguándose con brazos tiesos de mamboretá.

«—Eso mesmo dijo Dolores y, como no le faltaban agallas, se descolgó de entre las ramas de su sombra'e toro, con el facón en la mano, pa hacerle un dentro al brujo. Pero cuando llegó al lugar, ya éste había abierto el vuelo, con la chinita hecha ovillo de miedo entre las patas, y le pareció a Dolores que no más vía el resplandor de una nube colorida por la tarde, sobre el río.

«Medio sonso, el pobre muchacho quedó dando güeltas como borrego airao, hasta que se cayó al suelo y quedó, largo a largo, más estirao que cuero en las estacas.

«Rición a la media hora golvió en sí y recordó lo que había pasao. Ni dudas tuvo de que todo era magia, y que estaba embrujao por la china bonita que no podía apartar de su memoria. Y como ya se había hecho noche y el susto crece con la escuridá, lo mesmo que las arboledas, Dolores se puso a correr en dirición a las barrancas.

«Sin saber por qué, ni siguiendo cuál güella, se encontró de pronto en una pieza alumbrada por un candil mugriento, frente a una viejita achucharrada como pasa, que lo miraba igual que se mira un juego de sogas de regalo. Se le arrimaba cerquita, como revisándole las costuras, y lo tanteaba pa ver si estaba enterito.

«—¿Ande estoy? —gritó Dolores.

«—En casa de gente güena —contestó la vieja—. Sentate con confianza y tomá aliento pa contarme qué te trai tan estraviao.

«Cuando medio se compuso, Dolores dijo lo que había sucedido frente al río, y dio unos suspiros como pa echar del pecho un daño.

«La viejita, que era sabia en esas cosas, lo consoló y dijo que si le atendía con un poco de paciencia, le contaría el cuento del flamenco y le daría unas prendas virtuosas, para que se juera en seguida a salvar la moza, que no era bruja, sino hija de una vecina suya.

«Y sin dilación ya le dentró a pegar al relato por lo más corto.[39]

«Hace una ponchada de años, dicen que una mujer, conocida en los pagos por su mala vida y sus brujerías, entró en tratos con el diablo, y de estos tratos nació un hijo. Vino al mundo este bicho sin pellejo y cuentan que era tan fiero, que las mesmas lechuzas apagaban los ojos de miedo'e quedar bizcas. A los pocos días de nacido, se le enfermó la madre y como vido que iba en derecera'e la muerte, dijo que le quería hacer un pedido.

«—Hablá, m'hijo —le dijo la madre.

«—Vea, mama, yo soy juerte y sé cómo desenredarme en la vida, pero usté me ha parido más fiero que mi propio padre y nunca podré crecer, por falta'e cuero en que estirarme, de suerte que nenguna mujer quedrá tener amores conmigo. Yo le pido, pues, ya que tan poco me ha agraciao, que me dé un gualicho pa podérmelas conseguir.

«—Si no es más que eso —le contestó la querida'el Diablo— atendéme bien y no has de tener de qué quejarte:

«Cuando desiés alguna mujer, te arrancás siete pelos de la cabeza, los tiráh'al aire y lo llamáh'a tu padre diciendo estas palabras... (Aquí se secretiaron tan bajito que ni en el aire quedaron señas de lo dicho).

«Poco a poco vah'a sentir que no tenés ya traza'e gente, sino de flamenco. Entonces te voláh'en frente'e la prenda y le decís estas otras palabras... (Aquí güelta los secreteos.)

«En seguida vah'a ver que la muchacha se queda, cuanti más, de unas dos cuartas de altor. Entonces la soliviás pa trairla a esta isla, donde pasarán siete días antes que se ruempa el encanto.

«Ni bien concluyó de hablar esto, ya la bruja, querida de Añang, la sofrenó la muerte, y el monstruo sin pellejo jue güérfano.

---

[39] "She set about giving him the story in a nutshell."

«Cuando Dolores oyó el fin de aquel relato, comenzó a llorar de tal modo, que no parecía sino que se le iban a redetir los ojos.

«Compadecida, la vieja le dijo que ella sabía de brujerías y que lo ayudaría, dándole unas virtudes pa rescatar la prenda, que el hijo'el Diablo le había robao con tan malas leyes.

«La vieja lo tomó al llorón de la mano y se lo llevó a un aposento del fondo'e la casa.

«En el aposento había un almario, grande como un rancho, y de allí sacó la misia un arco de los que supieron usar los indios, unas cuantas flechah'envenenadas y un frasco con una agua blanca.

«—Y, ¿qué vi'a hacer yo, pobre disgraciao, con estas tres nadas —dijo Dolores—, contra las muy muchas brujerías que dejuro tendrá Mandinga? [40]

«—Algo hay que esperar en la gracia de Dios —le contestó la viejita—. Y dejáme que te diga cómo has de hacer, porque denó va siendo tarde:

«Estas cosas que te he dao te las llevás y, esta mesma noche, te vas pa'l río de suerte que naides te vea. Allí vah'a encontrar un bote; te metéh'en él y remás pa'l medio del agua. Cuando sintás que hah'entrao en un remanso, levantá los remos. El remolino te va a hacer dar unas güeltas, pa largarte en una corriente que tira en dirición de las islas del encanto.

«Y ya me queda poco por decirte. En esa isla tenés que matar un caburé, que pa eso te he dado el arco y las flechas. Y al caburé le sacáh'el corazón y lo echáh'adentro del frasco de agua, que es bendita, y también le arrancáh'al bicho tres plumas de la cola pa hacer un manojo que te colgáh'en el pescuezo.

«En seguida vah'a saber más cosas que las que te puedo decir, porque el corazón del caburé, con ser tan chiquito, está lleno de brujerías y de cencia.

«Dolores, que no dejaba de ver en su memoria a la morochita del baño, no titubió un momento y agradeciéndole a la anciana su bondá, tomó el arco, las flechas y el frasquito de agua pa correr al Paraná entre la noche escura.

---

[40] *Mandinga* is a noun meaning witchcraft, enchantment, and a name for the Devil.

«Y ya ganó la orilla y vido el barco y saltó en él y remó pa'l medio, hasta cair en el remanso que lo hizo trompo tres veces, pa empezar a correr después aguah'abajo, con una ligereza que le dio chucho.

«Ya estaba por dormirse, cuando el barco costaló del lao del lazo y siguió corriendo de lo lindo. Dolores se enderezó un cuantito y vido que dentraba en la boca de un arroyo angosto, y en un descuido quedó como enredao en los juncales de la orilla.

«El muchacho ispió un rato, a ver si el barco no cambiaba de parecer; pero como ahí no más quedaba clavadito, malició que debía estar en tierra de encanto, y se abajó del pingo que tan lindamente le había traido, no sin fijarse bien ande quedaba, pa poderse servir d'él a la güelta.

«Y ya dentró en una arboleda macuca, que no dejaba pasar ni un rayito de la noche estrellada.

«Como había muchas malezas y raices de flor del aire, comenzó a enredarse hasta que quedó como pialao. Entonces sacó el cuchillo pa caminar abriéndose una picada, pero pensó que era al ñudo buscar su caburé a estas horas y que mejor sería descansar esa noche. Como en el suelo es peligroso dormir en esos pagos de tigres y yararases, eligió la más juerte de las raices que encontró a mano, y subió p'arriba arañándose [41] en las ramas, hasta que halló como una hamaca de hojas.

«Allí acomodó su arco, sus flechas y su frasco, disponiéndose al sueño.

«Al día siguiente lo dispertó el griterío de los loros y la bulla de los carpinteros.

«Refregándose los ojos, vido que el sol ya estaba puntiando y, pa'l mesmo lao, divisó un palacio grande como un cerro, y tan relumbroso que parecía hecho de chafalonía.

«Alrededor del palacio había un parque lleno de árboles con frutas tan grandotas y lucientes que podía verlas clarito.

«Cuando coligió de que todo era verdá, el paisanito recogió sus menesteres y se largó por las ramas.

---

[41] *Arañándose* is used through confusion with *arrimándose* ("seeking protection").

«Abriéndose paso a cuchillazos, a los tirones pa desbrozarse una güella, llegó al fin de la selva, que era ande emprincipiaba el jardín.

«En el jardín halló unos duraznos como sandias y desgajó uno pa comerlo. Así sació el hambre y engañó la sé, y, habiendo cobrao juerzas nuevas, empezó a buscar su caburé aunque sin mucha esperanza, porque no es éste un pájaro que naides haiga visto con el sol alto.

«Pobrecito Dolores, que no esperaba las penas que debía sufrir pa alcanzar su suerte. Ansina es el destino del hombre. Naides empezaría el camino si le mostraran lo que lo espera.

«En las mañanas claras, cuando él cambea de pago, mira un punto delante suyo, y es como si viera el fin de su andar, pero ¡qué ha de ser, si en alcanzándolo el llano sigue por delante sin mudanzas! Y así va el hombre, persiguiendo lo que alcanza con su vista, sin pensar en el desamparo que lo aguaita atrás de cada lomada. Tranco por tranco lo ampara una esperanza, que es la cuarta que lo ayuda en los repechos para ir caminando rumbo a su osamenta. Pero, ¿pa qué hablar de cosas que no tienen remedio?

«El paisanito de mi cuento craiba conseguir su suerte con estirar la mano, y graciah'a eso venció seis días de penah'y de tormento. Muchas veces pensó golverse, pero la recordaba a su morocha del río y el amor lo tiraba p'atrás como lazo.

«Recién al sexto día, a eso de la oración, vido que alrededor de un naranjo revoloteaba una punta de pajaritos, y dijo pa sus adentros:

«—Allá debe de hallarse lo que buscás.

«Gateando como yaguareté, se allegó al lugar y vislumbró al bicho parao en un tronco. Ya había muerto dos o tres pajaritos, pero seguía de puro vicio partiéndole la cabeza a los que se le ponían a tiro.

«Dolores pensó en el enano malparido, rodiao de las mujercitas embrujadas.

«—¡Hijo de Añang —dijo entre dientes—, yo te vi'a hacer sosegar!

«Apuntó bien, estiró el arco y largó el flechazo.

«El caburé cayó p'atrás, como gringo voltiao de un corcovo, y los pajaritos remontaron el vuelo igual que si hubieran roto un hilo. Sin perder de vista el lugar donde había caído el bicho, Dolores corrió a buscarlo entre el pasto, pero no halló más que unas gotas de sangre.

«Ya se iba a acobardar cuando a unos dos tiros de lazo golvió a ver un rodeo de pajaritos y en el medio otro caburé. De miedo y de rabia, tiró apurao y la flecha salió p'arriba.

«Tres veces erró del mesmo modo y no le quedaba más que una flecha pa ganar la partida, o dejar sin premio todas sus penas pasadas. Entonces, comprendiendo que había brujería, sacó un poquito de agua de su frasco, roció su última flecha y tiró, diciendo:

«—Nómbrese a Dios.

«Esta vez el pájaro quedó clavao en el mesmo tronco y Dolores pudo arrancarle tres plumas de la cola, pa hacer un manojo y colgárselo en el pescuezo. Y también le sacó el corazón, que echó calentito en el frasco de agua bendita.

«En seguida, como le había dicho la vieja, vido todo lo que debía hacer, y ya tomó por una calle de flores, sabiendo que iría a salir al palacio.

«A unas dos cuadras antes de llegar lo agarró la noche, y él se echó a dormir bajo lo más tupido de un monte de naranjos.

«Al otro día comió de las frutas que tenía a mano, y como empezaba a clariar, caminó hasta cerquita de una juente que había frente al palacio.

«—Dentro de un rato —dijo— va a venir el flamenco pa librarse del encanto, que dura siete días, y yo haré lo que deba de hacer.

«Ni bien concluyó estas palabras cuando oyó el ruido de un vuelo y vido caer a orillas de la fuente al flamenco, grande como un ñandú y colorao como sangre'e toro.

«A gatas aguantó las ganas que tenía de echársele encima, ahí no más, y se agazapó más bajo en su escondrijo.

«Para esto el pajarraco, parao en una pata a la orillita mesma del agua, miraba pa'lao que iba a salir el sol, y quedó como dormido. Pero Dolores, que no largaba su frasquito, estaba sabiendo lo que sucedería.

«En eso se asomó el sol y al flamenco le dio un desmayo, que lo tumbó panza arriba en el agua, de donde al pronto quiso salir en la forma de un enano.

«Dolores, que no aguardaba otra cosa, echó mano a la cintura, sacó el cuchillo, lo despatarró de un empujón al monstruo, lo pisó en el cogote como ternero, y por fin hizo con él lo que debía hacer pa que aquel bicho indino no anduviera más codiciando mujeres.

«El enano salió gritando pa la selva, con las verijas coloriando, y cuando Dolores jue a mirar el palacio, ya no quedaba sino una humadera y un tropel de mujercitas del grandor de un charabón de quince días que venían corriendo en su dirición.

«Dolores, que muy pronto reconoció a su morochita del Paraná, se arrancó el manojo de plumas que traiba colgao al pescuezo, las roció de agua bendita y le dibujó a su prenda una cruz en la frente.

«La paisanita empezó a crecer, y cuando llegó al altor que Dios le había dao endenantes, le echó los brazos al pescuezo a Dolores y le preguntó:

«—¿Cómo te llamás, mi novio?

«—Dolores, ¿y vos?

«—Consuelo.

«Cuando volvieron del abrazo se acordaron de las tristes compañeras y el paisanito las desembrujó del mesmo modo que a su novia.

«Después las llevaron hasta donde estaba el bote, y de a cuatro jueron cruzando el río hasta las cuatro últimas.

«Y ahí quedaron Dolores y Consuelo, mano a mano con la felicidad que ella había ganao por bonita y él por corajudo.

«Años después se ha sabido que la pareja se ha hecho rica y tiene en la isla una gran estancia con miles de animales y cosechas y frutas de todas layas.

«Y al enano, hijo del Diablo, lo tienen encadenado al frasco del encanto y nunca este bicho malhechor podrá escapar de ese palenque, porque el corazón del caburé tiene el peso de todas las maldades del mundo».

CAPITULO XIII

Después de dos días de marcha, sin peripecias, llegamos al pueblo de Navarro un domingo por la mañana.

Tomando una calle poblada, pasamos por la plaza frente a la iglesia petisa, y nos bajamos en un almacén a hacer la mañana.

Por ser día festivo había gente a porrillo, y un antiguo amigo de mi padrino se acercó a saludarlo, con muchos agasajos y recuerdos.

Nunca me agradaron amontonamientos y menos cuando el alcohol menudea; de suerte que me apreté la barriga contra el mostrador, a fin de ocupar poco sitio, y espié lo que sucedía en torno sin entreverarme.

Oí que el desconocido amigo de Don Segundo le hablaba de riñas de gallos, instándolo a que fuera esa tarde testigo de una casi segura victoria suya sobre un forastero del Tandil.

Una hora pasó para mí sin diversión, viendo entrar y salir al paisanaje endomingado, que nos miraba de soslayo observando con disimulo el porte salvaje y rudo de mi padrino.

Para mí todos los pueblos eran iguales, toda la gente más o menos de la misma laya, y los recuerdos que tenía de aquellos ambientes, presurosos e inútiles, me causaban antipatía.

Marcó el reloj el mediodía, y por un pasadizo angosto pasamos del despacho de bebidas al comedor, más tranquilo.

En un lugar sombreado nos sentamos a comer.

Habría en todo unas veinte mesas, con manteles manchados por violáceos recuerdos de vino. Los cubiertos eran de metal dudoso y los tenedores tenían torcidas las puntas de tanto pegar contra las lozas rudas en busca de algún bocado esquivo. Los vasos eran de vidrio espeso y turbio. En el vasto recinto bostezaba una desesperante atonía.

El mozo nos saludó con una sonrisa de complicidad, que no alcanzamos a comprender. Tal vez le pareciera una excesiva calaverada para dos paisanos eso de almorzar en la «Fonda del Polo».

—Sírvanos de lo que haya —ordenó Don Segundo.

Yo miraba a mi alrededor.

En un lugar central, tres españoles hablaban fuerte y duro, llamando la atención sobre sus caras de baturros o dependientes de tienda. Vecinos a la entrada, un matrimonio irlandés esgrimía los cubiertos como lapiceras; ella tenía pecudas las manos y la cara, como huevo de tero. El hombre miraba con ojos de pescado y su cara estaba llena de venas reventonas, como la panza de una oveja recién cuereada.

Detrás nuestro, un joven rosado, con párpados y lacrimales legañosos de «mancarrón palomo», debía ser, por su traje y actitud, el representante de alguna casa cerealista.

—Yo he visto las romerías de Giles —decía uno de los españoles—, y no se diferencian en nada de las de aquí.

Otro, de la misma mesa, dialogaba con un vecino sobre el precio de los cerdos, y el cerealista intervenía opinando con gruesas erres alemanas.

Tratando de hacerse olvidar un momento, un hombre grande y gordo, solitario frente a su mantel cargado de manjares, callaba, comía y bebía. Sólo levantaba de vez en cuando la cabeza del plato, y parecía entonces llenarse de satisfacción el comedor aburrido.

Una vez se interrumpió para llamar al mozo, decirle quién sabe qué a propósito de una botella y palmearle el lomo con protección cariñosa.

En el rincón opuesto al nuestro, como empujados por el ruido, una yunta de criollos miraba en silencio. Uno de ellos tenía una hosca onda volcada sobre el ojo izquierdo, y los dos estaban tostados de gran aire.

Comieron apurados. A los postres rieron sin voces, las bocas sumidas en sus servilletas.

Pero uno de los españoles relataba el suicidio de un amigo:

—Vino de una farra, se sentó al borde de la cama en que su mujer dormía, tomó el revólver y delante de ella: ¡pafff!

El de las romerías seguía pesadamente sus comparaciones con Giles.

Con gran contento pagamos nuestra comida, aunque cara, y salimos al sol de la calle.

Al tranco fuimos para el reñidero,[42] que Don Segundo conocía, y metimos los caballos a un corralón, donde les aflojamos la cincha.

En el mismo corralón había unas jaulas llenas de cacareos, y el público que como nosotros llegó temprano comentaba la sangre y el estado de los animales.

Nos acomodamos en el redondel, como patos alrededor del bañadero.

Llegó el juez, que se sentó frente a una balanza colgada sobre la cancha. Vinieron los dueños con sus respectivos gallos, que se pesaron colgándolos envueltos en un pañuelo. Después se eligieron las púas, se hizo el depósito de los quinientos pesos jugados y cada cual salió a calzar su campeón.

Don Segundo me explicó en cortas palabras las condiciones de la pelea.

Esperamos.

Un poco aturdido por el movimiento y las voces miraba yo el redondel vacío, limitado por su cerco de paño rojo, y los cinco anillos de gente colocados en graderías, formando embudo abierto hacia arriba.

En el intervalo de espera se discutieron las posibilidades en favor de ambos animales. Sería la riña, al parecer, un combate rudo y parejo. Los gallos eran de igual peso, de igual talla. Cada uno había pisado por tres veces la arena para salir vencedor.

El público enumaraba los detalles de la pesada, buscando algún indicio de superioridad. El bataraz fallaba en el pico, levemente quebrado hacia la punta, del lado izquierdo, pero tenía no sé qué tranquilidad que el giro no compensaba con su mayor viveza.

La expectativa se hizo más tensa cuando los combatientes fueron depositados en postura conveniente, por los dueños, en el circo.

Sonó la campanilla.

El giro había caído livianamente al suelo, ladeadas las alas como un chambergo de matón, medio encogido el pescuezo en arqueo interrogante, firme en el enemigo la pupila de azabache engarzada en un anillo de oro.

---

[42]   Güiraldes witnessed cock-fighting around Salta during his tour of northern provinces of Argentina in 1921.

El bataraz, más burdo en alardes, se acercaba a pasos cortos, alta la cabeza, agitada en pequeñas sacudidas de llama.

Se cerraron tres o cuatro apuestas sin importancia. La plata estaba al giro.

En un brusco arranque, los gallos acortaron distancias. A dos centímetros, los picos se trabaron en un rápido juego de fintas. Las cabezas temblequeaban, subiendo, bajando.

Y el primer tope sonó como guascazo en las caronas.

Aprovechando los revuelos, que desnudan al combatiente, juzgamos los cuerpos, los muslos, la respectiva capacidad de violencia o ligereza. Luego miramos en silencio, para traducir nuestra opinión en apuesta.

—¡Treinta pesos al giro!

—¡Doy cincuenta a cuarenta con el giro!

La usura me pareció un insulto de compadre logrero, que aprovecha una tara para envalentonarse. El bataraz sentía su defecto del pico. Espié minuciosamente.

El giro cargaba de firme, el buche pegado a su contrario, que le daba un poco el flanco cruzando el pescuezo. Pero el bataraz, cuando se sentía picado en las plumas del cogote, zafaba el encontrón echando casi al suelo la cabeza, de modo que los puazos pasaran por encima, sin herirlo. Maldije del dueño que largaba al reñidero un animal tan noble en condiciones desventajosas.

Brillaban las cabezas barnizadas de sangre. Afanosos, los picos buscaban los verrugones de las crestas o un desgarrón de pellejo para asegurar el bote.

Las apuestas, dando usura, caían con persistencia de gotera.

Veinte, treinta minutos pasaron angustiosamente, sin que variara el aspecto del combate. Mis simpatías estaban por el bataraz, que, no habiéndose empleado a fondo, resistía las cargas del giro, incapaz de inferirle una herida grave. Pero ¿sabría mi favorito emplear su vigor en caso de tomar la ofensiva?

Mi atención se había hecho sutil. Mis ojos, como mis oídos, percibían hasta las fibras íntimas las dos vidas, que a unos pasos de mi asiento batallaban a muerte.

Pertinazmente el giro seguía empujando con el buche, agravando así el silbido de su respiración penosa, y noté que aflojaba en su juego de pico.

—¡Quince a diez da el giro!

Nuevamente la usura me daba en el rostro su cachetada.

—¡Pago! —respondí.

—¡Veinte a quince al giro!

—¡Pago!

Y así, no sé cuántas veces, tomé posturas en que arriesgaba plata penosamente ganada en mis rudas andanzas. Algunos del público me miraron como se mira a un loco o a un zonzo. Para ellos el giro no tenía más que insistir en su trabajo, acentuando su victoria hasta el anonadamiento del bataraz. Herido por esas miradas que me trataban de bisoño y excitado por el empeño de mi dinero, me concentré en la pelea hasta identificarme con el gallo en quien había puesto mi cariño y mi interés

Hice mi plan. Era necesario permanecer en la defensiva, evitando el golpe decisivo, salvando en media hora de resistencia, y tirar hacia abajo a cada picada del contrario.

El bataraz parecía haberme entendido.

De pronto un murmullo de sorpresa sofocó al público. El giro se había despicado. Un triangulito rojo yacía en la tierra barrida del reñidero.

—¡Se igualaron los picos! —no pude dejar de gritar, agregando con insolencia—: ¡Voy treinta pesos derecho al bataraz!

Pero la plaza se había dado vuelta como guayaca vacía.

—Treinta a veinticinco contra el despicao —decía otro.

Me reproché con rabia no haber aprovechado la usura para jugar más. Desde ese momento, los partidarios del giro se harían ariscos.

Extenuados por cuarenta minutos de lucha, los gallos descansaban apuntalándose en el peso del enemigo.

Con seguridad el bataraz tomó la iniciativa, se aferró a una picada de plumas sanguinolentas, golpeó dos veces, reciamente, sin largar.

El giro cloqueó como una gallina cascoteada y comenzó a dar vueltas de derecha a izquierda, el cuello lastimosamente estirado, la respiración atrancada en un ronquido de coágulos. En su cabeza carmínea y como varrugosa había desaparecido el pequeño lente hostil de su mirada.

—¡'stá ciego y loco! —sentenció alguien.

En efecto, el animal herido, después de repetir sus círculos maquinales, como en busca de una mosca imaginaria, picoteaba el paño del redondel, dando la espalda al combate. En su cabeza como vaciada, sólo vivía un quemante bordoneo, cruzado de dolores agudos como puñaladas.

Pero ningún cristiano o salvaje es capaz de imaginar la saña de un gallo de riña. Ciego, privado de sentidos, el giro continuaba batiéndose contra un fantasma, mientras el bataraz, paciente, buscaba concluirlo en un golpe decisivo.

Sin embargo, el cansancio, fuerza incontrastable cuyo coma sentíamos caer en el reñidero, hacíase casi perceptible al tacto. Era algo que se enredaba en las patas de los combatientes, sujetaba sus botes, nos oprimía las sienes.

—¿La hora? —preguntó alguien.

—Faltan dos minutos —pronunció el juez.

Comprendí que el reloj se convertía en mi peor enemigo.

Mi gallo se agotaba, enredándose en las alas y la cola del giro. E inesperadamente éste se rehizo, situó a su adversario por el tacto, le dio un encontronazo que lo echó al suelo.

—¡Cincuenta pesos a mi gallo giro! —vociferó el dueño.

—¡Pago! —respondí, olvidado de mi lástima reciente.

Y el bataraz volvió sobre el golpe, fortalecido de rabia, tomó una picada, clavó las espuelas certeras en el cráneo ciego y deforme.

El giro se acostó lentamente, en un entumecimiento de muerte; claqueó apenas, estiró el cuello, clavó el pico roto.

Sonó la campanilla.

Dos hombres enormes entraban al redondel.

El dueño del giro alzó una masa sangrienta y blanda.

El otro acariciaba un bulto de músculos aún hirviendo de rabia.

Hacia mí se estiraban manos cargadas de billetes, también como cansados. Hice un rollo voluminoso que guardé en mi tirador y salí al corralón.

Allí lo encontré a mi bataraz, asentado todavía en la mano de su dueño, que lo acariciaba distraídamente, alegando con un grupo sobre las vicisitudes de la pelea.

Y vi que el gallo miraba curiosamente en derredor, volviendo a nacer a la sorpresa calma de la vida ordinaria, después de un delirio que lo había poseído, tal vez a pesar suyo, como un irresistible mandato de raza.

Don Segundo me tomó el brazo y lo seguía para la calle, a la cola de la gente que se retiraba.

Una vez a caballo nos dirigimos, al caer de la tarde dorada, hacia un puesto de estancia en que Don Segundo había parado en ocasión de algunos arreos.

Mi padrino me hacía burla por mi audacia en el juego, pretendiendo que en caso de pérdida no hubiera podido pagar las apuestas.

Saqué con orgullo el paquete de pesos de mi tirador y conté, apretándolos bien en una esquina para que no me los llevara el viento.

—¿Sabe cuántos, Don Segundo?

—Vos dirás.

—Ciento noventa y cinco pesos.

—Ya tenés pa comprarte una estancita.

—Unos potros sí.

CAPITULO XIV

Tusé mis caballos, chiflando de contento, y acomodé mis prendas con prolija satisfacción. Los pesos, que sentía hinchar mi tirador, me daban un aplomo de rico y pasé la mañana acomodando cuanto tenía para ponerlo todo a la altura de mi riqueza.

Iríamos a una feria, ruidosamente anunciada por los rematadores lugareños, y como allí encontraría mucha gente del reñidero, no quería desmerecer la fama adquirida con mis apuestas, exponiendo una pobreza desaliñada.

A las once salimos del puesto, despidiéndonos de nuestros amigos hospitalarios, y nos dirigimos cruzando el pueblo hacia los locales del remate.

Tomamos una calle desierta. Pasamos al galope por la plaza principal, y a las dos cuadras paramos frente a un almacén. A los costados de la entrada, cabalgando unos cuartos [43] de yerba, lucían sus colores vistosos unos sobrepuestos bordados.

Atamos nuestros caballos en dos gruesos postes de quebracho pulido por los cabestros y entramos, pues mi padrino quería hacer unas compras. Había olor a talabartería, yerba y grasa.

El pulpero se agachaba para escuchar el pedido, como perro frente a una vizcachera.

—Dos ataos de tabaco «La hija'el toro» —dijo Don Segundo.

—¿Picadura?

—¡Ahá!... Una mecha pa'l yesquero, un pañuelo d'esos negros y aquella fajita que está sobre el atao de bombachas.

Nos sorprendió como un porrazo una voz autoritaria:

—¡Dése preso, amigo!

En la puerta se erguía la desgarbada figura de un policía cuyas mangas subrayaban los escasos galones de cabo.

---

[43] Caldiz holds that Güiraldes was wrong to refer to containers of *mate* as *cuartos*; the correct term was *fardos* or, in popular usage, *tercios*.

Haciéndose el desentendido, Don Segundo abrió los ojos para buscar en derredor al hombre en causa. Pero no había más que nosotros.

—¡A usté le digo!

—¿A mí, señor?

—Sí, a usté.

—Güeno —replicó mi padrino, sin apurarse—; espéreme un momento que cuantito el patrón me despache vi'a atenderlo.

Atónito ante aquella insolencia, el cabo no halló respuesta. El patrón, en cambio, maliciando un barullo, desordenaba con manos temblonas sus trastos, completamente olvidado de los pedidos que se le habían hecho.

—La fajita está allí —decía mi padrino con paciencia—. Ese pañuelo floriao, no...; aquel otro negrito que tocó ricién.

Sintiéndose bochornosamente olvidado, el cabo volvió por sus cabales:

—¡Si no viene por la güenas, lo vi'a sacar por la juerza!

—¿Por la juerza?

Don Segundo pensó un rato, como si de pronto le hubieran propuesto hacer encastar mulas con gaviotas.

—¿Por la juerza? —repitió, revisando al cabo enclenque con su mirada de hombre fornido. Y luego, pareciendo comprender—: Güeno, vaya buscando los compañeros.

El cabo palideció sin dar seguimiento a una intención de paso.

Don Segundo arregló sin premura su paquete, salió, no sin despedirse del azareado bolichero, y montó a caballo. El cabo amagó un manotón a las riendas, que quedó a medio camino.

—No —dijo Don Segundo, como si se equivocara sobre los designios del cabo—. Déjelo no más, que dende el año pasao sé andar solito.

Lastimosamente, el policía sonrió, festejando el chiste.

En un gran salón desamueblado, frente a un enorme mapa de la provincia, estaba sentado el comisario, panzón y bigotudo.

—Aquí están, señor —dijo el cabo, recobrando coraje.

—Aquí estamos, señor —repitió Don Segundo—, porque el cabo nos ha traído.

—Ustedes son forasteros, ¿no? —inquirió el mandón.

—Sí, señor.

—¿Y en su pueblo se pasa galopiando por delante'e la comisaría?

—No, señor...; pero como no vide bandera ni escudo...

—¿Ande está la bandera? —preguntó el comisario al cabo.

—La bandera, señor, se la hemoh'emprestao a la Intendencia pa la fiesta'el sábado.

El comisario se volvió hacia nosotros:

—¿Qué oficio tienen ustedes?

—Reseros.

—¿De qué partido son?

Como si no entendiera el carácter político de la pregunta, mi padrino contestó sin pestañear:

—Yo soy de Cristiano Muerto...; mi compañero de Callejones.

—¿Y las libretas?

Lo mismo que había hecho un chiste con nuestra procedencia, Don Segundo inventó un personaje:

—Las tiene, allá, don Isidro Melo.

—Muy bien. Pa otra vez ya saben ande queda la comisaría, y si se olvidan yo les vi'a ayudar la memoria.

—¡No hay cuidao!

Afuera, cuando estuvimos solos, Don Segundo rio de buena gana:

—Güen cabo... pero no pa rebenque.⁴⁴

La feria era para mí una novedad. Cuando llegamos estaban concluyendo de clasificar la hacienda en lotes, disponiéndolos en los corrales. Aquello parecía un rodeo, dividido en cuadros por los alambrados como una masa para hacer pasteles. La peonada que llevaba y traía los lotes era numerosa, y tanto entre ella como entre los peones de las estancias se veían paisanos lujosos en sus aperos y su vestuario. ¡Qué facones, tiradores y rastras! ¡Qué cabezadas, bozales, estribos y espuelas! ¡Si ya me estaba doliendo la plata en el tirador!

A la sombra de un ombú, al lado del gran galpón del local, se asaba la carne para los peones y el pobrerío. Había cómo elegir entre los asadores, que aquí ensartaban un costillar de vaquillona, allá un medio capón o un corderito entero, de riñones grasudos.

---

⁴⁴ A pun on the word *cabo,* meaning both "corporal" and "handle" (of a *rebenque,* or whip). The corporal is, in other words, harmless.

Los dueños de la feria, así como los estancieros y los clientes de consideración, tenían adentro acomodada una mesa larga, con muchos vasos y servilletas y jarras y frascos y hasta tenedores. Adentro también, vecino al comedor, había un despacho de bebidas con sus escasos feligreses.

Con mi padrino, nos arrimamos a un cordero de pella dorada por el fuego. ¡Carnecita sabrosa y tierna! «Lástima no tener dos panzas», decía con desconsuelo Don Segundo.

En seguida que sus mercedes de la mesa se hartaron de embuchar, salieron el rematador y su comitiva en un carrito descubierto y empezó la función. El rematador dijo un discurso lleno de palabras como «ganadería nacional», «porvenir magnífico», «grandes negocios»... y «dio principio a la venta» con un «lote excepcional».

Alrededor del carrito, a pie o montados en caballos de los peones de la feria, estaban los ingleses de los frigoríficos, afeitados, rojos y gordos como frailes bien comidos. Los invernadores, tostados por el sol, calculaban ganancias o pérdidas, tirándose el bigote o rascándose la barbilla. Los carniceros del lugar espiaban una pichincha, con cara de muchacho que se va a alzar las achuras [45] de una carneada. Y el público, formado por la gente de huella y de estancia, conversaba de cualquier cosa.

Sin alternativas pasó la tarde. La garganta del rematador no daba más de tanto gritar y mis orejas de tanto oírlo.

Empezaban a marchar las tropas.

Un hombre de los de la feria, que conocía a Don Segundo, nos habló para un arreo de seiscientos novillos destinados a un campo grande de las costas del mar. El paisano encargado de entregar el lote era un viejito de barba blanca, petiso y charlatán. Después de mostrarnos la hacienda, nos convidó a tomar la copa. Iba montado en un picadito overo, que le había codiciado toda esa mañana viéndolo trabajar. De a poquito, mientras nos dirigíamos al despacho, fui tanteando la posibilidad de una compra, que las perspectivas del largo arreo hacía casi necesaria. Pero el hombre nos hablaba de los novillos:

---

[45] From colonial times it was the custom in the river Plate area to share out among the poor that part of slaughtered cattle that had no market value. Each of these portions was known as an *achura*.

—Güena animalada, señor, y bien arriadita.

Frente al galpón, se le descolgó al picazo por la paleta y sonó el lucido juego de botones de su tirador, cuando tocando el suelo, sus pies barajaron el peso del cuerpo con golpe sordo.

Entramos.

Nuestro hombre se encaró con un anciano medio ebrio:

—Aquí habías de estar vos, haciendo gárgaras como sapo en el barro.

—Con las copas que me pagás, ¿no? —respondía el viejo de sonrisa envinada y ojos vagos.

—¡Al propósito vine al mundo pa mantener borrachos!

—¿Por qué no dentrás de polecía, hermano?

Mientras tomábamos nuestras sangrías, volví a hablar del picazo:

—Es ponderao pa'l trabajo.

—Vea, señor, no es por decirlo, pero tengo unos pingos medio güenones. Este que ando es uno de los más mejorcitos y corajudo pa'l porrazo. Vez pasada, cuando era redomón, traiba yo unas vacas por cuenta de un inglés Guales.[46] Venía cuidándolas por chúcaras, cuando cata aquí que cruzando cerca de un puesto, se me atraviesa en el callejón una señora a salvar unos patitos. Ya se me entró a remolinear la hacienda:[47] «Hágase a un lao, señora», le grité. «¿Que me haga a un lao?» «Sí, señora; se lo desijo como un servicio.» «¿Y a mí qué me importa de su hacienda?» Yo estaba cerquita d'ella y me iba dentrando rabia de verla tan enteramente porfiada, cuando pa mejor comenzó a echarme con madre y todo a loh'infiernos. ¡Dios me perdone! Le cerré las espuelas al picazo y la alcé por los elementos.

Aunque la prueba fuera buena para el caballo, me pareció aquel proceder un tanto salvaje. Sin dar mi opinión sobre el tal suceso, siguiendo la plática resulté dueño del picazo por cincuenta pesos.

De pronto el viejo borracho, olvidado por nosotros en su rincón, comenzó a observarlo muy sonriente a mi padrino. Con expresión de quien medita una picardía, lo interpeló:

—¿Cómo te va, Ufemio?

---

[46] *Guales*—the word for a tribe of Colombian Indians—seems to be used here in confusion with *Gales* (Wales) and *galés* (Welsh).

[47] "The herd started to mill around and pile up."

—¿Quién sos vos? —interrogó mi padrino, con un tono que me hizo comprender que no ignoraba la filiación del borracho.

—¿Ya no conocés a tuh'ermanos?

—Debe ser por los muy muchos que tengo en las pulperías.

—¿Y me has de negar que soh'Ufemio Díaz?

—¿Días?... y algunos meses —consintió mi padrino.

—¡Gaucho pícaro! —dijo el borracho, adelantándose hacia nosotros—. Yo soy Pastor Tolosa, conocido por Lazarte, vecino viejo del Carmen de Areco... y vos sos Segundo Sombra. ¿No te acordás? —insistió, mostrando la cicatriz de un tajo que le cruzaba la frente—. Yo era diablo pa'l cuchillo. Aura soy viejo y cualquier sonso me grita —señalaba con la barba a nuestro compañero de mesa—. En esos tiempos, sólo un toro como vos era capaz de cortarme.

El hombre se nos sentó en la mesa. Mi padrino lo miraba, sonriéndole como se sonríe a un recuerdo, y lo dejaba hablar.

—¿Y te acordás de las fiestas en lo de Raynoso, ande nos conocimos?

—Me acuerdo, ¡ahá!... Me mandaron que te cuidara porque eras medio aplicao al frasco y de yapa aficionado al barullo.[48]

—¡Ahá!..., y me viniste a cuidar, gaucho sagaz..., y al último fuiste voh'el que metió el bochinche. Más de cuatro salieron cortaos y se apagaron las luces a ponchazos y el hembraje juía a los gritos... y vos ni un arañón te agenciaste en el entrevero. ¡Qué tiempos! Y un día, por probarnos, jugando, me dejaste de recuerdo este pajarito[49] que me canta todas las mañanas: ¡bicho-feo!, ¡bicho-feo!

Nos reíamos todos.

Mi padrino se levantó y se dieron un gran abrazo con aquel viejo amigo, que quería seguir la charla de los años pasados. No teníamos tiempo. Trabajosamente nos despedimos. Nos entregaron la tropa y marchamos con los demás peones a la caída de la noche.

Tropita mansa y linda. Un mes de arreo debimos contar, aunque sin mayores contratiempos. Los animales que llevábamos eran flacos y dispuestos. Sin embargo, tres días antes de entregar el arreo pasa-

---

[48] "You were a bit keen on the bottle and, what's more, you liked a rough and tumble."

[49] In Argentina *pajarito* is a term of endearment (usually applied to children). It is here, of course, an ironical allusion to the scar disfiguring his face.

mos un mal rato. La hacienda venía sedienta, pues nos faltaban aguadas naturales y estancieros conocidos que nos sacaran del apuro.

Habíamos pasado una noche de pesadez tremenda, defendiéndonos de los mosquitos con un fueguito de biznagas por demás pobre. El campo sudaba por dondequiera cuando salimos de mañana.

Después cayó un golpe de lluvia. Las reses se nos alborotaron. En los charcos que había dejado el chaparrón se amontonaban, ensuciando en seguida el agua, no chupando más que barro.

El capataz iba afligido con esa desesperación del animalaje, que para mejor no podía sino aumentar con el sol y el movimiento.

A eso de las diez enfrentamos una estancia.

No hubo nada que hacer. Los animales, después de olfatear con ansia, se largaron a correr por el callejón. Inútilmente quisimos apurarlos para que pasaran derecho. En una porfía incontenible atropellaron los alambrados, que primero resistieron, haciéndolos caer. Hasta los enredados no cejaban en su empuje, a pesar de tajearse o caer de lomo. Y en seguida, ¡qué habíamos de sujetarlos por el campo!

Las casas estaban cerca y atrás de un potrerito alfalfado había un cañón bordeado de sauces. Nos separaban de él otro alambrado y un cerco de cañas. Corríamos sin esperanza por delante de los brutos sedientos. El alambrado sufrió 'la misma suerte que el anterior, y el cerco de cañas no pudo sino crujir y quebrarse ante la avalancha ciega.

Las bestias se sumían en el agua, bebiendo atropelladamente. Otras se echaban. Otras les pasaban por encima con peligro de ahogarlas. Nosotros no teníamos más tarea que la de impedir las montoneras y ordenar en lo posible aquel tumulto.

Los peones de la estancia, que habían oído el tropel o visto la disparada, nos ayudaban.

Vino el patrón, y nuestro capataz, jadeante por las corridas y algo asustado, explicó la cosa, proponiendo pagar los daños.

Por suerte, el hombre tomó bien nuestro involuntario asalto y, lejos de incomodarnos, nos hizo acompañar con su gente después de saciada la sed de la hacienda.

Tuvimos que degollar un animal por demás estropeado en los alambres y curar algunos otros.

Salvo esto, todo siguió como antes, hasta llegar a destino.

CAPITULO XV

¡Qué estancia ni qué misa! Ya podíamos mirar para todos lados, sin divisar más que una tierra baya y flaca, como azonzada por la fiebre. Me acordé de una noche pasada al lado de mi tía Mercedes (dale con mi tía). Los huesos querían como sobrarle el cuero y estaba más sumisa que mula de noria. Pero mejor es que lo sangren a uno los tábanos y no acordarse de esas cosas.

Habíamos dejado la tropa en un potrero pastoso, antes de que nos mandasen para la costa a hacer noche y descansar en un puesto.

¡Bien haiga el puesto! Desde lejos lo vimos blanquear como un huisito en la llanura amarilla. A un lado tenía un álamo, más pelado que paja de escoba; al otro, tres palos blancos en forma de palenque. La tierra del patio, despareja y cascaruda, más que asentada por mano de hombre, parecía endurecida por el pisoteo de la hacienda que, cuando estaba el rancho solo, venía a lamer la sal del blanqueo.

Don Sixto Gaitán, hombre seco como un bajo salitroso y arrugado como lonja de rebenque, venía dándonos, de a puchitos, datos sobre la estancia. Eran cuarenta leguas en forma de cuadro. Para el lado de la mañana estaba el mar, que sólo la gente baqueana alcanzaba por entre los cangrejales.[50] En dirección opuesta, tierra adentro, había buen campo de pastoreo; pero eso estaba muy retirado del lugar en que nos encontrábamos.

Bendito sea si me importaba algo de los detalles de aquella estancia, que parecía como tirada en el olvido, sin poblaciones dignas de cristianos, sin alegría, sin gracia de Dios.

Don Sixto hablaba de su vida. El pasaba temporadas en el rancho

---

[50] This section of the novel, set in the swampy area of the pampa around Dolores, was inspired by a visit to the *estancia* "Dos Talas" of Luis F. de Elizalde in 1921, and the development of a prose poem, *Cangrejal,* written that same year (*Obras completas,* pp. 575-7).

123

solitario. La familia estaba allá, en un puesto cerca de las casas. Tenía un hijito embrujado que le querían llevar los diablos.

Miré a Don Segundo para ver qué efecto le hacía esta última parte de las confidencias. Don Segundo ni mosqueaba.

Me dije que el paisano del rancho perdido debía tener extraviado el entendimiento, y dejé ahí reflexiones, porque bastante tenía con mirar el campo y más bien hubiese deseado hacer preguntas acerca del mar y de los cangrejales.

Aunque el arreo sea bueno y no le haya sobado al resero el cuerpo más que lo debido, siempre se apea uno con gusto de los apretados cojinillos para ensayar pasos desacostumbrados. El palenque, con sus postes blancos, llamó más mi atención de cerca, mientras desarrugaba a manotones el chiripá y aflojaba las coyunturas.

Don Segundo me dijo riendo:

—Son espinas de un pescao del que entuavía no has comido.

—Hace más de cincuenta años —explicó Don Sixto— que la ballena, tal vez extraviada, vino a morir en estas costas. El patrón se hizo llevar el güeserío a las casas, «pa adorno», decía él. Aquí ha quedao este palenquito.

—Mirá qué bicho para asarlo con cuero —dije, temeroso de que me estuvieran tomando por zonzo.

—Estas son tres costillas —concluyó Don Sixto, agregando para cumplir con su deber de hospitalidad—: Pasen adelante si gustan; en la cocina hay yerba y menesteres pa cebar...; yo voy a dir juntando unas bostas y algunos güesitos pa'l juego.

A la media hora de una conversación interrumpida por el lagrimeo y la tos que me imponía la humareda espesa de la bosta, gané el campo so pretexto de ver para dónde se había recostado mi tropilla.

Más vale el camino, por fiero que sea, que estar tosiendo a la orilla del fuego como vieja rezadora.

Mi tropilla se había alejado caminando con cautela de quien está revisando campo para comprar, despuntando los pastos, mirando a veces en derredor o a lo lejos, como buscando un punto de referencia. El picazo en que iba montado relinchó. La yegua madrina alzó la cabeza, desparramando un tropel de notas de su cencerro. Todos los caballos miraron hacia mí. ¿Por qué estábamos así desconfiados y como buscando abrigo?

Casi entreverado con mis pingos, me dejé estar mirando el horizonte. La yegua Garúa olfateó hacia el mar y nos pusimos a seguir aquel rumbo, como una obligación.

—¡Campo fiero y desamparado! —dije en voz alta.

Ibamos por un pajal descolorido y duro que los caballos husmeaban despreciativamente, con algo de alarma. También yo sentía un presagio de hostilidad.

Cruzábamos unas lagunitas secas. No sé por qué pensé en lagunas, dado que ninguna diferencia de nivel existía con el resto de la pampa.

—¡Campo bruto! —dije otra vez, como contestando a un insulto imaginario.

De atrás de unos junquillales voló de golpe una bandada de patos, apretada como tiro de munición. El bayo Comadreja plantó los cuatro vasos, en una sentada brusca, y bufó a lo mula. Quedamos todos quietos, en un aumento de recelo.

Atrás de los junquillales vimos azulear una chapa de agua como de tres cuadras. Volaron bandurrias, teros reales y chajás. Parecían tener miedo y quedaron vichándonos desde el otro lado del charco. Sabían algo más que nosotros. ¿Qué?

Garúa trotó dando un rodeo, seguida por Comadreja, y bajó hacia el agua. Nosotros quedamos a orillas del pajonal.

El barro negro que rodeaba el agua parecía como picado de viruelas. Miles de agujeritos se apretaban en manada unos contra otros. Unos pocos cangrejos paseaban de perfil, como huyendo de un peligro. Me pareció que el suelo debía de sufrir como animal embichado.

—¡Ahá! —dije—, un cangrejal. Y me pregunté por qué me había dado ese día por hablar en voz alta.

Como si mi palabra hubiese sido voz de mando, voló de un solo vuelo la sabandija. Garúa y Comadreja, castigados por repentino terror, corrieron hacia nosotros. Dudé de mis ojos. Garúa había perdido sus cuatro patas y avanzaba apenas arrastrándose sobre el vientre. Y el barro se abría como un surco de agua. «Murió la yegua», me dije. Pero Garúa, tirada sobre el costillar, remaba con las cuatro patas, avanzando como si nadara, con tanta rapidez, que no daba tiempo a que la tierra, desmoronada en sinuosa herida, se juntara tras ella. Aquello hizo un ruido sordo y lúgubre, hasta que la yegua pisó firme. «Linda madrinita baquiana», murmuré con emoción, y recordé que me había sido vendida por un paisano del Rincón de López. Sí, pero ¿y mi bayo?

Comadreja se había detenido ante la caída de Garúa. Dos veces intentó echarse al cangrejal para vencerlo a lo bruto, pero tuvo que volver atrás, después de haberse perdido casi totalmente, salvándose a pura energía, con quejidos de esfuerzo.

Sin perder tiempo, arrié mi tropilla en su dirección, recordando el camino seguido hoy por la yegua. Me encomendé a Dios, para que no me dejara desviar ni un metro de la dirección que recordaba. En una atropellada alcancé con ansia el lugar en que estaba Comadreja, que se entreveró con sus compañeros, y al grito de «¡Vuelva!», salí, yegua en punta, para el lado del campo firme.

Pasado el apuro, seguimos como muchachos castigados, hinchando el lomo y con las cabezas muy gachas.

Llegando al rancho pensaba: La casa es la casa, en cualquier parte que esté y por pobre que sea.

El rancho, antes tan miserable, me resultaba, al volver del paisaje, un palacio. Y sentí bien su abrigo de hogar humano, tan seguro cuando se piensa en afuera.

Aunque todavía fuese temprano, mi padrino y Don Sixto preparaban la comida en el patio. Me preguntaron por mi paseo.

—Lindo no más. Casi pierdo el bayo —contesté, e, interrogado, relaté el percance.

Don Segundo comentó a manera de consejo:

—El hombre que sale solo, debe volver solo.

—Y aquí estoy —concluí con aplomo.

Atardecía. El cielo tendió unas nubes sobre el horizonte, como un paisano acomoda sus coloreadas matras para dormir. Sentí que la soledad me corría por el espinazo, como un chorrito de agua. La noche nos perdió en su oscuridad.

Me dije que no éramos nadie.

Como siempre, andábamos de un lado para otro, en quehaceres de último momento. Ibamos del recado al rancho, del rancho al pozo, del pozo a la leña. No podía dejar yo de pensar en los cangrejales. La pampa debía sufrir por ese lado y... ¡Dios ampare las osamentas! ¡Al día siguiente están blancas! ¡Qué momento, sentir que el suelo afloja! Irse sumiendo poco a poco. Y el barrial que debe apretar los costillares. ¡Morirse ahogado en tierra! Y saber que el bicherío le va a arrancar de a pellizcos la carne... Sentirlos llegar al hueso, al vientre, a la partes, convertidas en una albóndiga de sangre e inmundicias, con millares de cáscaras dentro, removiendo el dolor en un vértigo de voracidad... ¡Bien haiga! ¡Qué regalo el frescor de la tierra del patio, al través de las botas de potro!

Y miré para arriba. Otro cangrejal, pero de luces. Atrás de cada uno de esos agujeritos debía haber un ángel. ¡Qué cantidad de estrellas! ¡Qué grandura! Hasta la pampa resultaba chiquita. Y tuve ganas de reír.

Comimos, sin decir palabra, en unos platos de cinc, una «ropa vieja», en que la sal de charqui nos ofendía la boca. La galleta era como poste de quebracho y gritaba a lo chancho cuando le metíamos el cuchillo. Para peor, no tenía sueño. Me quedé tomando mate en la cocina. El pabilo del candil, cansado de tanta grasa, quería caer por momentos y la llama chisporroteaba a antojo. Dos veces la enderecé con el lomo del cuchillo. Por fin la dejé, temiendo que me entrara rabia y cediera a la tentación de fajarle al aparatito un planazo de revés para que fuera a alumbrar a los demonios.

Don Segundo tendía cama afuera, y Don Sixto estaba ya en el dormitorio, al cual había entrado mis jergas creyendo así cumplir con el forastero.

¡Linda cortesía, hacerlo dormir a uno en un aposento hediondo y seguramente poblado por sabandija chica!

Apagué el candil, volqué la cebadura en el fuego, que se iba consumiendo, y fui a echarme en mi recado, en la otra punta del cuarto de Don Sixto.

No hallaba postura y me removía como churrasco sobre la leña, sin poder dar con el sueño. Era como si hubiese presentido la extraña y lúgubre escena que iba a desarrollarse entre las cuatro paredes del rancho perdido.

Debió pasar algún tiempo. La luna volcó por la puerta una mancha cuadrada, blanca como escarcha mañanera. Vislumbraba los detalles del aposento: las desparejas paredes de barro; el techo de paja, quebrado en partes; el piso de tierra lleno de jorobas y pozos; los rincones en que negreaba una que otra cuevita de minero.

Mi atención fue repentinamente llamada hacia el lugar en que dormía Don Sixto. Había oído algo como una queja y un ruido de caronas. Antes de que imaginara siquiera qué podía ser aquello, lo vi confusamente, de pie sobre las matras, en una postura de espanto.

Sentándome de un solo golpe, hice espaldas en la pared, desenvainé mi puñalito, que había como siempre alistado entre los bastos, puestos como cabecera, y encogí las piernas de modo conveniente para poderme erguir en un impulso.

Miré. Don Sixto dio con la zurda un manotón al aire. Fue como si hubiera agarrado algo. «No», dijo, ronco y amenazando, «no me lo han de llevar, so maulas». Con la ancha cuchilla que apretaba en su derecha tiró al aire dos hachazos como para partir el cráneo de un enemigo invisible. Tuve la ilusión de que aquello que tenía aferrado con la mano izquierda le asentaba un recio tirón. Trastabilló unos pasos. «No», volvió a gritar, como aterrorizado, pero firme en su propósito de no ceder; «angelito… no me lo han de llevar».

Con más saña tiró puntazos en diferentes direcciones; después hachazos de derecha, de revés, con una violencia superior a sus fuerzas. Otro tirón lo llamó hasta la mitad del cuarto. Con más desesperación, clamó: «M'hijo…, m'hijo no ha de ser de ustedes». Comprendí lo terriblemente angustioso de aquella alucinación. El hombre defendía a su hijo embrujado, con la desesperación del que no sabe si hiere. Pero, ¿cómo podía ser eso? Sin embargo, vi por tercera vez y claramente los tirones y golpazos con que le hacían perder el equilibrio. Don Sixto caía al suelo, volvía a incorporarse y se esgrimía nuevamente contra el vacío, repitiendo su estribillo: «No, no me lo han de llevar».

La lucha inverosímil, de la cual yo sólo veía un combatiente, arreció con violencia. Los zamarreones aumentaban, las cuchilladas menudeaban a tontas y a locas, los gritos de desesperada negación se repetían con mayor frecuencia. Las fuerzas de Don Sixto disminuían, mientras el tono de la voz llegaba por su angustia a hacérseme intolerable. Quería ayudarle, pero una cobardía, un anonadamiento desconocido, se opuso a los esfuerzos que hice por levantarme. No podía siquiera hacer la señal de la cruz. El horror me tiraba los pelos para atrás de las sienes. Me debilitaba en un sudor copioso.

Pensé en Don Segundo y no pude llamarlo. ¿Cómo no oía? El pobre Don Sixto, ya exhausto, había caído cerca mío, a unas cuartas, y luchaba con una tenacidad que duplicaba mi desesperación.

Por fin la luz de la luna fue interceptada. Comprendí que mi padrino estaba ahí. Escuché su voz tranquila: «Nómbrese a Dios». Lo vi entrar; tomó a Don Sixto de un brazo haciéndolo poner de pie. «Sosiéguese, güen hombre, ya no hay nada». También yo pude moverme y me acerqué a sostener a Don Sixto que, a pesar de no ser la luz suficiente para ver claro, aparecía demacrado como por varios días de enfermedad. «Sosiéguese», repitió mi padrino. «Acompáñeme pa juera; ya no hay nada». Como un ebrio lo sacamos a la noche.

Don Segundo lo acercó al recado en que él había estado durmiendo. El hombre cayó como desjarretado. «Déjalo no más», me dijo mi padrino, «y vos sacá tus jergas y echate a dormir».

Con recelo entré al cuarto, me santigüé, fui al rincón de mis pilchas y manotié arrastrando lo que quiso venir conmigo. Ya Don Segundo dormía, con un cojinillo de almohada, sobre el piso del patio. El otro estaba tirado como potrillo muerto. ¿Dormía? ¡Como para dormir estaba por dentro! Nunca pensé que se pudiera tener tanto miedo junto.

Recién al aclarar, cuando mi padrino incorporándose me dio la garantía de que todo no había muerto, pude cerrar los párpados.

Poco después desperté en un sobresalto. Ya el sol calentaba un tanto el cuerpo y un vientecito tierno se colaba entre la ropa.

Don Segundo había arrimado su tropilla y tusaba uno de sus caballos.

No vi ni señas de Don Sixto. Como el sol sabe barrer el miedo, no me quedaba de mi angustia nocturna más que un peso en los nervios.

Enderecé mis pasos hacia el pozo. El chirrido de la roldana, el culazo del balde en el agua, el canto de las goteras mientras recogía la soga, cuyos últimos tramos me enfriaron de agua las manos, me cantaban familiares palabras de optimismo. Me enjuagué bien la cabeza, el pescuezo, los brazos hasta el codo. En seguida sentí mejor el viento y el sol. Mi fuerza de siempre corría a grandes impulsos por mis miembros.

La mañana era linda, dorada, ágil. El desierto se alegraba de su descanso fresco. Unos teros pasaron, muy arriba, gritando su alegría. Se oyeron, lejos, unos balidos. Una nube de gaviotas, chimangos y caranchos giraba como trompo de aire sobre alguna osamenta, allá, para el lado de los cangrejales. ¡Qué diablos, la vida no afloja ni se aflige porque a un animal o a un hombre la noche le haya traído un mal rato!

Como había preparado ya el mate, fui a convidarlo a Don Segundo.

—Güen día, padrino.

—Güen día.

Don Segundo rio mirándome:

—¿Ya te ha güelto el alma al cuerpo?

Me atreví a preguntar:

—¿Y Don Sixto?

—Se jue esta mañana a ver al muchacho que tiene enfermo. Quién sabe cómo lo halla.

—¿Por qué...? ¿Le han traído una mala noticia?

—¿Y qué más mala noticia querés que la de anoche?

—¡Avise Don!

Tuve que ir en busca de la pava para seguir la cebadura. No había conseguido mayores datos sobre el enigma del pasado suceso. ¿Por qué estaba tan seguro mi padrino de la gravedad del chico de Don Sixto? ¿Creía en brujerías? Inútil calentarme la cabeza; ya me había dado cuenta de que Don Segundo no me contestaría, esa mañana por lo menos. Pero ¡qué hombre que no concluiría nunca de conocer! ¿Sabría también de magia? ¿Esos cuentos que contaba, los contaba en serio? Y yo, ¿creía o no creía? Me parece que sí, por el miedo que me daban esas cosas y por mi poca voluntad de meterme a averiguaciones.

Monté el picazo en pelos y fui a buscar mis caballos. De vuelta ensillé y echando unidas las tropillas por delante, marchamos hacia el potrero vecino, donde al día siguiente debíamos recoger hacienda alzada. No pude dejar de despedirme del fatídico ranchito, que ya tomaba su aspecto de hueso perdido, y, dándome vuelta sobre el recado, le grité:

—¡Adiós, matrero viejo! ¡Quiera Dios que el pampero te avente con tuito el pulguerío y tus penas de bichoco y tus diablos y brujerías!

CAPITULO XVI

Al caer la tarde, después de haber andado unas ocho leguas por la misma pampa triste y haber comido un resto de carne asada, que yo traía a los tientos, avistamos la gente de la población que hacía tiempo veníamos contemplando, gozosos por su verdor fresco. Allí siquiera había unos sauces, unos perros, un corralito y unos dueños de casa.

Otros paisanos llegaban ya para el trabajo del día siguiente. De lejos nos veíamos, entre nuestras tropillas, mudar de caballos, preparándonos lo mejor posible. Agarré mi Moro, crédito para el rodeo, porque no quería andar fallando. Le acomodé el tuse, lo desranillé, y, habiéndole puesto los cueros, caí al rancho cortando chiquito al compás de la coscoja.

Ya cruzábamos algunas palabras con los paisanos en el palenque. Nos mirábamos los caballos ponderándolos cortésmente:

—Lindo el bayito —dije a un hombre que se acababa de apear cerca mío—; ha de ser de conseguir, dentrando al pueblo.

—¡Azotes! —reía el paisano—. ¿Y su Moro?

—Medio dispuesto p'al dentro. Pero, ¿qué va a hacer con una desgracia en el lomo?

—¿Andé está la desgracia?

—Un servidor —dije, señalándome el pecho.

—Este sí que es güeno —dijo un viejito flaco, acodillando su cebruno petizón, que no se movió más que un fardo de lana.

—¡Ahá!... ¡Ponderan la juria'el sapo! —rio el del bayo.

—No te fies, muchacho... no te fies de los gallos qu'entran a la riña dando el anca —aconsejó el viejo.

Un hombre achinado y gordo, que desembarraba con el lomo del cuchillo las paletas de su overo pintado, arguyó señalando el espléndido alazán de Don Segundo:

—Ese es un pingo.

Todos lo miraron con un silencio de asentimiento.

Con su voz clara y tranquila, Don Segundo explicó a la gente callada:

—Lo cambié por unas tortas.

Cuando pasó la risa insistió imperturbable:

—El otro debía estar en pedo.

Era lo que habían pensado muchos sin animarse a decirlo. Don Segundo parecía querer recordar el hecho.

—Lo que no puedo acordarme es cómo estaba yo... Cierto que debía andar más fresco, al menos que ya hubiese llegao por la tranca a perder la vergüenza. Me parece acordarme de algo así como un barullo. La gente hasta pelió. Jue una linda divirsión. Al día siguiente el paisano no se acordaba bien del cambio, pero yo le refresqué la memoria.

«¿Yo le resfresqué la memoria?» Bien se imaginaban los oyentes la energía de esa ayuda. Además, Don Segundo había dicho: «La gente hasta pelió. Jue una linda divirsión».

Ahora lo tasaban detallando su estatura, la reciedumbre de sus rasgos y, sobre todo, esa tranquilidad con que sabía tomar las cosas, fueran como fuesen, como si le quedaran chicas. Yo sentí por una vez más esa fuerza de mi padrino, tan rápido para suscitar en el paisanaje, reservado e incrédulo, una incondicional admiración. Sabía desconcertar quedando impasible y a la duda que por momentos despertaba, sobre su inocencia aparente o su profunda malicia, seguía de inmediato el respeto y la expectativa. Como otro arte suyo era saberse ir a tiempo, aprovechó la atención general para ponerse a hablar bajo con un hombre que estaba a su lado.

El paisano del overo preguntó de dónde éramos.

—De San Antonio.

—¿De San Antonio? —terció el del cebruno—. Yo he sabido trabajar allá, en los campos del general Roca. Y este hombre —dijo señalando al del bayo— ha andao hace poco con arreo por esos pagos.

—¡Ahá! —contestó el aludido—, en una estancia de un tal Costa.

—Acosta —corregí.

—Eso es.

Nos fuimos arrimando al rancho. En el patio grande, abajo de los sauces, ardían los fogones lamiendo la carne de los asadores. ¡Lindo olorcito!

Habría entre todos unos veinte paisanos. Al aclarar del día siguiente llegarían unos diez más. Todos venían de distantes puestos. Decididamente, iba a ser nuestra recogida un trabajo bruto y grande.

No hubo, antes de echarnos a dormir, ni muchas bromas, ni una alegría muy visible, ni guitarra. A la gente de esos pagos no parecía importarle nada de nada. Uno por uno enderezábamos al asador, cortábamos una presa, nos retirábamos a saborearla en cuclillas. Los más salvajes y hurraños desaparecían en lo oscuro, como si tuvieran vergüenza que los vieran comer o temieran que los pelearan por la presa. Como muchos, por tratarse de hacienda chúcara, habían traído sus perros, estábamos rodeados de una jauría hambrienta y pedigüeña.

Ya los fierros estaban desnudos.

Antes de acostarme dije a mi padrino:

—Lo que eh'esta noche, ansina llueva, naides me hace dentrar al rancho. Más que el abrigo'e las paredes con un loco adentro me gusta el amparo de Dios.

—Bien dicho, muchacho —comentó mi padrino, y no supe si pensaba así, o si quería simplemente que lo dejara en paz.

Antes de aclarar salimos. Me habían dado por compañeros dos mocetones de unos veinte años. Uno alto, aindiado, lampiño. El otro rubio y flaco, con ojos sesgados de gato pajero. El rubio subió en un alazancito malacara que, ni bien sintió el peso, se arrastró a bellaquear. El mocito debía tenerse fe, porque a pesar de la oscuridad lo cruzó de unos rebencazos.

—'stás contento con la fresca —dijo después de sofrenarlo.

El campamento, que anoche parecía numeroso, desapareció en la noche y la pampa, disolviéndose en direcciones distintas como un puñado de hormigas voladoras en el aire.

Mis compañeros me echaron al medio. El trigueño tenía un recadito que de corto parecía prestado por algún hermano menor. Su caballo era un azulejo overo zarco, salvaje y espantadizo como pájaro de juncal. Las colas iban cortadas como una cuarta arriba del garrón. Los estribos, cruzados por delante, hacían grupa bajo los cojinillos: modas sureras.

No decíamos palabra. Galopábamos por una huella que poco a poco se fue perdiendo, hasta dejarnos entregados al campo raso, sin más indicio de rumbo que el instinto de mis acompañantes. Pregunté, no sin recelo, por los cangrejales. El mocito del malacara me dijo que allí no había. En los cangrejales no podían aventurarse sino los que eran muy baquianos, y a nosotros nos habían dado un pedazo de campo limpio. Eso sí, tendríamos que cruzar los médanos y llegarnos hasta el mar, para de allí, por los arenales, echar hacia el lado del campo los animales matreros que sabían esconderse.

Nuevas curiosidades para mí: los médanos, el mar. No quise pasar por chapetón y dejé mis preguntas de lado, como una vergüenza, esperando instruirme por mis cabales.

En el cielo, las primeras claridades empezaban a alejar la noche y las estrellas se caían para el lado de otros mundos. Orillamos un bajo salitroso y unas lagunas encadenadas, en que los pájaros, medio dormidos, se espantaron en nuestra presencia. Clareó más y comenzaron a vivir los animales de la pampa. Pasamos cerquita de una osamenta hedionda, que unos treinta caranchos aprovechaban, porfiando ganársela a la completa podredumbre.

¡Qué amabilidad la de esos pagos, que se divertían en poner cara de susto!

Al querer despuntar el sol, divisamos a contraluz la línea de los médanos. Era como si al campo le hubieran salido granos.

Varios vacunos trotaron por lo alto de una loma, nos miraron un rato y huyeron disparando. Mis compañeros iniciaron los clásicos gritos de arreo.

Pronto pisamos las primeras subidas y bajadas. El pasto desapareció por completo bajo las patas de nuestros pingos, pues entrábamos a la zona de los médanos de pura arena, que el viento en poco tiempo cambia de lugar arreando montículos que son a veces verdaderos cerros por la altura.

La mañanita volvió de oro el arenal. Nuestros caballos se hundían en la blancura del suelo, hasta arriba de los pichicos. Como buenos muchachos, retozamos, largándonos de golpe barranca abajo, sumiéndonos en aquel colchón amable, arriesgando en las caídas el quedar apretados por el caballo.

Satisfechos nuestros impulsos, nos decidimos a atender el trabajo. Andábamos torpemente, hamacados por el esfuerzo del tranco demasiado blando. Ni un pasto entre aquel color fresco, que el sol nuevo teñía de suave mansedumbre. Me dijeron que en el ancho de una legua, entre tierra y mar, toda la costa era así: una majada monótona de lomos bayos, tersos y sin quebraduras, en que las pisadas apenas dejaban un hoyito de bordes curvos. ¿Y el mar?

De pronto, una franja azul entre las pendientes de dos médanos. Y repechamos la última cuesta. De abajo para arriba, surgía algo así como un doble cielo, más oscuro, que vino a asentarse en espuma blanca a poca distancia de donde estábamos.

Llegaba tan alto aquella pampa azul y lisa que no podía convencerme de que fuera agua. Pero unas vacas galopaban por la costa misma y mis compañeros se precipitaron arena abajo hacia ellas. Me hubiera gustado quedar un rato, si más no fuera, contemplando el espectáculo vasto y extraño para mis ojos. Más vale no hacerse el gusto que pasar por pazguato, y arremetí también contra las bestias.

En la arena mojada de la orillita, dura como tabla, corríamos a lo loco. Mi Moro se hizo ver tomando la punta, descontando la ventaja que le llevaban.

Por momentos nos acercábamos. Los chúcaros corrían como gamas y, al verse apareados, se sentaban gambeteando de lo lindo. Para mejor estaban más delgados que parejeros. Errábamos los topes a porrillo. Por fin un toro, más haragán o más pesado, cayó entre el alazán y el overo. Lo paletearon hasta echarlo por entre los médanos.

Yo había seguido por detrás de una yaguanesa y la llevaba cerca. Forzándola hacia el mar, cuyo ruido me sorprendía y achicaba, hice que se resistiera y así pude arrimarle el caballo. El Moro se le prendió como tábano en la paleta y allí íbamos con la vaca, afirmándonos uno con otro.

De repente entramos a pisar algo sonoro y resbaloso. Largué los estribos por las dudas. La yaguanesa, queriéndose caer, se atravesó, pero el Moro seguía echándola por delante con el impulso de la corrida. Y sucedió lo que debía suceder. Al salir del fragmento de roca resistente, encontrando la blandura de la arena, la vaca se tumbó. Sentí por el encontronazo que el Moro se daba vuelta por sobre la cabeza. «Con tal que no se quiebre», tuve tiempo de decirme, y me eché hacia atrás. Un momento se deja de pensar. El cuerpo cumple su deber por instinto. Sufrí en la planta de los pies el chicotazo del suelo. Tuve que correr unos pasos para recobrar el equilibrio. Volví sobre mi caballo, que aún se esforzaba por ponerse de aplomo. La vaca enderezándome me amagó un tope. Lleno de audacia, le crucé el hocico de un rebencazo y le saqué el cuerpo. Tomé mi caballo de las riendas. Por ahí cerca venían los compañeros. ¡Pobre Moro! Lo hice caminar. Bien. Le manotié la arena del recado y las clines. Ya los dos muchachos estaban conmigo.

—¡Gran puta! —dije, y la palabra me sonó bien, aunque no fuera mal hablado—. Esta playa había sido como jeta'e comisario.

Subí dispuesto al trabajo. Por los médanos se perdió la yaguanesa. Mis compañeros se enredaban en mil dicharachos conmigo.

Comprendí que empezábamos a ser amigos.

No hay desayuno mejor que un porrazo para envalentonar el cuerpo. Estábamos más decididos para la recogida.

Después de un pesado galopar y gritar por los médanos, salimos al campo. Nuestro trabajo y el de los demás, que por ahí andarían, iba surtiendo efectos. La pampa, antes sola, se poblaba de puntas de hacienda que corrían, en montón o en hilera, para el lado opuesto al mar; para el lado de la gente, hubiera dicho yo. Muy lejos, unas polvaredas indicaban las partes más numerosas de la recogida.

Ya podíamos estar más tranquilos. Las puntas se buscaban entre sí, constituyendo masas cada vez más grandes. Las huellas insensiblemente marcaban rumbos al animalaje. No teníamos más que hacer una atropellada, de vez en cuando, para que a muchas cuadras repercutiera en un apuro y hasta en huidas sin fin.

Ibamos dejando a un lado las vacas recién paridas, que nos miraban hoscas, con una cornada pronta en cada aspa. Vencíamos la distancia lentamente, por tener que ir de derecha a izquierda en una fatigosa línea quebrada.

Los balidos formaban como una cerrazón de angustia en el aire, angustia de las bestias libres agarradas por su destino de obedecer, aunque acostumbradas a no ver hombres sino a muy largas distancias y muy de tiempo en tiempo.

Allí, como a legua y media, sobre una lomada, se formó un centro de movimiento. Debía haber gente sujetando ese principio de rodeo. Y, conforme íbamos andando, aquello se agrandaba, empenachándose de una creciente nube de tierra, sumándose de todos los retazos de hacienda destinados a desaparecer allí, como llamados por una brujería.

Hacía un rato el campo estaba despejado; nosotros lo poblamos de vida, para luego irla barriendo hacia un punto, dejando el campo nuevamente solo.

Conservábamos la vista fija en el lugar del rodeo y deseábamos ya estar allí, pues poco que hacer y diversión encontrábamos en galopar atrás del vacaje cimarrón que no se dejaba arrimar. Sin embargo, anduvimos, anduvimos.

El rodeo aumentaba de tamaño por los animales que llegaban y porque nos acercábamos. Ya el entrevero de los balidos se hacía ensordecedor, y empezamos a notar que aquello nos absorbía como única razón de ser posible, en el gran redondel trazado por el horizonte, dentro del cual todo lo demás parecía haberse anulado.

Llegamos. Algunos paisanos rondaban el tropel asustado de animales. Otros mudaban caballo. Otros, con la pierna cruzada sobre la cabeza del basto, liaban un cigarro o platicaban con tranquilidad. Los caballos sudados, con los sobacos coloreando de espolazos, o embarrados hasta la panza, delataban la tarea particular a que habían sido sometidos. Reconocía caras vistas el día anterior, observaba otras nuevas.

Contemplé el rodeo. Nunca había presenciado semejante entrevero. Debían de ser unos cinco mil, contando grande y chico. Los había de todos los pelos, todos los tamaños; pero esto no estaba hecho para asombrarme. Lo que sí llamaba mi atención era el gran número de lisiados de todas clases: unos por quebraduras soldadas a la buena de Dios, otros a causa del gusano que les había roído las carnes dejándoles anchas cicatrices. Esos animales nunca fueron curados por manos de hombres. Cuando un aspa creciendo se metía en el ojo, no había quien le cortara la punta. Los embichados morían comidos o quedaban en pie, gracias al cambio de estación, pero con el recuerdo de todo un pedazo de carne de menos. Los chapinudos criaban pezuñas con más firuletes que una tripa. Los sentidos del lomo aprendían a caminar arrastrando las patas traseras. Los sarnosos morían de consunción o paseaban una osamenta mal disimulada en el cuero pelado y sanguinolento. Y los toros estaban llenos de cicatrices de cornadas, por las paletas y los costillares.

Algunos daban lástima, otros asco, otros risa. Los sanos y jóvenes, que eran los más, porque la pampa al que anda trastabillando muy pronto se lo traga, demostraban un salvajismo tal que se llevaban por delante, afanados en alejarse cuanto fuera posible.

Un lujo de toros de toda laya hacía del rodeo un peligro. Ya varios andaban buscando enojarse solos.

Los atajadores tenían que quedar a cierta distancia, haciendo rueda, cosa que ocupaba a mucha gente. Más afuera, las tropillas con sus yeguas maneadas formaban el último círculo.

—¿Compañero, no ha visto el venao? —me interpelaba un paisano, bien montado en un oscurito escarceador, refiriéndose a que estábamos en ayunas.

A la verdad, nuestra hambre bien nos podía hacer ver cualquier cuadrúpedo comible, pues eran las diez, y desde las dos de la madrugada, no habíamos «matao el bichito» más que con unos cimarrones.

Miré para el lado de los carneadores, que ya llevaban a medio asar la vaquillona de año que esa mañana habían volteado para el peonaje.

—¿Por qué no noh'arrimamos —pregunté— a tomar unos amargos si mal no viene?

No faltaban, de rodeos anteriores y anteriores carneadas, buenas cabezas de osamenta, guampudas, en que asentar el cuerpo. Después mudaría caballo. Por el momento le aflojé la cincha al Moro y me ocupé de mí mismo.

Como la noche anterior, comimos y mateamos en silencio.

Decididamente esa gente me daba ganas de estar solo y, como tenía tiempo antes de empezar el trabajo, dejé mate y compañía para tardarme mudando caballo, hasta que el aparte empezara. Además, me alejaba un poco de esa baraúnda de balidos que ya me estaba hinchando la cabeza. ¿Por qué —me pregunté— esa luna repentina?

Me dejé estar, ensillando el bayo, que elegí por más corajudo y duro para el trabajo. Acomodé bien matra por matra. Emparejé como tres veces los bastos. Sirviéndome de mi alezna, que llevaba siempre a los tientos, con la punta clavada en un corcho para defenderla, corregí la costura de la asidera que estaba zafada en un tiento. Acomodé los cojinillos como para ir al pueblo. Desenrollé el lazo para volverlo a enrollar con más esmero. Y como ya no tenía qué hacer, lié un cigarrillo que, por el tiempo que puse en cabecearlo, parecía el primero de mi vida.

En eso oí un griterío y vi que un toro venía en mi dirección, corrido por unos paisanos.

Me lo enhorqueté al Comadreja proponiéndome sacarme pronto el mal humor.

Los dejé acercarse. A breve distancia me coloqué bien a punto para llevar a cabo mi intento. Cuando calculé por buena la distancia, grité:

—Con licencia, señores. —Y cerré las piernas al bayo.

Mi pingo era medio brutón para el encontronazo. Por mi parte había calculado bien. A todo correr, el pecho del bayo dio en la paleta del toro. Ayudé el envión con el cuerpo.

Quedamos clavados en el lugar del tope. El toro saltó como pelota, se dio vuelta por sobre el lomo.

Había hecho una cosa peligrosa entre todas. Agarrar un animal, en toda la furia, a la cruzada, es un alarde que puede costar el cuero si la velocidad de cada animal no está calculada con toda justeza.

¡Buen principio que me comprometía para el trabajo bruto iniciado!

CAPITULO XVII

Empezó el torneo bárbaro. Como éramos muchos, hacíamos varias cosas a un tiempo. Para un lado, hacia el señuelo, se paleteaban las reses. Para otro se arreaban a cierta distancia, campo afuera, a fin de voltearlas a lazo y curar, descornar, capar, o simplemente cuerearlas, después del obligado degüello, si estaba en estado de enfermedad incurable.

En yunta con el mocito rubio, compañero de recogida esa mañana, nos dedicamos al aparte. Las reses eran escasas, pues se elegían toros jóvenes que, después de ser largados en un potrero pastoso y capados, se invernarían. ¿Qué iba a salir de bueno, para el engorde, de esa extraña reunión de patas largas y lomos a lo boga? El en un gateadito liviano, yo en mi bayo, formábamos una pareja luciente y ligera. Afanados por demostrar las habilidades de nuestros pingos, sacábamos de golpe los animales apretados entre los dos. Era inútil que quisieran buscar el campo o sentarse; iban como dulce de alfajor entre sus tapas de masa y ni siquiera pensaban en zafarse. No nos habían ni averiguado el nombre, que ya estaban con el señuelo.

El rubio resultó medio travieso, de modo que tenía yo que andar alerta para que no me venciera de salida, echándome los animales encima. Pero el bayo antes se quebraría los pichicos empujando que ceder en el envión. Volviendo del señuelo al tranquito, dejábamos resollar los caballos. De paso teníamos tiempo de ver el trabajo de los otros y gritarles algo, como ellos lo hacían con nosotros.

Cada cual se esforzaba en lucir su crédito, su conocimiento y su audacia, con ese silencio del gaucho, enemigo de ruidos y alardes inútiles. Mi padrino había hecho pareja con el viejito del petiso cebruno. Era de verse su baquía para colocarse y vencer al vacuno, imponiéndole la dirección debida, en un porrazo. Formaba con Don Segundo y su alazán una yunta brava y ya los miraban, de frente o reojo, según carácter, como maestros en el floreo y la eficacia del trabajo.

No hay taba sin culo ni rodeo sin golpeados. Un paisano que me había llamado la atención por su fisonomía taimada, tomó una vaca al cruce y la raboneó. No tuvo tiempo de zafarse; su zaino patas blancas se pialó en los garrones de la vaca y cayó como planazo sobre el costillar izquierdo. Corrimos en su dirección. El paisano no se levantaba. Entre dos, tomándolo de las piernas y los sobacos, lo sacaron a la orilla del rodeo y lo sentaron. El hombre respiraba bien y miraba a su alrededor.

—No es nada —dijo.

Le tantearon el cuerpo, preguntándole si sentía algún dolor. Se tocó la pierna izquierda. Aceptó un frasco de caña que le alcanzaban y tomó un trago como para unos cuantos. Luego sacó la tabaquera y empezó a armar un cigarrillo. Nos volvimos al rodeo.

—¡La pucha! —dije al rubio—, ¡qué golpazo!...; si le ha apretao la pierna y lo ha hecho chicotear contra el suelo con todo el cuerpo.

—Yo no sé —comentó mi compañero—. Es como macho'e dos galopes.[51] Cuanto hay una trampa en que ensartarse, allá va él. Si algún día lo conchaban en un campo alambrao, se va a andar pelando la cabeza contra los postes.

Nos reímos.

Como si hubiera sentido la oportunidad que le brindaba nuestra distracción de un momento, el animalaje remolineó en un aumento de instinto chúcaro y formó punta por donde menos resistencia se le ofrecía. Primero se llevaron por delante, atravesándose en chorros dirigidos a distintas partes, pero, muy pronto de acuerdo, se empeñaron para un solo lado con una decisión y una ligereza incontenibles.

Fue un entrevero brutal. Los toros, enceguecidos, cargaban por derecho, a pura aspa. Los terneros gambeteaban con la cola alzada. Los demás, medio perdidos, arremetían a la buena de Dios. El paisanaje se desgañitaba gritando. Los ponchos se levantaban en lo alto flameando. Sonaban los rebenques contra las caronas. Las atropelladas

---

[51] «He's always in trouble.»

y los golpes llegaron a su máximo. No faltó quien se hiciera rueda por el suelo, en una confusión de novillo, caballo y hombre.

Un toro barroso se empeñaba con más tesón que ninguno en porfiar para el lado de los médanos. Le asenté fuertes porrazos, pero no cedía. El bayo excitado hacía fuerza con la boca hasta cansarme los brazos. Lo largué por tercera vez contra el toro, que tomó demasiado adelante, pasando de largo. Haciendo peso para atrás con el cuerpo, para sujetarlo, no pude ver el peligro. Cuando volví la mirada, la cabeza aspuda estaba ya encima. Apreté las espuelas. Inútil. El caballo se me caía, golpeado de atrás, y lo di vuelta tan ligero como pude, para que el toro pasara olvidándonos. Así fue, pero Comadreja rengueaba. Lo aparté un trecho y me desmonté. El pobre animal tenía rajado el cuero del anca en un tajo como de dos cuartas. Revisando la herida vi que era honda. Estaba furioso de que ese bicho mañero me hubiera agarrado en un descuido. ¡Quedar de a pie cuando el alboroto y la diversión estaban en lo mejor!

Ya muy lejos, la montonera de hacienda iba alargándose y eran los gritos un eco reducido. Llevando de tiro al bayo, me fui para el lado de las tropillas, que miraban fijo, con todas las orejas apuntadas en dirección de las corridas. ¡Qué silencio! En un montón escaso, quedaba el señuelo con su principio de tropa y los tres hombres que los cuidaban. El rodeo estaba desierto. Sólo el paisano golpeado quedaba tal cual, fumando siempre, pues se le veía de vez en cuando escupir su nubecita de humo. Pensé que el vacaje, volviendo enceguecido, podía pisotearlo. Pero tenía hasta entonces tiempo suficiente para mudar caballo.

Ya en mi lobuno Orejuela, volví al rodeo, me largué al suelo cerca del lastimado y prendí un cigarrillo en las brasas del fogón agonizante.

—¿Cómo va ese cuerpo?

—Bien no más.

—¿Estará quebrao?

—No creo...; machucadito no más.

—¿No se puede enderezar?

—No, señor. No siento la pierna.

—Y... mejor no moverse.

—Pasencia, nos dejaremos estar no más.

Miré allá, y colegí que los paisanos vencerían en la lucha con los animales. Ya los habían doblado por la punta [52] y pronto correrían en nuestra dirección. Subí en el Orejuela y esperé.

El rodeo abandonado tenía un curioso aspecto. En un círculo extenso, alrededor del palo, el piso negreaba, rociado por los orines y la bosta del vacuno, cuyo pisoteo había machucado el todo, convirtiéndolo en resbaloso barrito chirle, que guardaba el retrato de las pezuñas impreso en miles de moldecitos desparejos.

Para el lado del señuelo, las apartadas habían rastrillado el piso y largos rastros de resbaladas recordaban posibles golpes.

Quedaban también los cadáveres de siete enfermos cuereados, carnes secas apenas capaces de disimular el hueso, pobres cosas rojizas, lamentablemente estiradas a breve distancia del redondel, sobre las que se asentaban peleando gaviotas y chimangos. Y había sobre nosotros miles de estos pájaros, entreverando sus revuelos como humareda sobre el fuego, largándose de tiempo en tiempo contra las miserables reses, para arrancarles pedazos de carne sufrida, por la que después se atacaban haciendo gambetas y trenzas en el aire.

A todo esto, la animalada se acercaba en tropel mudo. Era una cosa de verse. Cinco mil chúcaros dominados por unos treinta hombres, dispuestos en hilera a sus flancos. Avanzaban. Por los caballos y el modo, reconocíamos a la gente. No había ya porfiado ni eran necesarios grandes ataques. Aquello se venía como un solo e inmenso animal, llevado por su propio impulso en un sentido fijo. Oíamos el trueno sordo de las miles y miles de pisadas, las respiraciones afanosas. La carne misma, parecía surtir un ruido profundo de cansancio y dolor. Ya llegaban.

Recordé al paisano caído y, ni bien los primeros animales pisaron el rodeo, los atropellé para imprimirles un movimiento de rotación. Volvieron a menudear golpes y alaridos, hasta que, al fin dominada, la hacienda optó por girar sobre el redondel de barro pisoteado, como si ya hubiera perdido la razón de ser de su carrera.

Por un lado la ganábamos porque la fatiga los domaba. Por otro la perdíamos, pues muchos toros, embravecidos, entorpecían la libertad de correr, con alguna arremetida.

---

[52] To keep the bolting cattle under control and bring them back the men head off the leaders and turn the whole column in a U-shape.

El rubio traía un pañuelo atado en la cabeza y, acercándome, noté que tenía ensangrentada la frente y la blusa sobre el hombro. Me explicó riendo:

—Andamos en la mala, cuñao. A usté le cornean el pingo y a mí viene y se me corta el lazo.

Ver sangre humana alborota la propia. Al fin, casi teníamos derecho a rabiar.

—Más bien no acordarse —comenté.

El rubio comprendió mi sentimiento y me miró con simpatía.

—Ansina es —sonrió.

Como había hecho yunta con él, y su caballo estaba cansado, esperé que lo mudara.

El trabajo proseguía más empeñoso y enérgico.

Volvimos con mi compañero a las mismas, sañudamente.

Algunas bestias se empacaban; les poníamos el lazo y, quieras que no, allí iban donde debían ir.

Inesperadamente, nos dijeron que el trabajo había concluido. La tropa no sería más que de unos doscientos animales. ¿Para eso tanta bulla? Pero en esos pagos, que con todo me sorprendían, era mejor no averiguar cosa alguna ni interesarse por nada.

Ahí quedamos todos un rato, como pan que no se vende.

El rodeo no comprendía su libertad. Los primeros en irse caminaban despacio husmeando alrededor. Así descubrieron las osamentas y se arremolinaron en un ataque de furia y de llantos. La lengua, chorreando baba, se les hamacaba en la jeta, los ojos se les blanqueaban de terror y saltaban bufando en torno a los carcomidos cadáveres de los compañeros. Tuvimos que atropellarlos repetidas veces para que se fueran.

Al paisano caído se lo llevaron al puesto en un carrito de pértigo. El rubio se apeó junto al fogón, pidió el frasco de caña, con el que mojó el pañuelo que volvió a atarse. Pude ver la herida corta de labios hinchados. El ojo también se le iba poniendo gordo. Después quiso curarlo a mi bayo. Juntos le revisamos la cornada y me dijo:

—Pa llevarlo va a andar mal. Si es de su idea venderlo yo se lo compro, siempre que noh'arreglemoh'en el precio.

Miré para el campo. Ya el rodeo se iba perdiendo en la distancia. Recordé los cangrejales. ¡Abandonarlo al pobrecito Comadrejo, así herido, en esas pampas de rechazo!

—Vea cuñao. Pa qué vi'a mentirle. Yo al mancarrón le tengo cariño y... ¡dejarlo en esta tristeza!

El rubio me explicó que no era de allí. El se llamaba Patrocinio Salvatierra y vivía como a unas ocho leguas de distancia, en una tierra linda y pareja. No tenía yo más que ver su tropilla de gateados. Era cierto y le dije que le contestaría esa noche.

—Si es su voluntá —agregó— también le compro el lobuno.

—Allá veremos.

Me quedé cabizbajo. El día anterior casi había perdido a Comadreja y ahora me veía obligado a venderlo.

—Está de Dios —dije— que no me había de ir con el bayo. Hoy me lo cornean, ayer por poco no deja el cuero en el cangrejal.

—¿Qué andaba haciendo?

—Curioseando.

—¿Curioseando? ¡Por bonitos que son!

—Pa'l que nunca ha visto.

Calló un rato para en seguida ofrecerme:

—Si quiere ver tuito el cangrejerío rezando a la puesta'el sol, puedo llevarlo aquí cerca. Son cangrejales grandes. Los que usté vido ayer no alcanzan a ser más que retazos.

Acepté el ofrecimiento y nos fuimos galopando, rumbo a los médanos, hacia un lado distinto del que a la madrugada habíamos seguido para la recogida.

Ya el campo había vuelto a su calidad de desierto. Del rodeo no quedaba casi recuerdo ni en la llanura, ni en mi memoria. Parecía haber sido una pura imaginación, que negaba el vacío de los pajonales. Vacío que tenía algo de eternidad.

De lejos ya, vimos negrear las largas franjas de barro. Arrimándonos las veíamos agrandarse, y era algo así como si el mundo creciera. Pero, ¡qué mundo! Un mundo muerto, tirado en el propio dolor de su cuero herido.

Por unas isletas de pajonal, Patrocinio me fue conduciendo de modo que también sentí el cangrejal a mis espaldas.

—Aura verá —me dijo.

Se bajó del caballo, a orillas de un cañadón de bordes barrosos y negros, acribillados como a balazos por agujeros de diversos tamaños. De diversos tamaños, también, eran unos cangrejos chatos y patones que se paseaban ladeados en una actitud compadrona y cómica. Esperó que, cerca, un bicho de ésos saliera de la cueva y, hábilmente, le partió la cáscara con un golpe de cuchillo. Pataleando todavía, lo tiró a unos pasos sobre el barro. Cien corridas de perfil, rápidas como sombras, convergieron a aquel lugar. Se hizo un remolino de redondelitos negruzcos, de pinzas alzadas. Todos, ridículamente, zapateaban un malambo con seis patas, sobre los restos del compañero. ¡Qué restos! Al ratito se fueron separando y ni marca quedaba del sacrificado. En cambio, ellos, sobreexcitados por su principio de banquete, se atacaban unos a otros, esquivaban las arremetidas que llegaban de atrás, se erguían frente a frente con las manos en alto y las tenazas bien abiertas. Como nosotros estábamos quietos, podíamos ver algunos de muy cerca. Muchos estaban mutilados de una manera terrible. Les faltaban pedazos en la orilla de la cáscara, una pata... A uno le había crecido una pinza nueva, ridículamente chica en comparación de la vieja. Lo estaba mirando, cuando lo atropelló otro más grande, sano. Este aferró sus dos manos en el lomo del que pretendía defenderse y, usando de ellas como de una tenaza cuando se arranca un clavo, quebró un trozo de la armadura. Después se llevó el pedazo al medio de la panza, donde al parecer tendría la boca. Dije a mi compañero:

—Parecen cristianos por lo muy mucho que se quieren.

—Cristianos —apoyó Patrocinio—, ahá..., aurita va a ver los rezadores.[53]

A unas cuadras más adelante nos detuvimos frente a un inmenso barrial chato.

Así fue. El sol se ponía. De cada cueva salía una de esas repugnantes arañas duras, pero más grandes, más redondas que las del cañadón. El suelo se fue cubriendo de ellas. Y caminaban despacio, sin fijarse unas en otras, dadas vuelta todas hacia la bola de fuego que se iba escondiendo. Y se quedaron inmóviles, con las manitos plegadas sobre el pecho, rojas como si estuvieran teñidas en sangre.

---

[53] The dialogue probably involves play on two meanings of the word *cristiano*: (a) Christian, (b) human, though the former sense alone may be intended.

¡Aquello me hacía una profunda impresión! ¿Era cierto que rezaban? ¿Tendrían siempre, como una condena, las manitos ensangrentadas? ¿Qué pedían? Seguramente que algún vacuno o yeguarizo, con jinete, si mal no venía, cayera en aquel barro fofo minado por ellos.

Levanté la vista, y pensé que por leguas y leguas el mundo estaba cubierto por ese bicherío indigno. Y un chucho me castigó el cuerpo.

Había oscurecido. Nos volvimos despacio, callados. A lo lejos divisamos la pequeña arboleda del puesto. Pero estaba todavía tan lejos, que bien podía ser engaño. Teníamos que cruzar un juncal tendido. Entramos en él. De pronto, y gracias a Dios, vi cerca un bulto oscuro. Digo gracias a Dios, porque el verlo me salvó de algo peor que lo que había de sucederme. El toro, medio enredado en los juncales, me miraba. Yo también lo miraba a él. ¿Era el barroso que me había corneado el bayo? No concluía de reconocerlo cuando me atropelló. Había arrancado con tanta violencia que apenas logré evitar el bote. Me pareció, sin embargo, que por segunda vez me tocaba el caballo. ¡Dios me perdone! Me agarró una de esas rabias que le nublan al hombre el entendimiento. Abrí el caballo hasta un claro, entre los juncos, porque no hay que entrar así ofuscado en la lucha.

—Fíjese si me ha corniao —pregunté al rubio.

—Una nadita. A gatas le ha alborotao el pelo. Debe haberlo tocao con el costao del aspa. ¿Qué va a hacer? —me preguntó viéndome armar el lazo.

—Quebrarlo —contesté.

Aunque fuera temeridad mi intento y él tuviera cierta responsabilidad con el dueño de la hacienda, no me dijo nada. Un hombre en la pampa sabe mirar a otro hombre y comprende lo irreparable de ciertas decisiones.

Por mi parte, la rabia se había asentado en mí, tomando cuerpo de una resolución decidida de ir hasta el fin. Me había propuesto quebrarlo al toro y lo quebraría.

Patrocinio armaba también su lazo. ¡Lindo! En la voluntad de matar que ya estaba en nosotros, nacía el sentimiento de una amistad fuerte. Dos hombres suelen salir de un peligro tuteándose, como una pareja después del abrazo.

Unas cuantas veces invité con el ademán y el grito al toro, para que me atropellara y, como era voluntario, conseguí sacarlo a un abra. Le ladié el caballo, lo dejé tomar distancia y con buena puntería, la suerte ayudando, le cerré la armada en las mismas aspas. Estábamos prendidos uno a otro, imposibilitados para huirnos, como dos paisanos que van a pelear atados pie con pie.

Tenía yo una confianza absoluta en la resistencia de mi lazo. El primer tirón lo hizo sentar al toro sobre los garrones. Aunque era ya oscuro el atardecer, nos veíamos bien. El barroso, sintiéndose sujeto, se enderezó furioso. También él se afirmaba en su voluntad de matar. Miró para todos lados, a mí, a Patrocinio que se mantenía listo. Parecía más alto y más liviano. Y arrancó contra mí a lo bruto. Era lo que yo quería. Lo esperé, confiado en la agilidad de mi Orejuela. Fue rápido. Llegaba, le quité el pingo y bolié el lazo por sobre la cabeza, para quedar aprestado al cimbrón. Pasó el barroso con tanta furia que Patrocinio, aunque supiera mi intento, no pudo evitar la exclamación:

—¡Cuidado!

Yo tuve tiempo de pensar dentro de mi saña: «Cuanto más te apurés, mejor te vah'a quebrar».

Casi junto con el grito de Patrocinio, oí un ruido como de cachetada. «Tomá», me dije, pero el lazo se había cortado. El lobuno, llamado por el tirón, se me iba de entre las piernas. Quise abrirle; una espuela se me trabó, enredada en el cojinillo. Y nos fuimos como boleados contra el suelo. ¡Qué golpe! No importaba; yo no quería pensar sino en el toro. Tenía que estar quebrado. Quería que estuviese quebrado. A unos metros lo vi intentando enderezarse. Estaba como pegado por el tren trasero en tierra. Me miraba fijamente.

—Lo ha de haber quebrao del espinazo —decía Patrocinio.

El lobuno se levantó, sin dar seña de estar estropeado. Era manso y podía dejarlo así, rienda abajo. Yo sentía el brazo derecho completamente caído y el hombro me hormigueaba como cangrejal. Comprendí lo que me pasaba. Me había quebrado la eslilla y... tal vez tuviera el brazo sacado. Entre tanto, Patrocinio le había puesto el lazo al toro. Me acerqué. Pensaba con pesadez en mis caballos golpeados... Tenía que luchar contra un embotamiento progresivo. Patrocinio, que sabía lo que había que hacer, estiró su lazo y la cabeza del toro quedó contra el suelo, quieras que no.

—¡Sos malo! —le dije. Y saqué con la zurda el cuchillo. Creí que me iba a caer. Puse una rodilla en tierra. Sin embargo, tenía que concluir.

—Esta carta te manda el bayo —le dije al toro, y le sumí el cuchillo en la olla, hasta la mano. El chorro caliente me bañó el brazo y las verijas. El toro hizo su último esfuerzo por enderezarse. Me caí sobre él. Mi cabeza, como la de un chico, fue a recostarse en su paleta. Y antes de perder totalmente el conocimiento, sentí que los dos quedábamos inmóviles en un gran silencio de campo y cielo.

CAPITULO XVIII

—...Después se deja estar tranquilo.
Hice un gran esfuerzo para comprender lo que quería decir aquello.
Vislumbraba que era algo para mí y que debía escuchar. Pero ¿qué
quería decir? Y, ¿qué era esa cara de hombre, rubia, por cierto conocida, y esa otra de mujer en que dejaba estar mis ojos con placer,
recordando un sentimiento borroso de gratitud tal vez? Una luz me
hacía daño y todo me parecía hostil, menos la expresión de esos
dos rostros.

¡Oh, el dolor de no comprender y la sensación de estar hombrean-
do un mundo de pesos vagos que, sin embargo, aparecían como míos
¿Qué era cierto? Hacía un rato vivía en un mundo liviano y me lo
explicaba todo:

Estábamos en la estancia de Galván, bajo los paraísos del patio;
el patrón, poniéndome la mano sobre el hombro, me decía:

—Ya has corrido mundo y te has hecho hombre, mejor que hombre,
gaucho. El que sabe los males de esta tierra por haberlos vivido,
se ha templao para domarlos. Andá no más. Allí te espera tu estancia
y, cuando me necesités, estaré cerca tuyo. Acordate...

Cerca nuestro había un rosal florecido y un perro ovejero me
husmeaba las botas. Yo tenía el chambergo en la mano y estaba
contento, muy contento, pero triste. ¿Por qué? Me habían sucedido
cosas extraordinarias y sentía casi como si fuera otro..., otro que
había ganado algo grande e indefinido, pero que tenía asimismo una
impresión de muerte.

Pero bien suponía que eso no era cierto. Verdad era mi abru-
mador estado de incomprensión y la lucha matadora en que me
empeñaba para despojarme de esa torpe ignorancia. La luz me atribu-
laba; más lejos, había sombras y algo que se movía en ellas, haciéndome presumir que debía concentrar mi atención en su sentido.

—...después se deja estar tranquilo.

150

Llegué a un recuerdo, como a un abra en el monte:

—¡Patrocinio!

—Déjese estar no más y no se mueva.

Me dolía todo el lado derecho del cuerpo y la cabeza, también del lado derecho.

—¿Qué tengo?

—Se ha quebrao la eslilla y se ha lastimao la cabeza. Parece que el costillar lo tiene machucao.

Recordé: El toro, el tirón... Y entré claramente en la comprensión de lo sucedido y lo actual.

Pedí un vaso de agua y miré alrededor.

Estaba en una prolija pieza de rancho, acostado en un catre. Patrocinio, sentado en un banquito bajo, me espiaba de vez en cuando. Una muchacha desconocida, bonita, entró con un jarro de agua y me ayudó a enderezar la cabeza para beber. Por amor propio hubiera querido desenvolverme solo, pero por el placer que me daba su mano, soliviándome la cabeza, y un extraño sentimiento de gratitud para con su sonrisa afectuosa, me callé.

El inútil y brutal esfuerzo por comprender, había desaparecido. Estaba contento. No podía moverme.

—¡Bien haiga! —dije—. Entoavía la osamenta no se me ha desnegao pa vivir.

Patrocinio reía. Yo también. Me sentía tan agradablemente inútil que me dormí.

Al despertar fue lo más amargo.

Sin acordarme de mi mal, quise incorporarme y todo el cuerpo me gritó de dolor.

—No se mueva, compañero —me advirtió una voz.

En un rincón del cuarto, aclarado por el amanecer, vi al paisano que en el rodeo había caído raboneando una vaca. Sentado sobre una matra, con la espalda apoyada en la pared, fumaba despacito, echando sus nubes de humo. Comprendí que no había dormido y pensé que estaba en la misma postura desde el día anterior a eso de las doce. «Gaucho duro», dije en mis adentros, y prometí aguantar sin queja mi parte de dolor.

—¿No se halla mejor? —le pregunté.

—Igual no más.

—¿Durmió?

—Hasta aurita, no más.

De golpe, y por primera vez, me agobiaron las ligaduras con que me habían inmovilizado el brazo. Una lonja de cuero de oveja, con lana para adentro, me sujetaba, pasada en ocho bajo el sobaco derecho y sobre el hombro izquierdo, toda la parte superior del pecho y la paleta. La lonja tendría unos cuatro dedos de ancho y apretaba que era un contento.

—Me han maniao de lo lindo —dije en voz alta.

—El otro pajuerano ha sido —explicó el lastimado—; ese que vino con usté.

Tomé confianza porque lo hecho por Don Segundo bien hecho debía de estar. ¿Qué más quería? Quebrado de la eslilla, con los costillares machucados y un golpe en la cabeza, no podía hallarme como de baile.

Patrocinio trajo una pava caliente, se sentó en medio de la pieza y nos estuvo cebando dulces más de una hora. Para que pudiera yo dormir, me colocó unos pellones atrás de la cabeza. Al cabo de aquel momento de tranquilidad y conversación, cayó una curandera del pago. Era una viejita seca como un tasajo y arqueada del espinazo. Vino para mi lado, me saludó con tanto cariño como si me hubiera parido, me revisó las vendas, me dijo sin desvendarme que estaba quebrado en el mismo medio de la eslilla, que tenía unos raspones en el costado derecho y que el tajo de la cabeza iba a cerrar muy pronto. Después preguntó quién me había arreglado como estaba y dijo que no era necesario cambiar nada. Yo la miraba con cada ojo como patacón boliviano, no comprendiendo cómo sabía tan bien todo sin siquiera revisarme. Me puso la mano sobre la cabeza y me dijo:

—Que Dios te bendiga, hijo. Dentro de tres días, con licencia'e la Virgen, vendré a verte. Te podeh'enderezar si así es tu gusto, porque estás vendao por alguien que sabe y no tenés peligro ninguno.

Sin darme tiempo para responder, se fue arrastrando las alpargatas a curar al otro hombre. Le hizo alzar el calzoncillo más arriba de la rodilla, le dijo a Patrocinio que trajera un cabestro o un correón y le pidió a uno de los paisanos, que por curiosidad se habían agolpado en la puerta, que se arrimara a ayudarla.

—Está sacao —dijo.

La viejecita hizo que Patrocinio se colocara atrás del enfermo, pasándose el maneador por debajo de los brazos, sobre el pecho, y aguantara cuando el otro paisano tirara del pie, en el momento en que ella avisaría.

«Lo van a estaquear», pensé con angustia.

—¡Aura! —dijo la viejita y, en el momento en que tiró del pie el paisano y Patrocinio hacía fuerza para atrás, se apoyó con las dos manos sobre la rodilla enferma. El dolor debió ser medio regular, porque de zaino que era el herido, se puso más amarillo que patito recién salido del huevo.

—'stá güeno —dijo la curandera, y aconsejó que al hombre se lo llevaran para su rancho, en algún carrito o zorra, porque tendría para unos veinte días de no moverse. Dicho esto lo vendó con unos trapos y después de agraciarlo con un «Dios te ayude», habiéndole puesto la mano sobre la cabeza, se fue, quebradita del espinazo como había entrado.

No bien la curandera se despidió, vi entrar a la muchacha que hacía pocas horas me había ayudado a tomar agua. En seguida se puso a andar de un lado para otro, risueña, acomodándolo al compañero golpeado, para que pudieran llevarlo. Por mi parte no la perdía de vista ni un momento. ¡Qué chinita más linda y armadita! Era de un altor regular, tenía una cara desfachatada y alegre como un canto de jilguero y cada movimiento del cuerpo me insultaba como un relámpago los ojos. Adivinando mi intención, me miró de soslayo y se rio. ¿Sería de las casas? ¡Qué a tiempo me había quebrado! Con tal que la convalecencia durara siquiera medio mes.

Al poco rato, lo sacaron al paisano, colocándolo sobre un cuero de vacuno soliviado por dos hombres. Me levanté en el cuarto solo y fui hasta la puerta para presenciar su partida. En un carrito de pértigo (el de las carneadas) lo acomodaron, con la espalda afirmada contra uno de los bastidores.

—¡Que se mejore! —le grité.

—Igualmente —contestó—. ¡Aura vamos lindo no más! —y echó las necesarias nubecitas de humo para convencernos de que siempre era el mismo.

Se fue el carrito y la gente que lo despedía entró en la cocina, a matear seguramente. Yo también quería ir; dolor no sentía ninguno y como no me había desnudado, me eché el pañuelo al pescuezo, mordí una punta para poder hacer el nudo, me reí de mi inhabilidad de manco y me apronté para enderezar a la cocina, que estaba en otro rancho más chiquito, haciendo escuadra con la casa. Antes de llegar a la puerta para salir, me topé con la mocita risueña.

—¿Ande va tan güeno? —me preguntó.

—...¿güeno?... Güeno soy no más. Manquera tengo para un rato cuanti más y ya la estoy sintiendo.

—¿Andará por enlazar otra vez?

—No..., pero las muchachas me van a buscar plaito en viéndome ansina, tan incapaz.

—Pobrecito. Verdá que no está como pa alzar mozas en l'anca.

En medio de su burla había un arrimo. Yo no quería dejarme tomar por infeliz, pero ya me estaban entrando ganas de buscarle el lado tierno. Serio le pregunté:

—¿Es de acá usté?

—Soy de ande más me gusta.

—¿Y por dónde le gustaría?

—Acasito no más.

—¡Bien haiga! ¡También yo sería de acasito mientras usté lo juera!

—¡Dios me ampare!

—¿Dios me ampare? ¿Seré tan desgraciao y de tan mala presencia que ni una lastimita me tenga?

En el juego de tira y afloja nos habíamos seguido sonriendo. Ella se puso seria y me dijo cordialmente:

—Siéntese en ese banquito. Yo vi'a traer un mate pa cebarle, así no anda caminando por ahi más de lo que debe.

Se fue, obedecí sentándome en el banco y esperé unos diez minutos.

Llegó con una pava, el poronguito y una yerbera, se acomodó en una silla petisa y, con gran seriedad, como si de pronto hubiera perdido el habla, se concentró en los preparativos de la cebadura.

Yo la miraba con un hambre de meses y con la emoción de todo paisano, que solamente por rara casualidad queda frente a frente con una mujer bonita. ¡Vaya si era bonita! Y sus ademanes hábiles y las muecas coquetas de flor de pago que se sabe admirada. Y las delicadezas de las manos hacendosas. Y el cambiar de posturas, de puro vicio, para ver de marearme mejor y tenerme sujeto a su vida como cinta de sus trenzas.

El tiempo pasaba.

—'stá seria la cosa —dije con malicia.

—No. Si todo va a ser chacota.

—¡Amalaya!

Cambió de tema, siempre burlona.

—¿Durmieron bien en el rancho'el bajo?

Pensé que el rancho del bajo debía ser el del embrujado.

—¿Qué hombre eh'ese? —pregunté, recordando la flacura seca de Don Sixto Gaitán.

—Un hombre güeno. Pobre...; aurita hemos tenido noticias d'él. La noche que estuvieron ustedes en el rancho, se le murió un hijo que tenía enfermito.

—¿Qué me dice?

—Lo que oye. A cualquier hombre se le puede morir un hijo.

Entonces, asustado con aquella coincidencia y mi recuerdo, le conté la locura de Don Sixto.

La chica se santiguó. Me acordé del fin de aquella relación que dice:

Quisiera darte un besito
Donde decís enemigos.

—Pero ¿por qué milagro —exclamé— ha nacido una flor en un pago tan tioco?

Admitiendo con naturalidad el piropo, me explicó:

—Yo no soy de aquí. He venido con mi hermano Patrocinio pa ayudar, estos días. Aquí hay tres mujeres que ¡si las viera! no andaría gastando saliva en una pobrecita olvidada de Dios como yo.

—No ser Dios —comenté— pa poderla olvidar tan fácil cuando me vaya.

—¡Zalamero! —me dijo sin risa ni aparente emoción.

—No sé si...

En eso entró Patrocinio.

—¿Cómo va ese cuerpo, cuñao? —interpeló.

¿Cuñao? Yo le había llamado así todo el día anterior, sin saber qué privilegio eso significaba.

—¿Sabe que va lindo? —le dije—; ni siquiera me acuerdo'el porrazo.

—¡Y yo que craiba que llegaría finao! Como tres veces se me desmayó por el camino. ¿Se acuerda del trabajo que tuvimos pa alzarlo en el caballo?

—¿Y cómo vi'acordarme, si he venido muerto todo el camino?

—No, señor. Si a trechos se componía y cuando le puse el maniador pa sujetarle el brazo, usté me ayudaba y me decía: Mah'arriba..., aura va bien..., ansinita.

Hice todo lo posible por recordar aquello, pero fue inútil. Habría hablado dormido. ¡Qué larga mi pérdida de conocimiento!

Patrocinio se dirigió a su hermana:

—Andá, pues, Paula, que en la cocina te andarán necesitando.

Sometidamente la prenda alzó sus cachivaches y se fue. Patrocinio se sentó y volvió a hablarme de mis caballos:

—¿Y cuñao, cerramos trato?

—¿Cómo anda el bayo?

—Rengo no más.

—¿Y tiene tanto apuro por cambiarlo'e dueño?

—Le vi'a decir, cuñao. Yo mañana me güelvo pa'l rancho.

«Adiós», pensé. «Se me va el amigo y la moza, y yo tengo que quedar como peludo de regalo en estas casas, donde ni conocidos tengo». Con razón dice el refrán que «no hay golpeado que dé con las casas». Azonzado por la noticia, ni se me ocurrió remedio a la desgracia y me largué a muerto.

—Y güeno. Lléveselos.

—Tenemos que arreglarnos por el precio.

—Será lo que usted diga.

—¿Ochenta pesos por el bayo y el lobuno?

—Son suyos.

Patrocinio quedó un rato como pensativo; luego, despidiéndose con un «hasta aurita», me dejó solo.

Me levanté y di unos pasos por el cuarto, rocé un banco con la pierna y rabioso lo aventé de una patada.

Salí para afuera. Pasé cerca de Paula y me hice el que no la veía. Por detrás de las casas crucé la sombra de los paraísos, y me acodé sobre un poste de alambradito que cercaba el patio, mirando para el campo. Manco o no manco, rengo y aunque fuera sin cabeza, yo también me iría al día siguiente. Ya estaba recansado de esa tierra descomedida y no habría diablo que me sujetara, así tuviera un facón de tres brazadas.

Me saqué el sombrero, me rasqué la cabeza y me puse a silbar un estilo:

> *Yo me voy, yo me despido,*
> *Yo ya me alejo de vos,*
> *Queda mi rancho con Dios.*

......

A lo lejos vi que Patrocinio arrimaba mi tropilla. Al día siguiente, pensé, mi iría con ella. No hay querencia mejor que el lomo de sus caballos para un resero, ni cama más acomodadita que sus jergas y sus pellones. «No necesito mah'embras que mis pulgas», me dije.

La voz de Paula me increpó juguetonamente:

—Oiga, mozo. Se le van a asolear los recuerdos.

Poniéndome el chambergo, me encaminé hacia ella, deseoso de volcarle mi despecho.

—Y usté, no va a tener tiempo para acomodar sus adornos pa mañana.

—¿Estamos de baile?

—¿Y cómo no? De algún modo hemos de festejar la despedida.

—¿Quién se va? ¿Usté? No lo veo tan garifo como pa que lo conchaben.

Su voz se había puesto a tono con la mía. Por primera vez le observé un gesto de agria altanería:

—Por mal compuesto que esté —repliqué no queriendo cejar—, me he de ir cuantito ustedes se hayan ido.

—¿Ustedes?

Los brazos se me cayeron como alones de avestruz cansado. No comprendía y juzgué que debía tener un aspecto regularmente zonzo.

—¿No se va con Patrocinio? —pregunté.

Encogiéndose de hombros y frunciendo despreciativamente los labios, me retó:

—Entoavía no tengo dueño que me ande mandando.

CAPITULO XIX

En un par de días tuve tiempo para conocer los habitantes del rancho.

Con la partida de los paisanos que habían venido a ayudar, quedaron las casas como eran siempre.

Comíamos en la cocina los hombres: Don Candelario, dueño de la casa, Fabiano, un mensual, y Numa, un muchachote tioco, de mi edad. Nos servía la mujer de Don Candelario, Doña Ubaldina, alcanzándonos galleta y unos platos que casi nunca usábamos, pues cortada nuestra presa del churrasco, comíamos a cuchillo, tajeando los bocados sobre la misma galleta.

Eran los únicos momentos de reunión, salvo los del mate mañanero.

El puestero era hombre afable, aunque de pocas palabras. Interrogaba siempre con tono suave y comentaba las respuestas con exclamaciones de admiración: ¡Ah, pero qué bien!, ¡no le digo!; ¡ahahá! Subía las cejas agrandando los ojos para expresar su sorpresa, con lo que corregía la indiferencia de sus bigotes caídos y ralos.

Hablando con él, tenía uno la sensación de estar diciendo siempre cosas extraordinarias. Preguntaba:

—Son campos güenos los de por allá. ¿No?

—Muy güenos, sí, señor. Campos altos y pastosos.

—¡Fíjese! —(los ojitos se le asombraban).

—De lo que saben sufrir es de la seca.

—¡Pero vea!

—¡Ah, sí! Cuando dentra a no querer llover, puede ir arriando la hacienda.

—¡Hágase cargo!

—Y a veces no hay más que ir cueriando por el camino.

—¡Qué temeridá!

Doña Ubaldina, chusca, enterrada en la grasa, era una chinaza afecta a la jarana, y solía pimentar sus bromas con palabrotas que tiraba en la conversación como zapallos en una canasta de huevos.

Fabiano, que no decía nunca palabra, reía entonces con una alegría de niño y la miraba como el perro mira a la res volteada. Su contento solía llevarlo hasta el escándalo de golpearse con el puño las rodillas, exclamando: «¡Aura sí, aura sí que la función se ha puesto güena!» y los demás hacíamos coro a sus carcajadas.

Numa era un pazguato sin gracia, con una cara a lo bruto. Nunca estaba en nada y si no perdía las alpargatas en su lento andar de potrillo frisón, era porque se olvidaba de perderlas.

Además de esta gente, estaban las tres muchachas de la casa, de las que ya Paula me había hablado burlonamente: «¡Si las viera!... no andaría gastando saliva en una pobrecita olvidada de Dios, como yo». Si Dios se había acordado de ellas, debió ser en un día de mal humor. Eran unas tarariras secas y ariscas que nunca salían de la pieza. Cuando uno las sorprendía en la puerta, como lechuzas en la boca de la cueva, se llevaban por delante afanadas por disparar, o contestaban el saludo con una mueca de susto. Comían en su rincón y Paula con ellas. Pero Paula luego salía, siempre hacendosa y risueña, para alegrar el patio del rancho con su andar cadencioso, sus saludos, bromas y retruques con todos. Que Paula y las otras se llamaran igualmente mujeres, era una verdad que no entraba en mis libros.

No había tardado, ¡cómo había de tardar!, en darme cuenta de que Numa le arrastraba el ala a mi prenda. El asunto resultaba más bien ridículo. ¡Qué rival! Yo le guardaba rencor a Paula por haber inspirado amor a semejante gandul, que andaba como zonzo rodeándola por dondequiera, para mirarla con ojos de ternero enlazado, suplicante y húmedo de ternura. Me reía por no saberlo hacer mejor.

Nos topábamos a cada salida o entrada en el rancho, a cada vuelta de pared. Le rogué a Paula que espantara a ese mosquito, pero sólo conseguí que me reconviniera en son de burla:

—Había sido celoso hasta de lo que no es suyo.

No digo menos; pero ¿por qué entonces esa baquía para encontrarme abajo de los paraísos, al caer la tardecita, y los cabeceos de flor en viento, cuando le arrimaba algún requiebro halagüeño sobre su donosura, y los reproches cuando por prudencia evitaba estar demasiado tiempo con ella?

—Se ha hecho chúcaro como guayquero...; tal vez está extrañando la flor de su pago y anda por ahí mandándole las cartas que no le sabe escrebir.

La mujer bonita es coqueta y buscadora —eso lo sabe todo paisano—, pero a veces por poner trampas se sabe quedar enredada. Y para no mentir, yo presumía de que Paula no me miraba con disgusto.

El pobre guachito iba bebiendo el veneno como agua bendita. Aprendía poco a poco a mirar en lo que siempre desconoció y su corazón se mareaba en esas cosas que sólo había oído mentar: cariño de mujer, gusto de no hacer nada sino remover pensamientos de amor, tranquilidad larga de convalecencia.

¿Qué puede hacer un hombre en tal situación, y para qué sirve un gaucho que se deja ablandar por esas querencias? Tras de todo veía mi libertad, mi fuerza. Sin embargo, me disculpaba con argumento de circunstancia. Me era imposible partir antes de componerme y, en mi estado, todo trabajo remataría en nuevas dolencias. Todavía me anulaban dolorosos insomnios. Soñaba que me metían en un pozo, como poste de quebracho, y que apisonaban la tierra, haciéndome crujir los costillares y cortándome el aliento.[54]

La viejita curandera volvió al tercer día de mi quebradura, según su promesa, y me trajo el alivio de aflojarme las vendas, dando con esto mayor juego a mi cuerpo. Pero, ¡qué poca cosa para el amor es un pobre manco, que ni siquiera puede suponer un abrazo sin el consiguiente «¡ay!» del dolor! De abrazos, a pesar de esto, tenía llena la imaginación, cuando conversábamos con Paula detrás del rancho.

A los diez días del tratamiento, me sentía sano del brazo y enfermo del alma. Estaba todavía maneado por las lonjas que me servían de vendas. Mis juegos de toma y traiga con Paula ya se servían de

---

[54] This dream is found convincing by a leading psycho-analyst, Angel Garma, in *Psicoanálisis de los sueños* (3rd ed.), Paidós, Buenos Aires, 1956, p. 220: «...el contenido manifiesto constituye un alivio a la situación traumática latente. ...La función tranquilizadora del sueño consiste en una tentativa, no lograda, de desplazamiento de la situación traumática a algo diferente, como es un palo. La elección inconsciente de este símbolo debe explicarse por existir un cierto parecido entre un palo y un hueso largo. ...El estar en un pozo, con tierra apisonada, puede provenir de ideas de muerte, de ser enterrado, del soñante. Y el apretar la tierra, por último, es un reflejo de la impresión producida por el vendaje agobiador.»

grandes palabras, y la antipatía entre Numa y yo amenazaba con reventar con algún rebencazo.

Esto último se resolvió de golpe.

No tuve duda de que Numa se envalentonaba viendo mi manquera. Aquel pavote se animaba a reír mirándome, aunque ninguna frase de burla acudiera en su ayuda. Me miraba y se reía.

Una tarde lo hizo mejor que las demás y yo lo tomé peor que de costumbre a fuerza de hartazgo. Lo mandé a que fuera a la cocina para aprender cómo se despluman batituses.

Un bruto nunca hace las cosas bien. Numa embestió más que nunca la expresión de su cara. Hizo unos pasos hacia nosotros.

—¿Estaré en la escuela pa que me den liciones? —decía—. ¿Estaré en el colegio? ¡Ahá! ¿Estaré en el colegio pa que me den liciones?

Su desplante, pareciéndole bueno, lo repitió hasta cansarse. Entonces, a pesar de la inquietud de Paula, me reí a mi vez con convicción. Numa se puso furioso. ¡Qué confianza no le daría mi manquera! Sacó el cuchillo y se vino derecho. Hice un paso de costado, lo que debió parecerle inverosímil, dado el tiempo que puso en rectificar la dirección de su atropellada. Tres veces se repitió la misma maniobra y ya empecé a ver, yo también, la posibilidad de concluir la jugarreta en sangre. Pero el opa de Numa daba lástima, tan zonzamente perdía el rumbo.

—'state quieto —le dije amenazando—, sosegate, no te vah'a llevar por delante un cuchillo.

Paula también le gritaba, pero ya nada era válido para aquella porfía. Presumí lo que iba a suceder, visto que Numa me acorralaba cada vez con más empeño.

Lo dejé venir cerca. Al tiempo que me tiraba, de abajo, un puntazo de mala intención, saqué el puñal y, de revés, mientras esquivaba el bulto, le señalé la frente para acobardarlo. Así fue, Numa dejó caer el cuchillo al suelo y quedó con las piernas abiertas y la cabeza baja, esperando su susto. La herida, un rato blanca, se llenó, como manantial, de sangre y empezó a gotear, luego a chorrear abundantemente. El infeliz estaba blanco como un papel y, largando un quejido como para escupir la entraña, se abrazó la cabeza y salió para el lado del rancho. Iba despacio. Metódicamente gruñía su «¡ay!» de idiota, mientras dejaba un rastro rojo tras de su paso. Paula se fue con él.

Me quedé solo, sin saber en qué pararía aquello. Confusamente, experimentaba lástima; ¿pero era mi culpa? ¿No había sido una cobardía su ensañamiento en atropellar a un hombre que creía inválido? Al fin de cuentas me daba rabia. Me habían forzado la mano y también a Paula la sentía culpable. ¿Por qué no había espantado de su vecindad a ese embeleco pegajoso? «Si tiene gusto —me dije— en andar con ese tordo en el lomo, que le aproveche». Y decidiéndome a una acción rápida, enderecé a la cocina, donde debían estar los mayores.

Al pasar frente a la pieza en que dormí la primer noche, vi al hembraje amontonado. Ahí debía estar el herido. Seguí para la cocina donde encontré a Don Candelario y a Fabiano. Este último era el hombre que necesitaba.

—Güenas noches —saludé.

—Güenas noches —me contestaron.

—Me va a hacer un favor, cuñao —dije a Fabiano—. Echeme la tropilla pa este lao, que algún día, si la ocasión se presienta, le devolveré el servicio.

El silencioso Fabiano salió con un gesto de aceptación y quedé solo con Don Candelario.

—Siéntese —me dijo éste, y me alcanzó un mate.

—Le vi'a pedir disculpa —empecé— por lo que ha sucedido. A mí me han atendido por demás bien en esta casa y vengo a pagarle con un dijusto. 'stá mal sindudamente; pero válgame Dios que yo no he buscao el plaito...

—Deje estar —me interrumpió suavemente Don Candelario—. ¿Piensa dirse?

—Dentro de un rato, sí señor. He faltado a la casa y quiero que me olviden cuanto antes.

—¡Pero si usté no lleva culpa!

—No le hace, Don. A lo hecho, pecho. Graciah'a Dios ya estoy güeno.

Decidido, corté con el cuchillo las lonjas que me sujetaban el brazo quebrado. Hice unos movimientos con prudencia y vi que andaba bien. Don Candelario me miró sacudiendo la cabeza.

—Cada hombre —dijo— sigue su destino. Si ha de ser el suyo dirse, Dios lo habrá dispuesto. Lo que es por mí, puede quedarse si gusta, que nadie dirá que en mi rancho no sé ofrecer lo que pueda al que anda de mala suerte. Soy mayor que usté, mocito, y, eso sí, puedo darle un consejo de que se cuide de andar peliando por hembras.

—Así es —cerré, sin querer entrar en explicaciones.

Entró Doña Ubaldina.

—Güenas noches.

—Güenas noches.

Dirigiéndose a su marido, dijo la puestera gorda:

—Ya lo hemos vendao y ha parao la sangre. No ha de morir por tan poco —sonrió mirándome— ni ha de dejar de encandilarse con las polleras.

De pronto sentí que de la estúpida aventura podía quedar un comentario sucio para Paula. Agaché la cabeza y, Dios me perdone, me sentí hondamente triste.

Salí para el patio a ver si la cruzaba para hablarla. ¡Si me la hubiera podido llevar! Creo que no hubiese dudado un momento. Estaba en estado de olvidarlo todo. Al cabo cruzó a unos metros de donde yo estaba:

—Paula, quisiera hablarla.

Me miró por sobre el hombro:

—No sé de qué —me respondió, sin detenerse.

¿Así que se iba a hacer la farsa de que yo era el solo y único culpable? ¿Era un criminal por haberme defendido?

Entré a la cocina mal dispuesto. Si un hombre cargara con palabras como las de Paula, «pitaríamos del juerte» juntos.

Al rato cayó Fabiano.

—Ahí están sus caballos.

—Gracias, cuñao.

Fabiano me ayudó a juntar mis pilchas, mi ropa y a ensillar.

¡Qué sola me parecía la noche en que iba a entrar! Siempre, hasta entonces, lo tuve a mi padrino y con él me sentí seguro. Hasta alcanzarlo en el puesto en que estaba trabajando —siete u ocho horas de camino—, me encontraría perdido ante las sorpresas tristes que me habían deparado esos pagos de mal agüero.

Volví. Cenamos los de siempre, menos Numa. Junto con el asado, mascaba yo mi despecho al que no quería dar salida. Al concluir la cena, me despedí de los presentes. Don Candelario me acompañó hacia afuera. En el rancho de las mujeres, pegó unos puñetazos contra la puerta.

—¡Se va este mozo y quiere despedirse!

Salieron las tres tarariras flacas y Paula. Les di la mano, una por una, diciéndoles adiós. Paula fue la última.

—Siento —le dije— lo que ha pasao. No he tenido intención de agraviarla.

—No me gusta —retó nerviosa y encabritada— la gente ligera pa'l cuchillo.

—Tampoco —respondí— me gustan a mí las mujeres que andan haciendo engreir a la pobre gente.

Lo decía mucho por Numa y un poco también por mí. Ultimamente no quería discutir y agregué:

—Le encargo muchos recuerdos pa mi amigo Patrocinio.

—Serán dados —concluyó secamente.

Ya al lado de mi caballo, me despedí de Don Candelario y Fabiano, que me deseaban buena suerte.

Le bolié la pierna al picazo. ¡Qué lindo andar bien montado y estar libre! Mi brazo derecho, aún dormido, me servía, sin embargo. Me habían indicado el camino. La silbé a la madrina Garúa y eché los caballos a su cola. Lo de siempre. Pero nunca había hecho tan noche sobre mí.

Aunque el trecho que me separaba del puesto en el que encontraría a mi padrino era un tanto largo, me puse a andar al tranco. Llegaría recién al amanecer. ¡Qué importaba! Tenía ganas de pensar o tal vez de no pensar, pero seguramente sí de que los últimos acontecimientos se asentaran en mi memoria. Además, no quería abusar de mi brazo, por el que corrían tropelitos de cosquillas.

Miseria es eso de andar con el corazón zozobrando en el pecho y la memoria extraviada en un pozo de tristeza, pensando en la injusticia del destino, como si éste debiera ocuparse de los caprichos de cada uno. El buen paisano olvida flojeras, hincha el lomo a los sinsabores y endereza a la suerte que le aguarda, con toda la confianza puesta en su coraje. «Hacete duro, muchacho», me había dicho una noche Don Segundo, asentándome un rebencazo por las paletas. A su vez, la vida me rebenqueaba con el mismo consejo. Pero qué mal golpe que me aflojaba la voluntad hasta los caracuses, sugiriéndome la posibilidad de volver hacia atrás con un ruego de amor para una hembra enredadora.

Contrariando mi debilidad, miraba adelante, firme.

Crucé unos charquitos llorones, que quién sabe qué dijeron bajo los vasos del caballo. También el barro se pega en las patas del que quiere caminar.

Pobre campo sufridor el de estos pagos y tan guacho como yo de cariño. Tenía cara de muerto.

La noche me apretaba las carnes.

Y había tantas estrellas, que se me caían en los ojos como lágrimas que debiera llorar para adentro.

CAPITULO XX

Junto con la noche, terminó mi andar. A la madrugada, según mis previsiones, llegué a un puesto aseadito, en el que encontré a mi padrino, disponiéndose a salir con un hombre en quien, por las primeras palabras de conversación, reconocí al encargado de aquel potrero.

Don Segundo no se extrañó de mi presencia, pues habíamos quedado en que, una vez sano, iría yo a buscarlo para seguir viaje hacia el norte. Mi brazo desvendado explicaba mi venida y evitaba las burlas posibles a propósito de mi ridícula historia. Me guardé muy bien de desembuchar mis sinsabores.

Un día quedamos en aquella población, para partir a la mañana siguiente.

Dos veces hicimos noche: una a campo raso, otra en el galpón de una chacra.

Cuanto más distancia dejábamos a nuestra espalda entre nosotros y aquella costa bendita, más volvía en mí la confianza y la alegría, aunque en el fondo me quedara el resabio de un trago amargo.

Traspuesto que hubimos unas cuarenta leguas, pude sonreír mal que mal ante lo sucedido. Lindo me resultaba el rendimiento de cuentas: un brazo quebrado, un amorío a lo espina, un tajo a favor de un tercero por cuestiones de polleras,[55] fama de cuchillero, el lazo cortado y dos caballos vendidos a la fuerza. Lo que menos sentía era esto último, pues si bien es cierto que perdía con el Orejuela y el Comadreja un par de pingos seguros, ganaba una jineta de sargento para mi orgullo. ¿Hay mejor prueba de buen domador que el que le salgan a uno compradores para sus caballos, después de un rodeo? Contaba también el hecho de que los vendidos fueran mis dos primeras hazañas de jinete.

---

[55] "A knife-cut for the third party in a wrangle over women."

Además, se presentaba la ocasión de cumplir con un deseo largo tiempo acariciado: aviarme de tropilla de un pelo.[56] ¿No disponía, como base para ello, del dinero ganado en la riña de gallos? Podía golpearme el tirador para sentir el bulto de los pesos enrolladitos en sus bolsillos.

Si bien es cierto que nunca faltan encontrones cuando un gaucho se divierte, también sucede que en sus tristezas le salga al cruce alguna diversión.

A los seis días de marcha caímos a un boliche, donde se debían de correr esa tarde unas carreras.

En medio del callejón, del que habían elegido un trecho bien parejo, clareaban dos andariveles emparejados a pala ancha.

Ya un gringo había instalado una carpa con comida, masas y beberaje.

Una china pastelera paseaba sus golosinas en dos canastas perseguidas por las moscas y alguno que otro chiquilín pedigüeño. Un viejo llevaba de tiro un tordillo enmantado, ofreciendo números de rifa. Y, tanto la carpa como la pulpería, tenían ya su «mamao» por adelantado.

Yo conocía esas cosas desde chico, y me movía en ellas como sapo en el barro.

Empezaba a caer gente. Dos parejeros eran centro de un grupo de paisanos. Grupo muy quieto y misterioso, que se secreteaba por lo bajo.

Almorzamos en la pulpería. Al «mamao», que en seguida se nos pegó dándonos latosos informes sobre la carrera grande de la tarde, le di un peso a condición de que se fuera a «chuparlo» a la carpa.

Comimos primero unos chorizos que empujamos con un vino duro; después un pedazo de churrasco; después unos pasteles.

El gentío aumentaba por momentos en el mostrador, así como afuera crecía en número la caballada. ¿Qué paisano no se trae el más ligerito de la tropilla, con la esperanza de ensartar uno más lerdo? Visto que mi Moro era de buena pinta y trotaba como amar-

---

[56] It was traditionally the gaucho's pride to possess a bunch of horses of the same colouring: «El gaucho más infeliz / Tenía tropilla de un pelo» (*Martín Fierro*, I, lines 211-12).

tillado para una partida, algunos me lo filiaban de paso. ¡No había cuidado que me hiciera pelar de vicio, con un caballo que traía una semana de camino!

Mi padrino encontró dos amigos, ¿cómo había de ser? Ellos también tenían oficio de reseros y, como es natural, nos pegamos unos a otros, con esa súbita familiaridad de los ariscos cuando se encuentran medio apampados por el ruido y la gente. Eran hombres de unos treinta años, curtidos y risueños; nos preguntaron qué sabíamos de las carreras. Mi padrino les repitió una parte de los datos del «mamao».

—Son dos pingos que hay que velos, amigo, que hay que velos. «¡El colorao tiene ganadas más carreras aquí!... Entuavía no ha perdido nenguna más que una que le ganaron como por siete cuerpos... ¡Qué animal ese escuro que trajeron de los campos de un tal Dugues! De entrada no más lo sacó al colorao como cortando clavos con el upite... y ya se acabó. ¿Creerá, cuñao?... Ya se acabó...; sí, señor... Pero el colorao, hay que velo amigo...; si parece como que se va tragando la tierra...; pero ahí tiene, a mí más me gusta el ruano que train de pajuera. Ahi tienen... la manito del lao de montar es media mora..., no vaya a creer..., a mí me gusta el ruano; ahi tiene...»

—Y yo —dijo Don Segundo— le vi'a jugar al ruano por hacerle el gusto a un hombre en pedo, porque el hombre que se mama ha de ser güen hombre.

—Aura sí que está lindo... ¿Y por qué? —preguntó uno de los paisanos que, conociendo a mi padrino, colegía algo sabroso detrás de esa sentencia.

—Porque el hombre que se mama sabe que va a hablar por demás y al que tiene mala entraña no le conviene mostrar la hilacha.

—¿Sabés que es cierto, hermano? —dijo el paisano, volviéndose hacia su compañero.

—¡Claro!... Como que aurita no más le vah'a dentrar a pegar al frasco.

Y echamos afuera toda la risa con esa nerviosidad del gaucho que, cuando anda entre gente, parece como si sintiera que le sobra la vida.

A todo eso iba a empezar la función y yo estaba con ganas de desquitarme de mis disgustos.

La paisanada, a caballo, se había desparramado a lo largo de los andariveles en forma de boleadoras de dos,[57] es decir, un poco amontonada en el lugar del pique y el de la raya y raleando a lo largo de la cancha.

Esperamos con paciencia de quien no está acostumbrado a esperar. Casi diría que ese momento de inacción era lo que más me gustaba en las fiestas, porque ya había tiempo todos los días para que sucedieran cosas y era bueno, de vez en cuando, saber que por largo rato nada cambiaría.

¿Los corredores se andarían pesando? Y bueno. ¿Los dueños estarían discutiendo los últimos detalles de las partidas, del lado, del peso? Y bueno.

Ya veríamos los animales cuando entraran a la cancha, destapados, y podríamos alcanzar una o dos partidas, para luego colocarnos en el sitio menos cargado de gente, a media distancia, donde por lo general se define la carrera, a no ser que resulte muy parecida. Lo mejor era informarnos un poco, y así lo hizo Don Segundo, interpelando a un paisano que pasaba cerca nuestro.

—No somos de acá, señor, y quisiéramos saber algo pa poder rumbiar en la jugada.

El hombre explicó:

—La carrera es por dos mil pesos. Cuatro cuadras a partir d'ellas, igualando peso.[58] Si uno de los corredores se desniega a largar después de la quinta partida, han convenido los dueños poner abanderao.

—Ahá.

—Parece que los dos bandos train plata y que se va a jugar mucho de ajuera.

—Mejor pa'l pobre.

—Ocasión han de hallar.

—Y ¿son de aquí los dos caballos?

---

57 Boleadoras consisted of either two or three balls.
58 "Six hundred yards from scratch, weight being equal." A *cuadra* is, in Argentina, either a street block or a measure of 150 yards (125.50 metres).

—No, señor. El ruano lo train de pajuera. Lindo animalito y bien cuidao. El colorao es destos pagos. Si quieren jugarle en contra yo tomo una o dos paradas de diez pesos.

—Graciah'amigo.

—Güeno, entonces vi'a seguir, con su licencia.

—Es suya y gracias, ¿no?

El hombre se fue. Don Segundo comentó:

—Medio desconfiao el paisano. Nos quería jugar, porque estaba maliciando que éramos de los que han venido con el ruano.

—Le tiene fe al colorao —insinué, tentado.

—¡Bah! —dijo mi padrino—, la ganancia está en las patas de los caballos.

Lo cierto es que me sobraban ganas de comprometer mis pesos y que, estando en perfecta ignorancia en cuanto al mérito de los caballos, tenía que proceder arbitrariamente. La plata me andaba incomodando en el bolsillo. Calculé el monto de mi fortunita. De la riña de gallos, ciento noventa y cinco pesos. Del último arreo cincuenta, van doscientos cuarenta y cinco. Sesenta pesos que tenía antes de la riña, van trescientos cinco. Y ochenta de Patrocinio por mis pingos; total, trescientos ochenta...

Don Segundo me sacó de mis cálculos, anunciando la venida de los parejeros. Los vimos sin mudar de sitio.

El colorado pasó, ya montado, braceando impaciente. Era alto y fuerte, de buenos garrones y con un ojo chispeador de bravo. ¡Qué pingo!, pensaba yo: ¿cuándo podría tener uno igual? Seguramente cuando fuera coronel por lo menos, porque no de otro modo pegaría andar en semejante chuzo.

El ruano también era bonito. Lo traía el corredor de tiro y venía tranqueando largo, sobrando como de una cuarta el rastro de la mano con el de la pata. Parecía enaceitado de lustroso y era fino como galgo.

—Vaya uno a saber —dijo mi padrino—; pero yo voy a cumplir con el «mamao» no más.

El corredor del colorado era un tipo flaco, de bigote entrecano.

Se había puesto vincha y miraba para todos lados, como si le fuera a pegar un cascotazo. El que traía de tiro al ruano, no era más alto que un muchacho de doce años, hocico pelado y hosco como un pampa.

Los vimos partir dos veces. El borracho tenía razón al decir que el colorado quería como tragarse la tierra. En cambio el ruano picaba de costado, medio salido del andarivel.

Ganamos nuestro sitio. Las apuestas menudeaban por ambos bandos. Iba a largarse la carrera y yo no había jugado. Un perudo panzón se dirigió a mí:

—¿Vamos veinte pesos? Yo juego al ruano.

—Pago —respondí.

Se quedó mirándome, insatisfecho.

—¿Vamos cuarenta?

—Pago —volví a responder.

—¿Vamos sesenta? —propuso.

Algunos nos miraban, curiosos. ¿Hasta cuándo seguiría subiendo?

—Pago —le acepté sonriente.

—¿Vamos ochenta? —su voz se hacía cada vez más suave.

Los curiosos espiaban mi decisión. Sin quitarle la vista, propuse a mi vez, imitando su cortesía:

—¿Por qué no vamos cien?

—Pago —accedió.

Ya la gente se hacía montón, como si nosotros fuéramos los caballos de la carrera. Pasado un rato, propuse con una voz imposible de superar en tono de dulzura:

—¿Vamos ciento cincuenta?

El hombre rio de muy buena gana y, ya con voz natural, cerró la broma:

—No, gracias; estoy jugao.

—¡¡Ellos y se vinieron!! [59] —gritó uno de los mirones.

Ras con ras, sin aventajarse de un hocico, llegaban, pasaban delante nuestro, se iban para el lado de la raya. Nos agachamos sobre el cogote de nuestros caballos. El paisanaje invadió la cancha. Alcanzamos a ver que los dos corredores castigaban. Esperábamos el grito que anuncia el resultado; ese grito que viene saltando de boca en boca, haciendo de vuelta la cancha en la décima parte de tiempo que los caballos.

---

[59] "They're off!"

—¡¡Puesta!! —oímos—. ¡Puesta! ¡No se pagan las jugadas!

Pero ni bien quiso entablarse el obligatorio comentario, vino la contravoz, dando el fallo verdadero:

—¡¡El ruano, pa todo el mundo!! ¡¡El ruano, por un pescuezo!!

—Está entrampada —trajo otro como noticia—. Está entrampada y parece que van a peliar.

Pero la voz que en seguida se reconoció como la verdadera insistía en todas las bocas:

—El ruano, por un pescuezo.

Di vuelta al tirador, conté hasta cien pesos, en billetes de diez y de cinco, y se los alcancé al perudo, que esperaba cortésmente sin mirar para mi lado.

—Tome, Don.

—Gracias.

En cambio mi padrino embolsaba cincuenta.

—Voy —me dijo, fingiendo salir al galope— a ver si hallo otro mamao.

Yo tenía rabia. ¿Hasta en el juego me pelarían?

Nos recostamos contra el alambrado del callejón, donde menudeaban los comentarios.

—Tiene pa ganarle a dos como el caballo de aquí [60] —aseguraba un viejo, montado en un zaino aperado de plata—, ...pa ganarle fácil —puntualizó.

El paisano con quien iba la discusión, rebotado y huraño decía despacio, pero claro:

—Fácil es la palabra.

—No, señor. No son palabras. Y si tienen con qué correrle, ahi está el hombre pa que lo hablen.

—Yo no tengo con qué.

—Pero esos otros, pues, que parece que no ven, cuando la ocasión se presenta.

—¡Bah! No hay que ir muy lejos. Ahi está el tordillo de los Cárdenas.

—¡Qué va a hacer con eso! Poco lo conozco al mentao. Tres veces lo han quebrao de lo lindo, en mi presencia, y, si no le disjusta, yo mesmo lo he tenido cuidando y le he tomao el tiempo.

---

[60] «He's got it in him to beat a horse like the one from here twice over.»

—¡Ahá!

—Sí, señor, y le he tomao el tiempo con los dos reloses que tenía: uno rigular y el otro de sacarlos ligeros a los caballos, y con nenguno me dio más que cualquier matungo.

El paisano callado, no debía entender de relojes porque, sin entrar en más controversias, hizo caminar su malacara hacia gente menos doctora.

Oímos un tropel y un griterío. Nos arrimamos para la cancha. Acababan de correr una carrerita de dos cerradas, entre caballos camperos. El paisano ganador, montado en un picadito overo, pasó delante nuestro fatigado y sonriente. Ya estaba partiendo con un rabicano pampa y un zaino pico blanco. En cada pique, el zaino se despatarraba, desesperado por correr. Pero, cerca mío, un grupo de gente rica, bien montada, hablaba de una de las carreras depositadas. El que parecía más al corriente que los demás explicaba:

—Yo no sé cómo Silvano se ha metido a correr con el mano blanca de los Acuña; su alazancito es un animal nuevo, muy bruto. Ustedes verán que es capaz de asustarse con la gente y cambiar de andarivel.

En eso pasó un muchacho, ofreciendo treinta a veinte contra el rabicano que estaba partiendo. Tomé la parada porque sí.

—¡Se vinieron! —gritó el mismo muchacho.

La gente corría para el lado de la largada. Unos decían: «se ha muerto», otros aseguraban que el pico blanco, desbocado, se había llevado por delante como siete hombres de a pie. Resultó finalmente que el caballo, embravecido por los repetidos piques, había hecho carretilla, atropellando el alambrado y haciéndose pedazos en él. El corredor salvó, por milagro, con unos chichones y peladuras en la cabeza.

Gané treinta pesos casi sin haberlo pensado.

El mozo que explicaba los defectos del alazancito del tal Silvano, señaló con el cabo del rebenque:

—Ahí vienen.

—¿Vamoh'a verlos? —propuse a mis compañeros.

¡Qué pintura el alazancito de Silvano! Mientras lo contemplábamos, repetí lo que había oído.

Pasó el mano blanca. Un veterano tranquilo, más bien feo, de pelo zaino oscuro. Empezaron a jugarle dando usura. Los seguimos para verlos partir.

El alazancito lo sobró en dos piques y la plata se puso a la par. El perudo que me había ganado los cien pesos, me hizo una entrada:

—¿Y, mocito? ¿Cuánto va al mano blanca?

—...

—Le doy desquite de los cien.

—Pago.

Ya el corredor del alazán había convidado dos veces sin resultado y llevaban seis partidas. Se veía que el del mano blanca quería salir de atrás para rebasarlo. El del alazán, muy confiado, reía. Ambos parecían decididos a hacer efectiva la carrera cuanto antes.

Se vinieron juntos. En un abalanzo, el alazán descontó distancia. «¡Vamos!», convidó su corredor, soliviándolo en la boca. De atrás, el mano blanca lo alcanzaba. La partida lo iba a favorecer. Imprudentemente, o tal vez por sobra de confianza, el del alazán volvió a convidar:

—¿Vamos?

—¡¡Vamos!!

El mano blanca tomó ventaja como de medio cuerpo.

—¡Ahá! —rio el del alazán y, cediendo rienda, adelantando el cuerpo, se apareó al contrario, lo venció, le hizo tragar tierra, le sacó dos cuerpos, tres... ¡qué sé yo! El del mano blanca levantó su caballo a media carrera.

—¡Buena porquería el mentao de los Cárdenas! —grité.

El perudo sonrió:

—Anda en la mala.

Le pagué los cien pesos.

—Vamos a ver —le dije, caliente— si nos topamos en otra.

—Aquí estaremos a su servicio —me contestó, embolsando mi dinero—, siempre que no nos guste el mismo caballo.

Pero, ¿qué desquite iba a encontrar esa tarde?

Jugué en una cuadrera. De a posturas chicas, comprometí setenta pesos. Llevaba las paradas en el puño y, de entre mis dedos, salían los papeles como espinas de un abrojo. Una por una, tuve que entregar las paradas.

Me fui un rato a la carpa con mis compañeros, donde tomamos unas cervezas y ensartamos pasteles en la punta del cuchillo. Don Segundo perdía cincuenta pesos. En cambio, entre los dos reseros amigos juntaban ciento setenta y dos de ganancia. A uno de esos suertudos le entregué cien para que me los jugara. Me los perdió en la primera ocasión, quedándome sólo cinco como todo capital. ¿Ah, sí? Pues, perdido por perdido, fui a ver a mi contrario perudo, que por su parte, de entrada, me ofreció desquite.

—No tengo con qué pagar —le dije—; pero si usté quiere, le doy en prenda cinco caballos que usté podrá ver aurita si gusta.

El hombre aceptó y, para mostrar liberalidad, me dejó elegir caballo en la carrera siguiente. Con una fidelidad de borrego guacho me ensarté con el perdedor.

¡Muy bien! Me dedicaría a mirar.

La gente parecía cansada y caía la tarde. Algunos, por haber ganado o por desplumados, se volvían a sus pagos. Don Segundo no me sacaba el rebenque de sus bromas y, lo que era peor, yo me quedaba atufado, sin responder.

No sé cuánto duró la tarde, ni si fueron muchas o pocas las carreras que se vieron. Los grupos se despedían, dándose la mano. Para los dos lados del callejón iban dos hileras de gente a caballo. Frente a los despachos de bebida, los borrachos eran como unos diez o doce.

Lejos, se veían algunas polvaredas de los que se habían retirado primero.

Poco a poco nos fuimos quedando solos. Al hombre que me había ganado casi toda la plata le mostré mi tropilla y, quedando conforme, se llevó cinco animales, dejándome con dos y el Moro.

Nos despedimos de nuestros compañeros. Nosotros seguiríamos viaje, haciendo noche donde ésta nos tomara. Cambié de caballo. Me quedaba Garúa, el Vinchuca, el Moro y el Guasquita, en que iba montado.

—¿Vamos? —me dijo mi padrino, remedando a los corredores.

—¡Vamos! —le contesté.

Y salimos al galope corto, rumbo al campo, que poco a poco nos fue tragando en su indiferencia.

CAPITULO XXI

Del día ya no quedaba más que una barra de nubes iluminadas en el horizonte, cuando, por una lomada, enfrentamos los paraísos viejos de una tapera.

Don Segundo, revisando el alambrado, vio que podía dar paso en un lugar en que dos hilos habían sido cortados. Tal vez una tropa de carros eligió el sitio, con el fin de hacer noche, aprovechando un robito de pastoreo para sus animales. No se veía a la redonda ninguna población, de suerte que el campo era como de quien lo tomara, y los arbolitos, aunque en número de cuatro solamente, debían haber volteado alguna rama o gajo que nos sirviera para hacer fuego.

Hicimos pasar nuestras tropillas al campo y, luego de haber desensillado, juntamos unas biznagas secas, unos manojos de hojarasca, unos palitos y un tronco de buen grueso. Prendimos fuego, arrimamos la pavita, en que volcamos el agua de un chifle para yerbear, y, tranquilos, armamos un par de cigarrillos de la guayaca, que prendimos en las primeras llamaradas.

Como habíamos hecho el fogón cerca de un tronco de tala caído, tuvimos donde sentarnos, y ya nos decíamos que la vida de resero, con todo, tiene sus partes buenas como cualquiera. Creo que la afición de mi padrino a la soledad debía influir en mí; la cosa es que, rememorando episodios de mi andar, esas perdidas libertades en la pampa me parecían lo mejor. No importaba que el pensamiento lo tuviera medio dolorido, empapado de pesimismo, como queda empapada de sangre la matra que ha chupado el dolor de una matadura.

De grande y tranquilo que era el campo, algo nos regalaba de su grandeza y su indiferencia. Asamos la carne y la comimos sin hablar. Pusimos sobre las brasas la pavita y cebé unos amargos. Don Segundo me dijo, con su voz pausada y como distraída:

—Te vi'a contar un cuento, para que se lo repitás a algún amigo cuando éste ande en la mala.

176

Cebé con más lentitud. Mi padrino comenzó el relato:

«Esto era en tiempo de Nuestro Señor Jesucristo y sus Apóstoles.» Quedé un rato a la espera. Don Segundo nos dejaba creer, así, en un reino de ficción. Ibamos a vivir en el hilo de un relato. Saldríamos de una parte a otra. ¿De dónde y para dónde?

«Nuestro Señor, que asigún dicen jue el creador de la bondá, sabía andar de pueblo en pueblo y de rancho en rancho, por Tierra Santa, enseñando el Evangelio y curando con palabras. En estos viajes, lo llevaba de asistente a San Pedro, al que lo quería muy mucho, por creyente y servicial.

«Cuentan que en uno de esos viajes, que por demás veces eran duros como los del resero, como jueran por llegar a un pueblo, a la mula en que iba Nuestro Señor se le perdió una herradura y dentró a manquiar.

«—Fijate —le dijo Nuestro Señor a San Pedro— si no ves una herrería, que ya estamos dentrando al poblao.

«San Pedro, que iba mirando con atención, divisó un rancho viejo de paredes rajadas, que tenía encima de una puerta un letrero que decía: «ERRERIA». Sobre el pucho, se lo contó al Maistro y pararon delante del corralón.

«—¡Ave María! —gritaron. Y junto con un cuzquito ladrador, salió un anciano harapiento que los convidó a pasar.

«—Güenas tardes —dijo Nuestro Señor—. ¿Podría herrar mi mula que ha perdido la herradura de una mano?

«—Apiensén y pasen adelante —contestó el viejo—. Voy a ver si puedo servirlos.

«Cuando, ya en la pieza, se acomodaron sobre unas sillas de patas quebradas y torcidas, Nuestro Señor le preguntó al herrero:

«—¿Y cuál es tu nombre?

«—Me llaman Miseria —respondió el viejo, y se jue a buscar lo necesario pa servir a los forasteros.

«Con mucha pacencia anduvo este servidor de Dios, olfateando en sus cajones y sus bolsas, sin hallar nada. Acobardao iba a golverse pa pedir disculpa a los que estaban esperando, cuando regolviendo con la bota un montón de basuras y desperdicios, vido una argolla de plata, grandota.

«—¿Qué hacéh'aquí vos? —le dijo, y recogiéndola se jue pa donde estaba la fragua, prendió el juego, reditió la argolla, hizo a martillo una herradura y se la puso a la mulita de Nuestro Señor. ¡Viejo sagaz y ladino!

«—¿Cuánto te debemos, güen hombre? —preguntó Nuestro Señor.

«Miseria lo miró bien de arriba abajo y, cuando concluyó de filiarlo, le dijo:

«—Por lo que veo, ustedes son tan pobres como yo. ¿Qué diantre les vi'a cobrar? Vayan en paz por el mundo, que algún día tal vez Dios me lo tenga en cuenta.

«—Así sea —dijo Nuestro Señor y, después de haberse despedido, montaron los forasteros en sus mulas y salieron al sobrepaso.

«Cuando iban ya retiraditos, le dice a Jesús este San Pedro, que debía ser medio lerdo:

«—Verdá, Señor, que somos desagradecidos. Este pobre hombre nos ha herrao la mula con una herradura'e plata, no noh'a cobrao nada por más que es repobre, y nohotros nos vamos sin darle siquiera una prenda de amistá.

«—Decís bien —contestó Nuestro Señor—. Volvamos hasta su casa para concederle tres Gracias, que él elegirá a su gusto.

«Cuando Miseria los vio llegar de güelta, creyó que se había desprendido la herradura y los hizo pasar como endenantes. Nuestro Señor le dijo a qué venían y el hombre lo miró de soslayo, medio con ganitas de rairse, medio con ganitas de disparar.

«—Pensá bien —dijo Nuestro Señor— antes de hacer tu pedido.

«San Pedro, que se había acomodado atrás de Miseria, le sopló:

«—Pedí el Paraíso.

«—Cayate, viejo —le contestó por lo bajo Miseria, pa después decirle a Nuestro Señor:

«—Quiero que el que se siente en mi silla, no se pueda levantar della sin mi permiso.

«—Concedido —dijo Nuestro Señor—. ¿A ver la segunda Gracia? Pensala con cuidado.

«—¡Pedí el Paraíso, porfiao! —le sopló de atrás San Pedro.

«—Cayate, viejo metido —le contestó por lo bajo Miseria, pa después decirle a Nuestro Señor:

«—Quiero que el que suba a mis nogales, no se pueda bajar dellos sin mi permiso.

«—Concedido —dijo Nuestro Señor—. Y aura, la tercera y última Gracia. No te apurés.

«—¡Pedí el Paraíso, porfiao! —le sopló de atrás San Pedro.

«—¿Te quedrás callar, viejo idiota? —le contestó Miseria enojao, pa después decirle a Nuestro Señor:

«—Quiero que el que se meta en mi tabaquera no pueda salir sin mi permiso.

«—Concedido —dijo Nuestro Señor, y después de despedirse, se jue.

«Ni bien Miseria quedó solo, comenzó a cavilar y, poco a poco, jue dentrándole rabia de no haber sabido sacar más ventaja de las tres Gracias concedidas.

«—También, seré sonso —gritó, tirando contra el suelo el chambergo—. Lo que es, si aurita mesmo se presentara el demonio, le daría mi alma con tal de poderle pedir veinte años de vida y plata a discreción.

«En ese mesmo momento, se presentó a la puerta'el rancho un caballero que le dijo:

«—Si querés, Miseria, yo te puedo presentar un contrato, dándote lo que pedís—. Y ya sacó un rollo de papel con escrituras y numeritos, lo más bien acondicionao, que traiba en el bolsillo. Y allí las leyeron juntos a las letras y, estando conformes en el trato, firmaron los dos con mucho pulso, arriba de un sello que traiba el rollo.»

—¡Reventó la yegua el lazo! —comenté.

—Aura verás, dejate estar callao para aprender cómo sigue el cuento.

Miramos alrededor la noche como para no perder contacto con nuestra existencia actual, y mi padrino prosiguió:

«Ni bien el Diablo se jue y Miseria quedó solo, tantió la bolsa de oro que le había dejao Mandinga, se miró en el bañadero de los patos, donde vido que estaba mozo, y se jue al pueblo pa comprar ropa, pidió pieza en la fonda como señor, y durmió esa noche contento.

«¡Amigo! Había de ver cómo cambió la vida d'este hombre. Terció con príncipes y gobernadores y alcaldes, jugaba como nenguno en las carreras, viajó por todo el mundo, tuvo trato con hijas de reyes y marqueses...

«Pero, bien dicen que pronto se pasan los años cuando se emplean de este modo, de suerte que se cumplió el año vegísimo y en un momento casual en que Miseria había venido a rairse de su rancho, se presentó el Diablo con el nombre de caballero Lilí, como vez pasada, y peló el contrato pa esigir que se le pagara lo convenido.

«Miseria, que era hombre honrao, aunque medio tristón, le dijo a Lilí que lo esperara, que iba a lavarse y ponerse güena ropa pa presentarse al Infierno, como era debido. Así lo hizo, pensando que al fin todo lazo se corta y que su felicidá había terminao.

«Al golver lo halló a Lilí sentado en su silla aguardando, con pacencia.

«—Ya estoy acomodao —le dijo—, ¿vamos yendo?

«—¡Cómo hemos de irnos —contestó Lilí— si estoy pegao en esta silla como por encanto!

«Miseria se acordó de las virtudes que le había concedido el hombre'e la mula y le dentró una risa tremenda.

«—¡Enderezate, pues, maula, si sos diablo! —le dijo a Lilí.

«Al ñudo éste hizo bellaquear la silla. No pudo alzarse ni un chiquito y sudaba, mirándolo a Miseria.

«—Entonces —le dijo el que jue herrero—, si querés dirte, firmame otros veinte años de vida y plata a discreción.

«El demonio hizo lo que le pedía Miseria, y éste le dio permiso pa que se juera.

«Otra vez el viejo, remozado y platudo, se golvió a correr mundo: terció con príncipes y manates, gastó plata como naides, tuvo trato con hijas de reyes y de comerciantes juertes...

«Pero los años, pa'l que se divierte, juyen pronto, de suerte que, cumplido el vegísimo, Miseria quiso dar fin cabal a su palabra y rumbió al pago de su herrería.

«A todo esto Lilí, que era medio lenguarás y alcahuete, había contao en los infiernos el encanto'e la silla.

«—Hay que andar con ojo alerta —había dicho Lucifer—. Ese viejo está protegido y es ladino. Dos serán los que lo van a buscar al fin del trato.

«Por esto jue que al apiarse en el rancho, Miseria vido que lo estaban esperando dos hombres, y uno de ellos era Lilí.

«—Pasen adelante; sientensén —les dijo—, mientras yo me lavo y me visto pa dentrar al Infierno, como es debido.

«—Yo no me siento —dijo Lilí.

«—Como quieran. Pueden pasar al patio y bajar unas nueces, que seguramente seráan las mejores que habrán comido en su vida'e diablos.

«Lilí no quiso saber nada; pero, cuando se hallaron solos, su compañero le dijo que iba a dar una güelta por debajo de los nogales, a ver si podía recoger del suelo alguna nuez caida y probarla. Al rato no más golvió, diciendo que había hallao una yuntita y que, en comiéndolas, naide podía negar que jueran las más ricas del mundo.

«Juntos se jueron p'adentro y comenzaron a buscar sin hallar nada.

«Pa esto, al diablo amigo de Lilí se le había calentao la boca y dijo que se iba a subir a la planta, pa seguir pegándole al manjar. Lilí le advirtió que había que desconfiar, pero el goloso no hizo caso y subió a los árboles, donde comenzó a tragar sin descanso, diciéndole de tiempo en tiempo:

«—¡Cha que son güenas! ¡Cha que son güenas!

«—Tirame unas cuantas —le gritó Lilí, de abajo.

«—Allá va una —dijo el de arriba.

«—Tirame otras cuantas —golvió a pedirle Lilí, ni bien se comió la primera.

«—Estoy muy ocupao —le contestó el tragón—. Si querés más, subite al árbol.

«Lilí, después de cavilar un rato, se subió.

«Cuando Miseria salió de la pieza y vido a los dos diablos en el nogal, le dentró una risa tremenda.

«—Aquí estoy a su mandao —les gritó—. Vamos cuando ustedes gusten.

«—Es que no nos podemoh'abajar —le contestaron los diablos, que estaban como pegaos a las ramas.

«—Lindo —les dijo Miseria—. Entonces firmenmén otra vez el contrato, dándome otros veinte años de vida y plata a discreción.

«Los diablos hicieron lo que Miseria les pedía y éste les dio permiso pa que bajaran.

«Miseria golvió a correr mundo y terció con gente copetuda y tiró plata y tuvo amores con damas de primera.

«Pero los años dentraron a disparar, como endenantes, de suerte que al llegar al año vegísimo, Miseria, queriendo dar pago a su deuda se acordó de la herrería en que había sufrido.

«A todo esto, los diablos en el Infierno le habían contao a Lucifer lo sucedido y éste, enojadazo, les había dicho:

«—¡Canejo! ¿No les previne de que anduvieran con esmero, porque ese hombre era por demás ladino? Esta güelta que viene, vamoh'a dir toditos a ver si se nos escapa.

«Por esto jue que Miseria, al llegar a su rancho, vido más gente riunida que en una jugada'e taba. Pero esa gente, acomodada como un ejército, parecía estar a la orden de un mandón con corona. Miseria pensó que el mesmito Infierno se había mudao a su casa, y llegó, mirando como pato el arriador, a esa pueblada de diablos. «Si escapo d'ésta —se dijo— en fija que ya nunca la pierdo.» Pero haciéndose el muy templao, preguntó a aquella gente:

«—¿Quieren hablar conmigo?

«—Sí —contestó juerte el de la corona.

«—A usté —le retrucó Miseria— no le he firmao contrato nenguno, pa que venga tomando velas en este entierro.

«—Pero me vah'a seguir —gritó el coronao—, porque yo soy el Ray de loh'Infiernos.

«—¿Y quién me da el certificao? —alegó Miseria—. Si usté es lo que dice, ha de poder hacer de fijo que todos los diablos dentren en su cuerpo y golverse una hormiga.

«Otro hubiera desconfiao, pero dicen que a los malos los sabe perder la rabia y el orgullo, de modo que Lucifer, ciego de juror, dio un grito y en el momento mesmo se pasó a la forma de una hormiga, que llevaba adentro a todos los demonios del Infierno.

«Sin dilación, Miseria agarró el bichito que caminaba sobre los ladrillos del piso, lo metió en su tabaquera, se jue a la herrería, la colocó sobre el yunque y, con un martillo, se arrastró a pegarle con todita el alma, hasta que la camiseta se le empapó de sudor.

«Entonces, se refrescó, se mudó y salió a pasiar por el pueblo.

«¡Bien haiga, viejito sagás! Todos los días, colocaba la tabaquera sobre el yunque y le pegaba tamaña paliza, hasta empapar la camiseta pa después salir a pasiar por el pueblo.

«Y así se jueron los años.

«Y resultó que ya en el pueblo no hubo peleas, ni plaitos, ni alegaciones. Los maridos no las castigaban a las mujeres, ni las madres a los chicos. Tíos, primos y entenaos se entendían como Dios manda; no salía la viuda, ni el chancho; no se veían luces malas y los enfermos sanaron todos; los viejos no acababan de morirse y hasta los perros jueron virtuosos. Los vecinos se entendían bien, los baguales no corcoviaban más que de alegría y todo andaba como reló de rico. Qué, si ni había que baldiar los pozos porque toda agua era güena.»

—¡Ahahá! —apoyé alegremente.

—Sí —arguyó mi padrino—, no te me andéh'apurando.

«Ansina como no hay caminos sin repechos, no hay suerte sin desgracias, y vino a suceder que abogaos, procuradores, jueces de paz, curanderos, médicos y todos los que son autoridá y viven de la desgracia y vicios de la gente, comenzaron a ponerse charcones de hambre y jueron muriendo.

«Y un día, asustaos los que quedaban de esta morralla, se endilgaron pa lo del Gobernador, a pedirle ayuda por lo que les sucedía. Y el Gobernador, que también dentraba en la partida de los castigaos, les dijo que nada podía remediar y les dio una plata del Estao, alvirtiéndoles que era la única vez que lo hacía, porque no era obligación del Gobierno el andarlos ayudando.

«Pasaron unos meses, y ya los procuradores, jueces y otros bichos iban mermando por haber pasao los más a mejor vida, cuando uno de ellos, el más pícaro, vino a maliciar la verdá y los invitó a todos a que golvieran a lo del Gobernador, dándoles promesa de que ganarían el plaito.

«Así jue. Y cuando estuvieron frente al manate, el procurador le dijo a Suecelencia que todah'esas calamidades sucedían porque el herrero Miseria tenía encerraos en su tabaquera a los diablos del Infierno.

«Sobre el pucho, el mandón lo mandó a trair a Miseria y, en presencia de todos, le largó un discurso:

«—¿Ahá, sos vos? ¡Bonito andás poniendo al mundo con tus brujerías y encantos, viejo indino! Aurita vah'a dejar las cosas como estaban, sin meterte a redimir culpas ni castigar diablos. ¿No ves que siendo el mundo como es, no puede pasarse de mal y que las leyes y lah'enfermedades y todos los que viven d'ellas, que son muchos, precisan de que los diablos anden por la tierra? En este mesmo momento vah'al trote y largás loh'Infiernos de tu tabaquera.

«Miseria comprendió que el Gobernador tenía razón, confesó la verdá y jue pa su casa pa cumplir lo mandao.

«Ya estaba por demás viejo y aburrido del mundo, de suerte que irse dél poco le importaba.

«En su rancho, antes de largar los diablos, puso la tabaquera en el yunque, como era su costumbre, y por última vez le dio una güena sobada, hasta que la camiseta quedó empapada de sudor.

«—¿Si yo los largo van a andar embromando por aquí? —les preguntó a los mandingas.

«—No, no —gritaban éstos de adentro—. Larganos y te juramos no golver nunca por tu casa.

«Entonces Miseria abrió la tabaquera y los licenció pa que se jueran.

«Salió la hormiguita y creció hasta ser el Malo. Comenzaron a brotar del cuerpo de Lucifer todos los demonios y redepente, en un tropel, tomó esta diablada por esas calles de Dios, levantando una polvareda como nube'e tormenta.

«Y aura viene el fin.

«Ya Miseria estaba en las últimas humeadas del pucho, porque a todo cristiano le llega el momento de entregar la osamenta y él bastante la había usado.

«Y Miseria, pensando hacerlo mejor, se jue a echar sobre sus jergas a esperar la muerte. Allá, en su piecita de pobre, se halló tan aburrido y desganao, que ni se levantaba siquiera pa comer ni tomar agua. Despacito no más se jue consumiendo, hasta que quedó duro y como secao por los años.

«Y aura es que, en habiendo dejao el cuerpo pa los bichos, Miseria pensó lo que le quedaba por hacer y, sin dilación porque no era sonso, el hombre enderezó pa'l Cielo y, después de un viaje largo, golpió en la puerta d'éste.

«Cuantito se abrió la puerta, San Pedro y Miseria se reconocieron, pero al viejo pícaro no le convenían esos recuerdos y, haciéndose el chancho rengo, pidió permiso pa pasar.

«—¡Hum! —dijo San Pedro—. Cuando yo estuve en tu herrería con Nuestro Señor, pa concederte tres Gracias, te dije que pidieras el Paraíso y vos me contestaste: «Cayate, viejo idiota». Y no es que te la guarde, pero no puedo dejarte pasar aura, porque en habiéndote ofrecido tres veceh'el Cielo, vos te negaste a acetarlo.

«Y como ahi no más el portero del Paraíso cerró la puerta, Miseria, pensando que de dos males hay que elegir el menos pior, rumbió pa'l Purgatorio a probar cómo andaría.

«Pero amigo, allí le dijeron que sólo podían dentrar las almas destinadas al cielo y que como él nunca podría llegar a esa gloria, por haberla desnegao en la oportunidá, no podían guardarlo. Las penas eternas le tocaba cumplirlas en el Infierno.

«Y Miseria enderezó al Infierno y golpió en la puerta, como antes golpiaba en la tabaquera sobre el yunque, haciendo llorar los diablos. Y le abrieron, ¡pero qué rabia no le daría cuando se encontró cara a cara con el mesmo Lilí!

«—¡Maldita mi suerte —gritó—, que andequiera he de tener conocidos!

«Y Lilí, acordándose de las palizas, salió que quemaba, con la cola como bandera'e comisaría, y no paró hasta los pieses mesmos de Lucifer, al que contó quién estaba de visita.

«Nunca los diablos se habían pegao tan tamaño susto, y el mesmito Ray de loh'Infiernos, recordando también el rigor del martillo, se puso a gritar como gallina culeca, ordenando que cerraran bien toditas las puertas, no juera a dentrar semejante cachafás.

«Ahí quedó Miseria sin dentrada a ningún lao, porque ni en el Cielo, ni en el Purgatorio, ni en el Infierno lo querían como socio; y dicen que es por eso que, dende entonces, Miseria y Pobreza son cosas de este mundo y nunca se irán a otra parte, porque en ninguna quieren almitir su esistencia.»

Una hora habría durado el relato y se había acabado el agua. Nos levantamos en silencio para acomodar nuestras prendas.

—¡Pobreza! —dije estirando mi manta donde iba a echarme.

—¡Miseria! —dije acomodando el cojinillo que me serviría de almohada.

Y me largué sobre este mundo, pero sin sufrir, porque al ratito estaba como tronco volteado a hachazos.

CAPITULO XXII

Sintiéndome merecedor de los mismos apodos que el herrero viejo, ensillé a la madrugada uno de mis tres caballos. Poca cosa para un resero. ¿Cómo me iba a ganar la vida? Nadie querría conchabarme en tal estado de inutilidad. Un gaucho de a pie es buena cosa para ser tirada al zanjón de las basuras.

La mañana no decía ni palabra. El vacaje que debía haber en esos campos, vista todavía su riqueza en pastos, no había comenzado a vivir todavía y a gatas unos pajaritos cantaban bajito, como una canilla que gotea.

Un cielo, gris, arrugado como las arenas de la playa que conocí en los malos pagos de mis aventuras, anunciaba tormenta. La tormenta que sentíamos en la blandura de los correones, las riendas y la lonja del rebenque, más floja que moco de pavo.

Pero ¡qué descanso más lindo el de esa noche, y qué gusto moverse en el aire grande que nos caía de todos lados en el cuerpo, como cariño!

Allí íbamos, siempre por el callejón o cortando campo, a la cola de nuestros pingos, acostumbrados a curiosear novedades con las orejas paradas.

Llegamos, después de cuatro días de marcha, a una estancia nueva.

La arboleda tierna asomaba apenas unas varas del suelo y las casas blanqueadas, frescas, parecían grandes con su mirador pretencioso y sus caminos y canteros, lucientes como ropa de domingo.

El patrón era joven. Andaba bien montado y su trato con el paisanaje daba confianza.

Nos dijo que tenía unos potros bayos, por si queríamos darles los primeros galopes, y que siendo doce, regalaba dos por la amansadura.

Antes de que mi padrino tomara cartas en el asunto, me ofrecí para la changa. ¡Qué diablos! Era fuerte y me tenía fe. Ya mis primeras pruebas estaban hechas y, aunque sería ése mi estreno de domador, me sacudiría el polvo sobre los bastos, como si fuese acostumbrado. La necesidad, dicen, tiene cara de hereje y no andaba yo en trances de mostrarme más delicado de lo que era. ¿No vería el otro lado, el de la suerte? La ocasión se presentaba como la había esperado durante mucho tiempo. Dos bayos son principio de una tropilla de bayos y aquella coincidencia con mis deseos me infundió audacia.

Cuando quedamos solos, mi padrino me filió de reojo, sonriendo. Aguanté con indiferencia aquel principio de burla y, como viera mi padrino que no salía de botaratada sino de necesidad mi compromiso, me dijo que él podía aliviarme del trabajo, tomando por su cuenta cinco de los doce baguales.

Por suerte fue así. Los siete potros me dieron suficiente quehacer.

Los ensillaba apurado, como en un sueño, siguiendo al pie de la letra los consejos de Don Segundo que, al lado mío, ya alcanzándome alguna pilcha, ya apadrinándome, me guiaba paso a paso, sapientemente. Agarrábamos uno por turno y, aunque me tocara el primero y el último, tenía la ilusión de una tarea por partes iguales, sin contar la ventaja de descansar entre animal y animal.

Eramos cuatro en el corral de palo a pique. El patrón, a caballo entre nosotros, no nos perdía pisada, ni desperdiciaba ocasión de ayudarnos con alguna broma. ¿Cómo sería él para un apuro?, me preguntaba en mis adentros.

¡Qué susto tenía cuando ensillé el primero! Las piernas se me escapaban de abajo del cuerpo y me atoraba con los detalles, que por suerte eran todos previstos por mi padrino.

El más viejo de los hombres que nos ayudaban, montado en un tostado retacón, enlazaba los potros que nosotros volteábamos de un pial, para embozarlos y enriendarlos en el suelo. Después los embramábamos en un palo, con dos o tres vueltas de maneador, y les poníamos los cueros. Por mi parte, no perdía los potros de vista, espiando indicios que pudieran anunciarme algún peligro: ¿Sería flojo de cincha, se me bolearía? Entre tanto, mientras ensillaba, tenía que cuidarme de coceadas, manotones, abalanzos y caídas.

Todo está en comenzar bien, porque muy luego el optimismo crece y uno amaña con mayor empeño, siempre que no se quiera sobrar.

—No los busquen —había dicho el patrón—; pero, al que corcovee, ¡leña hasta que afloje!

¿Por qué entonces había de buscarlo al clines blancas, que me tocó de estreno? Lo dejé correr, sin gastarme de entrada, y lo rematé de vuelta con unos tirones bien sentidos.

—Ganaste una —me dijo el patrón.

Y aunque no respondí nada, me sentí como abochornado. Me creía en verdad capaz de ganar algunas que no se me presentaran tan fáciles.

Por cierto, los bayos resultaron menos duros de pelar de lo que podían haber sido mediando peor suerte. Corcoveaban por derecho o sin mayor empeño, y ya casi me estaba dando vergüenza y ganas de buscarles pleito, cuando uno, el quinto, vino a desantojarme en tanto cuanto podía pedir.

El patrón se sonreía.

Dado que el bicho era uno de los que servían de pago por el trabajo, malicié una celada. ¿Cómo, si no tenía algún defecto o maña de chúcaro, lo habían elegido para deshacerse de él, siendo el de mejor presencia?

No queriendo pasar por zonzo, dije fuerte al hombre del tostado:

—Este es el de probar los forasteros, ¿no?

El paisano no respondió sino meneando la cabeza y el patrón conservó su sonrisa. Muy bien. ¿Querían a la bruta?...; pues a la bruta andaríamos. Pero la jugada estaba hecha verdaderamente con picardía, pues siendo el potro uno de los que iban a quedar en mis manos, no quería estropearlo con una rebenqueada mayor.

Se dejó ensillar sin muchas cosquillas. Mal olor le iba tomando yo al negocio.

Todos estábamos como en misa.

Mientras lo sacaban a la playa y lo agarraban de la oreja, me resbalé las botas, para poder con más firmeza sostener los estribos, y me ajusté bien la vincha, no fuera que el pelo viniera a enceguecerme en lo mejor.

Cuando le bolié la pierna, sentía que tenía el lomo arqueado como el de un barril, y me acomodé lo más fuerte que pude. Coligiéndome bien fijo, dije despacio, sin ostentación, pues no estaba el asunto como para compadradas:

—Lárguelo no más.

Maliciaba detrás mío la sonrisita del patrón, pero no era cosa de perder la cabeza. En un segundo de tiempo pensé cruzarle de un lonjazo el hocico y deseché tal propósito, pues con ello me pondría a disposición de cualquier antojo del animal. Mejor era estudiarle los vicios. Por suerte mi padrino tomó la iniciativa.

—¡Afirmate! —me dijo, y le envolvió al potro las patas de un arriadorazo.

El animal se abalanzó, manoteando el aire, y se trabó en dos corcovos duros, para volvérseme, en un cimbrón, sobre el lado del lazo, con lo que perdió pie. Quise abrirle, pero alcanzó a apretarme el tobillo por un momento, pues en seguida se enderezó, quedando a la espera como al principio. Sin embargo, algo había yo perdido, y es que sentía dolorido el pie; algo también ganado, y es que, a pesar de tratarse de un reservado, no pudo en su astucia y baquía desacomodarme ni un chiquito.

Mi mejor ganancia estaba en que Don Segundo ya había visto de qué se trataba. Lo comprendí porque me dijo:

—No le bajés el rebenque.

Por segunda vez lo azotó por las patas y el bayo se abalanzó. La partida le iba a resultar más dura, pues mandado por mi padrino, le crucé el hocico de un rebencazo, y cuando como anteriormente se clavó a corcovear, le menudié azotes por la cabeza sin darle alce. Ni bien quiso pararse, Don Segundo lo apuró a lazazos para quitarle la maña de volverse sobre el corcovo. Entrando en el juego, aumenté la dosis de lonja, cosa que me permitía charquear en el rebenque al par que abatatar al bruto. Y viendo mi resistencia a los sacudones, se me calentó el cuerpo y empecé a aporrearlo al bayo, al compás, repitiendo como un estribillo el dicho del patrón:

—Al que corcovee, ¡leña! y ¡leña! y ¡leña!

Y salimos por la playa, ya sin sentadas ni vueltas, arrastrados por una bellaqueada furiosa.

No hubo nada que hacerle, la habíamos ganado desde el primer tirón y la seguimos ganando hasta el fin. Las riendas no me servían para afirmarme, porque el bruto sacudía tanto la cabeza, que llegaba a golpearme los estribos. Pero en el compás mismo de la rebenqueada había yo encontrado una base de equilibrio, que no perdí hasta volver a la puerta misma del corral, donde de un tirón lo hice sentar al bayo sobre los garrones. Y ya le bajé los cueros.

El patrón se acercaba a nosotros de a caballo. Con satisfacción vi que no sonreía ya, pasando, por el contrario, una mano pensativa sobre su bigote.

Con un tono de elogio me dijo:

—¡Qué padrino tenés, muchacho!

—Y —contesté— no ayudándome el cuerpo, con algo debía contar pa un apuro.

—No es que te falte con qué desempeñarte —rearguyó—; pero aquel hombre —insistió, aludiendo a Don Segundo— no me parece ser como cualquiera de los muchos que somos.

En silencio, concluimos nuestra tarea. El último de los baguales algo se sacudió, pero después de lo pasado me pareció un juguete.

Dejando los doce animales palenqueados con fuertes sogas, nos fuimos para la estancia.

El oficio de domador tiene sus descansos, gracias a Dios, y aunque la peonada anduviera en sus tareas de campo y no fueran más que las diez de la mañana, nosotros teníamos el derecho de matear o arreglar nuestras lonjas y recados en las casas, sin recibir órdenes de nadie.

Como tenía el tobillo un poco hinchado y dolorido, a causa del apretón, me fui hasta un pozo cerca de la cocina, tiré un balde de agua y con un jarrito, después de haberme descalzado, me puse a refrescarme la parte golpeada.

Aliviadito por el agua y con el cuerpo medio desencuadernado a causa de la doma, me quedé sin más pensamiento que bañarme el dolor un rato largo.

Miraba el galpón grande, la huellita que de él arrancaba hasta el pozo, los corrales un poco retirados, las cabeceadas que daban al viento unas casuarinas nuevas que señalaban el principio del monte, un casalito de cabecitas negras que venía a beber en el surco de agua nacido seguramente de las baldeadas...

El hombre que nos había ayudado a la mañana enlazando los potros, vino del lado del galpón por la huellita, hasta pararseme enfrente.

—Tengo un encargue pa usté —me dijo.

—Usted dirá.

—¿Es del oficio?

—¿Qué oficio?

—Domador.

—No, señor; soy resero. Solamente así, cuando la ocasión se ofrece de ganar una changa...

—Y, ¿no sería gustoso de quedarse aquí, de domador? Me manda el patrón pa que le ofresca el trabajo. Yo ya soy viejo y llevo trainta años en el oficio. Aquí vienen domadores po'l tiempo de la amansadura, y se van. El patrón, hasta aurita, no ha querido conchabar nenguno pa que se quede.

Nos fuimos caminando hasta el galpón. Me halagaba la propuesta, pero el vivir separado de mi padrino me parecía imposible.

—¿Pa mí solo es el encargue?

—Pa usté solo.

Bajo el alero del galpón, me puse a desparrarmar mis pilchas a fin de que se orearan. Don Segundo no estaba. El patrón vino al rato y, mirando al hombre del tostado, preguntó:

—¿Y?

—No me ha contestao entuavía. Yo le he dado el parte.

—¿Cómo te llamas? —me preguntó el patrón.

—Quisiera saberlo, señor.

El patrón frunció el ceño.

—¿No sabés de dónde venís tampoco?

—¿De ande vendrá esta matrita? —comenté como para mí.

—¿De modo que ni tus padres quedrás nombrar?

—¿Padres? No soy hijo más que del rigor; juera de ésa, casta no tengo nenguna; en mis pagos algunos me dice «el Guacho».

El patrón se tiró de los bigotes; después me miró de frente. Nunca nadie me había mirado tan de frente y tan por partes.

—Razón de más —me dijo— pa que te quedés conmigo.

—Siento en deveras, señor, pero tengo compromisos que no puedo dejar de cumplir. Usté me disculpará... y muchas gracias de todos modos.

El hombre se fue.

Nos sentamos con el domador, bajo el alero. Parece que el día estaba especial para los consejos, pues mi compañero, después de haber golpeado el suelo pensativamente con el rebenque, durante un tiempo, me dijo:

—Vea mocito. No es que yo quiera meterme en suh'asuntos, pero no rechace la oferta antes de pensarla. El patrón, aunque es medio mandón pa'l trabajo, es servicial cuando quiere. Más de un hombre ha salido del campo con su tropilla o su majada... y, hasta yo mesmo, aunque trabajando juerte, es cierto, he conseguido asegurar mi tranquilidá pa mi vejez y mis cachorros. Don Juan es generoso en la ocasión. Sabe abrir la mano grandota y es fácil que se le refalen unos patacones.

—Vea don —contesté sobre el pucho—, no es que yo quiera desmerecer a nadie, ni que ignore lo que vale una voluntá, pero, ¿ve aquel hombre? —dije, señalando a Don Segundo, que venía del corral trayendo despacio su chiripá, familiar para mí, su chambergo chicuelo y unos maneadores enrollados—. Güeno, ese hombre tiene también la mano larga... y, Dios me perdone, más larga cuando ha sacao el cuchillo...; pero igual que su patrón, sabe abrirla muy grande y lo que en ella se puede hallar no son patacones, señor, pero cosas de la vida.

El domador se levantó, me palmeó la espalda y se fue, de pronto enmudecido. Yo me quedé muy blandito.

Y, ¿qué diablos me había venido a mí de golpe, para que quisieran que me quedara y me palmearan el lomo y me anduvieran con miramientos?

CAPITULO XXIII

Cierto que el bruto del reservado me dio trabajo y que, con mi pie hinchado, vi más de una vez el negocio en mal camino. Pero el contento de salir airoso de la prueba a que me había sometido el patrón, tanto como el llevar mi doma con acierto, fueron cosas que me pusieron en estado de cargar con aquellos rigores.

Parece, según me dijeron algunos, que con doblarlo al cabos negros había conseguido yo algo que muchos y muy buenos intentaron sin suerte. No digo que tuviera un amor propio desmedido, ni que fuera por demás accesible al elogio, ¿quién no lo es más o menos?; pero el hecho de vencer, grande y continua tarea gaucha, me llenaba de un vigor descarado a fuerza de confianza.

¡Qué voluntad de dominio no tendrá el hombre para que, por un rato de gozarla, emplee largas horas de perseverante empuje! Salir con la suya en una bellaqueada y embozalar las propias dudas y temores con el logro de un intento, lleva aparejado toda una ristra de horas de tensión. Al lado del lucido momento de la jineteada está la tarea pacienzuda de guerrear los animales durante la amansadura, sin dejarles tomar vicios y corrigiendo los que traen por instinto.

Yo era casi un instrumento en manos de mi padrino, que me guiaba en cada gesto, lo cual no quita que era el instrumento quien aguantaba los pesados trotes de los baguales, sus sentadas brutas, la rigidez desobediente de sus cogotes zonzos y chapetones, sus intenciones de cocear, sus cabezazos al enriendarlos, sus sustos torpes al subir y desmontarse uno, sus repentinas rebeliones en una espantada que remataban corcovos o abalanzos.

Y en todo aquello me parecía ir como dormido. Ideas fijas me perseguían como un deber. Las oía en la voz de mi padrino. Frases imperativas representaban hechos menudos, en que yo debía seguir por mía aquella voz. Hasta en horas de descanso, las enseñanzas me zumbaban en la cabeza, como un avispero demasiado grande para el nido en que buscaban acomodarse. Sentía mi pasividad y me hubiese molestado, de no haberme dicho mi propio deseo de independencia: «Dejá no más, que al correr del tiempo todo eso será tuyo».

Conforme los animales se fueron amansando, íbamos haciendo más largos los galopes, de suerte que llegábamos a una pulpería, distante una legua y media de la estancia, sobre un callejón, a la vera de un arroyo que allí daba paso.

Entre tanto, en las casas, me había hecho un amigo. Antenor Barragán era un pedazo de muchacho grandote y delgado, dueño de una agilidad y una fuerza extraordinarias. Lo conocían en todo el pago como un visteador invencible y hacía gala de tal en cuanta ocasión se le presentaba. Su ocupación era cualquiera, porque lo mismo le daba lucirse en un redomón macaco, en una faena de horquilla, o trabajando de a pie en el corral. Saltaba cualquier animal limpito y alzaba al hombro cualquier peso. Su cara morena, fina y alegre, le valía simpatías inmediatas, y su bondad, amistades verdaderas. Eso sí, entre juguete y juguete solía dejar a sus compañeros sentidos de un cachetón. Me hacía contar mis andanzas de vagabundo, en las que encontraba gusto para su fantasía, relatándome en cambio sus fechorías, nunca mal intencionadas. Le gustaba meterse en apuros, para probarse. A los pocos días ya nos tuteábamos, tratándonos de hermanos. ¡Pobre Antenor! ¿Dónde andará ahora?

Cuando dejamos por mansos y ya enfrenados nuestros baguales y salimos del escritorio de la estancia, con el tirador dueño de unos cuantos pesos más, y nos despedimos del patrón así como de los mensuales, era día domingo. Por costumbre, y también para cumplir con nuestros deberes de cortesía, nos fuimos al boliche del arroyo. Había bastante gente. La cancha tenía buena concurrencia y en el despacho no faltaba clientela.

Algunos conocidos nos saludaron. Mi padrino pidió permiso para ausentarse un momento, a fin de visitar a su amigo el pulpero. Debo decir que nunca el patrón nos había servido en el despacho, haciéndonos pasar por una pequeña puerta hasta adentro, con lo que significaba una especial atención.

Uno de los paisanos nos previno que no sería ese día prudente conducirse como siempre, pues el pulpero estaba «tomao» y era hombre de «mala bebida». Aunque otros opinaran de igual manera, Don Segundo alegó compromisos de amistad y golpeó en la puerta pequeña. Yo pasé detrás. Un chico nos dijo, mirándonos asombrado por tanto atrevimiento:

—Voy a avisarle al Tata.

Se apareció el Tata, con una cara de Juicio Final, y ni contestó el saludo.

—¿Ustedes qué quieren? —preguntó con voz de toro.

Don Segundo avanzó hacia aquella fiera y, sin quitarle la vista de los ojos, que el otro tenía brillantes y lacrimosos, le dijo con su burlona cortesía:

—Yo quisiera una caña.

Con una frente de topazo, el pulpero largó su ofensa:

—¿De cuál? ¿De esa que toma la gente?

Don Segundo me miró divertido y, acercándose hasta ponerse casi pecho a pecho con el matón, lo corrigió sonriente, como si rectificara un simple error:

—No, no: deme de esa que toma usté no más.

Fue suficiente. El pulpero de «mala bebida» guardó para mejor ocasión sus compadradas y nos sirvió dos copas. Don Segundo, siempre cortés, impuso:

—Usté va a tomar con nosotros.

Al tiro brindamos por nuestra futura felicidad, haciendo nuestras las cañas de un sorbo.

Saliendo hacia donde estaba la paisanada, mi padrino comentó:

—Pobrecita la señora; seguro que aura, este hombre malo le va a encajar una paliza.

Una de las primeras personas que vi al salir, fue Antenor. Me convidó a tomar la copa y nos arrimamos al enrejado del despacho. Le estaba yo contando la reciente escaramuza de mi padrino con el pulpero, cuando un desconocido se nos acercó, nos dio la mano y comenzó a hablar en voz alta con todo el mundo. Sería como de cincuenta años de edad, vestía a la usanza gaucha y llevaba a la cintura un facón largo, con cabo y puntera de plata. Al hombro traía un ponchito bayo, y tanto por la tierra de sus botas de potro, sudadas en la parte baja por el caballo, como por el aspecto y modo de caminar, aparentaba ser un hombre que venía de lejos.

Convidó a todos los presentes, entre bromas de buen humor, y logró al rato, como parecía quererlo, ser centro de la atención general. De pronto le habló a Antenor como si lo conociera; hizo alusión ponderativa a su destreza física y a su habilidad para el visteo. No se sabía bien lo que quería, entre tantas vueltas como las que daba en sus elogios, cuando con neta intención de pendenciero dijo:

—Yo me pregunto: ¿no se le helará la sangre al mocito si llega a encontrarse frente a un cuchillo?

Como si todos nos preguntáramos lo mismo, miramos a Antenor. Este estaba pálido y agachaba la cabeza. Sospechamos que tenía miedo.

—También me he tenido fe en mis mocedades —continuó el hombre de bigote canoso—. ¡Y vean! —concluyó—, todavía me tendría la mesma fe pa señalarlo al mocito por donde quiera.

Antenor levantó la cabeza y, dándonos siempre la penosa impresión de su blandura, respondió:

—Señor, yo soy un hombre tranquilo, y si por juguete sé vistear, no es porque quiera toparme con naides, ni para que naides me pelee.

—¡Oiganlé! —rio burlonamente el provocador—. Había sido como carne'e paloma. Y eso —dijo, dirigiéndose a todos— que no tengo intención de estropearlo, sino cuanti más de que nos sangremos un poco pa probar la vista. ¿O será que se le ha ñublao de golpe?

—¿Me permite? —terció inesperadamente mi padrino.

—Cómo no —accedió el forastero.

Don Segundo se dirigió a Antenor:

—Mirá muchacho —dijo mientras todos, y yo más que ninguno, lo mirábamos con asombro—. Mirá muchacho que el señor ya hace un rato que te está convidando con güenas maneras y voh'estás desperdiciando la ocasión de divertirte un poco.

¿Qué diría el paisano peleador?

Un minuto quedó en silencio, y ya más serio ante una posible bifurcación del pleito, dejó sospechar el fondo del asunto:

—Divertirse es presumir de gallo y meterse en travesuras, cuando uno cree llevárselas de arriba.

Comprendimos que bajo las bravuconerías del gaucho provocador había habido un resentimiento.

¿Qué diría Antenor?

Antenor se levantó de una pieza, miró al forastero y comprendimos otra cosa más: que sabía de qué y de quién se trataba.

—Yo era una criatura —dijo ceñudo— y ella una perra que a cualquier palo le hacía punta. En el pago la conocíamos por «la de aprender».

Furioso, el forastero quiso atropellar. Algunos lo sujetaron al tiempo que Antenor, siempre pálido, pero tal vez de rabia, decía:

—Ajuera vamoh'a tener máh lugar. —Y salió.

Los seguimos. El forastero se quitó, al lado de la puerta, las espuelas, se arrolló el poncho en la zurda y sacó con lentitud el facón. Como si hubiera olvidado su reciente extravío, compadreó risueño:

—Aura verán cómo a un mocoso deslenguao se le corta la jeta.

En el patio de la pulpería había una carreta. Contra una de sus grandes ruedas, Antenor había hecho espaldas y esperaba. El forastero se acercó y, confiado, como quien juega con un chico, tiró a su contrario una machetada con los flecos del poncho. Antenor hizo un imperceptible movimiento y el poncho pasó sin tocarlo. El quite fue de una precisión admirable; ni un dedo más ni un dedo menos de lo necesario. Creo que todos debimos pensar a un tiempo: ¡pobre paisano viejo, su compadrada le iba a salir amarga! El hombre atropelló. Antenor, firme, con una cuchilla de trabajo contra un facón de pelea, sin poncho para meter el brazo, salvaba toda arremetida sacando el cuerpo. De pronto estiró la mano armada y, con un salto, ganó distancia. El paisano del facón tenía un tajo desde el bigote hasta la oreja. Antenor reculaba, dando por concluida la reyerta. Unos apartadores quisieron intervenir.

—Ladeensén —dijo el forastero—, uno de los dos ha de quedar.

Antenor dejó de buscar la carreta, donde se había dado el lujo de pelear a pie firme. Listo sobre las piernas, parecía dispuesto a concluir con furia la pelea que comenzó por fuerza.

No tardó mucho. Un encontrón y vimos al forastero levantado hasta la misma altura de Antenor, para ser tirado de espalda como un trapo.

Se acabó. Lo levantamos para sentarlo en el suelo, con las espaldas apoyadas contra la pared de la pulpería. Se desangraba por el pecho a borbollones.

Hicimos un arco de expectativa en torno suyo. Con inútil angustia presenciábamos el inevitable avance de la muerte, que en cada inspiración se le entraba en el cuerpo, para expulsar la vida en un chorro de sangre y de calor. Un momento se detuvo el baldeo trágico. El moribundo, terroso de haberse vaciado en aquel espasmo, alcanzó a decir muy bajo:

—Aura va a venir la policía a buscarlo a ese hombre. Ustedes son testigos todos de que yo lo he provocao.

Antenor, a caballo, huía.

Bañado el vientre y las piernas en sangre, el forastero comenzaba a ponerse duro. Un paisano repetía furioso:

—Porquería...; nos alabamos de ser cristianos... y a lo último somos como perros...; sí, como perros.

Otro, más tranquilo y más pensativo, alegaba:

—Nos mata el orgullo, amigo. Cuando un hombre nos insulta, lo mejor que podríamos hacer es llamarnos Juan. Pero tenemos nuestro orgullo que nos hace querer hablar mah'alto, y una palabra trai otra y al fin no queda más que el cuchillo.

—...Sí, señor; como perros somos y muy conformes estamos por llamarnos cristianos.

—Yo —dijo mi padrino— he tenido más de muchas de estas diferencias con hombres que eran o se craiban malos y nunca me han cortao..., ni tampoco he muerto a naides, porque no he hallao necesidá. Con todo, el mocito que se ha desgraciao no lleva culpa. La pelea, en güena ley y asigún el mesmo desafío del finao, debió concluir donde lo cortaron.

—Y por hembras, señor —decía otro—; por una hembra que yo he conocido y que era una perra, como dijo el mocito..., y después de añazos tal vez. Pero, qué quiere, es el destino y ese hombre traiba el empeño de que se cumpliera.

El muerto quedaba allí, de testigo, con los ojos abiertos y el cuerpo ya sin necesidades. Le echaron encima una cobija vieja, para que no lo aqueresaran las moscas.

A las cansadas, cayó la policía con un médico, que avanzó hacia el finado y lo descubrió ante nosotros y los dos «latones» que lo acompañaban.

Después de revisarlo, el de ciencia dijo palabras que guardé en mi memoria y cuyo significado cabal sólo supe años después:

—¡Qué puñalada! Cuando yo era practicante, y no fui débil, sudaba media hora para abrir así un tórax.

El pulpero malo no había salido.

Dejamos a los hombres de aquella escena preparar los primitivos medios de transportar el cadáver, y nos despedimos.

CAPITULO XXIV

Largas cavilaciones me atrajo el hecho brutal que había presenciado. Que un hombre tranquilo y alegre como Antenor se hubiera visto obligado primero a pelear, después a matar, me resultaba algo en verdad asustador. ¿No se es dueño entonces de nada en la propia persona? ¿Un encuentro inesperado puede presentarse, así, en forma de destino, para desbaratarlo a uno en su propio modo de ser? ¿Somos como creemos, o vamos aceptando los hechos a manera de indicaciones que nos revelan a nosotros mismos?

Revisaba mi vida, la de mi padrino, la de cuanta gente conocía. Sólo Don Segundo me daba la impresión de escapar a esa ley fatal que nos cacheteaba a antojo, haciéndonos bailar al compás de su voluntad. ¿Qué hubiera sido de mí, si en lugar de cortarlo a Numa en la frente, acierto a degollarlo? ¿Y si Paula acepta mis amores? Y allá más lejos, ¿si no paso por una encrucijada de callejones, en mi pueblo, al mismo tiempo que Don Segundo?

¡Suerte! ¡Suerte! ¡No hay más que mirarte en la cara y aceptarte linda o fea, como se te dé la gana venir! [61]

Por su bien, el resero tiene la vida demasiado cerca para poder perderse en cavilaciones de índole acobardadora. La necesidad de luchar continuamente, no le da tiempo para atardarse en derrotas; o sigue, o afloja del todo, cuando ya ni un poco de poder le queda para encarar la vida. Dejarse ablandar por una pasajera amargura, lo expone a tomar el gran trago de todo cimarrón que se acoquina: la muerte. Una medida grande de fe le es necesaria, en cada momento, y tiene que sacarla de adentro, cueste lo que cueste, porque la pampa es un

---

[61] Leopoldo Lugones, in his study of the gaucho, *El payador* (1916), stressed the latter's resignation and indicated that the inclemency of destiny constituted one of the two themes that almost all gaucho poetry (oral) exclusively dealt with (the other being love).

callejón sin salida para el flojo. La ley del fuerte es quedarse con la suya o irse definitivamente.

¿Por qué, sino por una absoluta confianza, era tan tranquilo mi padrino en las peores emergencias? Sin inmutarse, por darla de antemano toda perdida, sonreía con razón ante las dificultades.

«Del suelo no voy a pasar», suele decir el domador, respondiendo a las bromas de los que pronostican un golpe, entendiendo con ello que a todo hay un límite y que, al fin y al cabo, el poder está en no asustarse ante él. «De la muerte no voy a pasar», parecía ser el pensamiento de mi padrino, «y la muerte ni me asusta, ni me encuentra arisco».

Cuando todos estaban de ida hacia la muerte, él venía de vuelta. El dolor, según aprecié más de una vez, era como su pan de cada día, y sólo la imposibilidad de mover algún miembro herido o golpeado le sugería una protesta. «La osamenta», como solía llamar a su cuerpo, no debía «desnegarse» al empleo que se le quisiera dar.

Pero todos esos pensamientos míos no pasaban de ser más que conjeturas. Verdad era su absoluta indiferencia ante los hechos, a quienes oponía comentarios irónicos.

¡Quién fuera como él! Yo sufría por todo, como un agua sensible al declive, al viento, al sol y a la hojita del sauce llorón que le tajea el lomo. Y también tenía mis mojarras en la cabeza, que a veces coleaban haciéndome sonar la orillita del alma.

Siguiendo el hilo de los hechos, diré que una semana anduvimos sin trabajo. Al cabo de ella, nos conchabamos para peones de un arreo de seiscientos novillos, que un estanciero mandaba a corrales. Según la gente baqueana de aquellos caminos, teníamos para doce días de marcha, poniendo a nuestro favor el buen tiempo y la buena salud de la tropa.

Salimos al atardecer de un día por demás caliente y tormentoso. De ensillar no más sudábamos, y no había cosa en el campo que no esperara uno de esos chaparrones que primero lo apampan a uno por su violencia, para después dejarlo derechito como un pastizal naciente.

Ya, antes de salir, dos aguaceros nos castigaron de soslayo, muy de paso, dejando la tierra fofa de los callejones, corrales y limpiones, como con sarpullido. Lo grueso de la tormenta nos esperaba, sin embargo, agazapada en nubes, hecha montón para el lado del Sur.

Como podía refrescar fuerte, nos preparamos una actitud de resistencia ante el posible viaje bravo.

Después de cenar, entrada ya la noche, de un momento de calor pesado salió un viento fuerte. Hacía rato ya, los refucilos grietaban las nubes renegridas del horizonte Sur. La hacienda, nerviosa, se iba asustando por grados. La mancarronada relinchaba con desasosiego y, nosotros mismos, sentíamos la desazón del tiempo como nuestra. ¡Linda noche para perder animales! Cada relámpago nos mostraba, en tintes lívidos, un campo impasible en que marchaba alborotada nuestra tropa vigilada de cerca por los reseros. Arriba, algo informe, oscuro, acabaría por caérsenos encima, de un momento a otro. Bajo los golpes de luz percibíamos en un chicotazo las cosas demasiado claras, y los novillos blancos, como también los rosillos plateados y las manchas de los overos, se nos metían en los ojos. Después quedábamos perdidos en la noche, con la visión rápida encajada en la memoria como una cicatriz en el cuero. Y andábamos hasta otro relámpago. Al viento siguió calma. En el cielo había grandes charcos y ríos plateados, sobre un fondo de chatos remansos negros. Sin embargo, veíamos avanzar, a toda carrera, largas hilachas de nubes grises, perdidas de rumbo como yeguada cimarrona ante el incendio de un pajal.

El capataz nos mandó no descuidar la hacienda, que remolineaba también perdida en su susto. Un rayo cayó como estampido que, de seco, pareció rajarnos las carnes. Me dijo que el viento venía de bajo tierra.

La tropa se partió en puntas, como una tosca que se desmorona en el agua. Recordábamos que teníamos que pasar por el cauce de un zanjón hondo y, previendo un cataclismo de animales cayendo, quebrándose, empantanándose en el fondo de aquél, corríamos mal que mal a impedir que así sucediera. Yo no veía nada. Las puntas del pañuelo me golpeaban la cara, el ala del chambergo se me pegaba en los ojos; el viento me impedía castigar el caballo que, sin embargo, corría porque sí, tal vez habiendo perdido el norte, como la hacienda.

Me llevé un bulto por delante. Comprendí que era el caballo de algún charré sorprendido por la ventolina. ¿Hombres, mujeres? ¡Que Dios les alivie el susto! Seguí mi apuro hasta dar con el mancarrón, de pecho, contra un montón de vacunos.

Caía agua a chorros y mermó el viento. Oí gritar a uno de mis compañeros y me acerqué al grito. Juntos peleamos para impedir que las bestias, precipitándose unas contra otras, siguieran cayendo en la zanja. Mi caballo resbaló con las patas traseras y me fui, me fui como chupado por los infiernos, sin saber adónde. Paró la resbalada sin que, por suerte, el animal se diera vuelta. Tuve tiempo de ver que mi redomón, al levantarse sobre los garrones, pisoteaba un novillo caído. No había caso de sujetar. El terror lo abalanzaba adelante. Cayó sobre el costillar derecho, apretándome un poco la pierna contra un gran terrón de la barranca. Se afirmaba afanoso en la punta de los vasos. Volvía a veces para atrás, patinando sobre el anca. Se iba de hocico. Se tendía, todo voluntad, hacia arriba, donde al fin llegamos.

A todo esto la tormenta había pasado como un vuelo de halcón sobre un gallinero.

Pudimos más o menos vernos y juntar, a duras penas, los novillos dispersos. Di parte al capataz de mi encuentro en el fondo del zanjón. Si había pisado un novillo, tenía motivos para presumir que otros se hallaban, allí, caídos de manera tal que no podían salir. Así era; y con excepción de los que quedaban guerreando con la tropa, bajamos todos a lo hondo de la grieta, donde forcejeamos a lazo y hasta a mano, para enderezar a los caídos y cuartear a los embarrancados. En un barro machucado por el pisoteo, los mancarrones pisaban en falso, buscando los desniveles apropiados para apoyar sus vasaduras; y había que saber abrirse a tiempo en la caída y la costalada, en las que, al menor descuido, se deja un hueso, en una quebradura que suena como gajo que se astilla dentro de una bolsa.

Salimos de barro hasta los ojos. Cinco vacunos agonizaban en el fondo oscuro.

Mientras reanudábamos la marcha, se mandó un chasqui para el pueblo, a fin de que viera al carnicero y le ofreciera en venta, por lo que quisiera pagar, las reses quebradas. El mismo chasqui debía a su vez mandar un hombre al patrón, dándole parte del incidente. Como el pueblo quedaba cerca de la estancia, muy pronto el patrón sabría los detalles.

Obligados por la bravura de la hacienda alborotada con la tormenta, tuvimos que rondar por cuartos. La noche seguía calurosa y pesada. Nada en bien nos había valido el aguacero bruto, los rayos y los remolinos de viento.

Una madrugada barcina nos permitió seguir la huella, entre vahos de humedad, después que el capataz hubo contado sus animales. En el día, no paramos más que para el almuerzo, la comida y la cena. Acobardados por la infeliz salida, íbamos todos de mal talante y, como los animales porfiaran, siempre rebeldes, les dimos camino hasta hartarlos, a ver si en algo se sosegaban.

Otra vez rondamos.

Aparte de las preocupaciones generales, yo tenía las mías. Llevaba sólo tres caballos mansos: el Moro, el Vinchuca y el Guasquita, restos de mi antigua tropilla, y los dos baguales que recibí como pago de la doma de los bayos. No podía contar por seguro al reservado; en cuanto al otro, le tocaría un aprendizaje al cual no podía prever si respondería.

Nuestra tercera jornada de arreo nos regaló una buena refrescada. A la mañana, nos tocó cruzar un campo abierto, donde se nos desparramó la tropa.

Traíamos, como mal elemento, unos treinta torunos chúcaros, que a cada dos por tres peleaban, armando un griterío de matones en una fiesta. Un bayo bragado era el peor y ya, unas cuantas veces, se nos había trenzado con un palomo, obligándonos a separarlos a argollazos.[62] El bayo no entendía de obediencia, y una vez caliente, se nos venía en un hilo.

Aprovechando el desparramo de la tropa, los torunos se toparon de firme. Como moscas, nos les prendimos sin darles cuartel. En una vuelta de mala suerte, un tal Demetrio se pasó de largo al tiempo que el bragado, habiendo conseguido doblarle el cogote a su contrario, ponía todas sus fuerzas en un envión. El palomo se arqueó como víbora, mezquinando el flanco, y el otro, sobrándose, fue a dar contra el caballo de Demetrio. Aunque el toruno no tuviera del lado derecho más que un pedazo de aspa quebrada y gruesa, se la encajó al mancarrón por las verijas, bajándole las tripas. Mientras entre tres lo enlazaban al bicho bravo, caímos como caranchos sobre la víctima, que el dueño tuvo que degollar, y yo por las botas, otro por las lonjas, hicimos negocio dejándolo pelado al finadito en un santiamén.

Para la noche, marchamos por unos callejones, pero con tan mala suerte que nos cruzamos con dos tropas, lo que nos obligó a rondar por tercera vez.

---

62 The lasso in Argentina normally has a large metal ring at one end which may be used, as here, as a kind of club.

Y ya empezábamos a cansarnos en serio.

No estaba yo en mis tribulaciones de bisoño. Sabía que si en gran parte se resiste por tener hecho el cuerpo a la fatiga, más se resiste por tener hecha la voluntad a no ceder. Primero el cuerpo sufre, después se azonza y va, como sin tomar parte, adonde uno lo lleva. Después, las ideas se enturbian; no se sabe si se llegará pronto o no se llegará nunca. Más tarde las ideas, tanto como los hechos, se van mezclando en una irrealidad que desfila burdamente por delante de una atención mediocre. A lo último, no queda capacidad vital sino para atender a lo que uno se propone sin desmayo: seguir siempre. Y se vive nada más que por eso y para eso, porque todo ha desaparecido en el hombre fuera de su propósito inquebrantable. Y al fin se vence siempre (al menos así me había sucedido) cuando ya a uno la misma victoria le es indiferente. Y el cuerpo cae en el descanso, porque la voluntad se separa de él.

Seis días más anduvimos, entre fríos y mojaduras, rondando casi todas las noches nuestro arreo, siempre matrero, cruzando barriales y pantanos, juntando cansancio de a camadas y apilándolo en nuestros nervios. Mi reservado me costó un día de lucha, bellaqueando al menor descuido bajo el lazo, en una atropellada, por cualquier motivo. Pero no le bajé ni los cueros ni el rebenque, hasta que lo rindiera el rigor. ¿Se me podía pasmar? Paciencia. No era con él un asunto de cortesías.

Veníamos todos como indios desarrapados, barrosos y taciturnos. Demetrio, el hombre más grandote y fuerte de los troperos, parecía anonadado por el cansancio. ¿Quién podía jurar que estaba mejor? Por fin alcanzamos un lugar en que el reposo sería seguro. Había un potrerito donde dejar la hacienda, sin peligro de que se fuera, y un galpón donde dormir al abrigo.

Llegamos temprano en la tarde. Echamos los animales al potrero y nos volvimos al tranquito para el lado de las casas. Demetrio iba delante. Al llegar al palenque, el mancarrón se le espantó a lo bruto. Demetrio cayó como un cuarto de yerba, sin volver a levantarse ni intentar un movimiento. Se había golpeado la cabeza. Una de esas terribles y repentinas quebraduras de nuca. Arrimándonos, vimos que respiraba con tranquilidad. Don Segundo rio:

—Venía cansadazo...; se ha dormido sobre del golpe.

Le desensillamos el caballo, le tendimos el recado a la sombra y lo colocamos encima.

Ahí quedó, sin darse cuenta siquiera que el sueño lo había agarrado a traición, en el suelo, donde tal vez, a pesar del golpe, sintió que aflojar el cuerpo y no querer más nada es algo maravilloso.

Los demás mateamos un poco. Teníamos por delante la seguridad de una noche tranquila, y eso nos volvía alegres y dicharacheros.

Dimos agua a nuestros caballos, los bañamos, arreglamos nuestras prendas de trabajo, injiriendo un lazo aquél a quien se le había cortado, cosiendo éste un maneador, el otro acomodando sus bastos o un bozal. Y esperamos con calma que se nos fuera acercando la noche, poco a poco, como una cosa grande y mansa en la que nos íbamos a ir suavecito, de costillas, como un río que va gozando su carrerita de olvido y comodidad.

CAPITULO XXV

Nos levantamos medio tarde, a la salida del sol. Demetrio había dormido doce horas, nosotros, ocho. Era suficiente para desentumirnos y, aunque nos enderezáramos con gran disgusto del cuerpo, nos hallábamos, después de matear, listos para otra patriada.

El inconveniente por mí previsto se agrandaba. Mis tres caballos estaban más que cansados; el reservado, trasijado después de nuestra lucha; el redomón no me parecía por demás garifo. ¿Qué hacer? Que el capataz me entregara mis pesos, dándome de baja, era una vergüenza. Mi padrino podría prestarme uno de sus caballos o dos, pero quedaría entonces tan desplumado como yo.

En tan malas cavilaciones me encontraba, cuando, ya alta la mañana, pasamos por las quintas de Navarro.

Dejé mis tristezas para atender mis recuerdos. ¡Qué curioso! Los mismos lugares que me veían abatido y pobre, habían presenciado mi más grande optimismo y mi mayor riqueza. Por allí mismo pasé, orondo y ladino, sentado medio al sesgo sobre el bayo Comadreja, que sabía «cortar chiquito», pulsando la suerte que en las riñas de gallos me había llenado el tirador de papeles de a diez.

¡Qué día aquél! ¡Qué gallo el bataraz pico quebrado! ¡Cómo había peleado sin flojeras durante una hora, esperando su momento, y cómo había sabido aprovecharlo cuando vino! Me reía solo, evocando mi audacia para ofrecer y tomar posturas, mi fe en que no perdería, mi desfachatez de mocoso engreído al recibir el pago de las apuestas. ¿No había creído entonces que ése era mi destino y que la suerte me pertenecía? Recordé también nuestro almuerzo en la fonda. Había unos gringos groseros y charlatanes, ¿de qué nación?, y un gallego hablaba de romerías.

Que un recuerdo traiga otro, es natural. Pero que un recuerdo traiga a un hombre, es cosa extraordinaria. Alguien hablaba a mi padrino y, no sé por qué, supuse se trataba de mí. Era un conocido, muy conocido. ¿Cómo no?, si era Pedro Barrales. Sin embargo, no tenía yo la alegría que hubiera sido natural, y cuando, aunque cohibido, me acerqué con cordialidad a estrechar la mano del compañero, éste se tocó con incomprensible respeto el ala del chambergo, agraciándome con un «¿cómo le va?», que no entendí.[63]

—¿Qué te pasa, hermano? —dije algo encrespado en mi incertidumbre—. Si tenés algo contra mí, decilo, que no es güeno andarse mezquinando la cara como las mujeres.

Pedro lo miró a Don Segundo, indeciso e interrogante. Mi padrino intervino.

—Empezá por no enojarte ni andar atropellando, que más bien necesitás de tu tranquilidá. Pedro te trai una noticia. Ahi tenés un papel que te va a endilgar en lo cierto mejor que muchas palabras. Graciah'a Dios no sos mujer ni te has criao a lo niño pa andar espantándote por demás. Tomá, ya estáh'alvertido.

El sobre decía:

«Señor Fabio Cáceres.»

—¿Y qué tengo que ver? —grité casi.

—Abrí —me respondió mi padrino.

La carta estaba firmada por Don Leandro Galván, y decía:

«Estimado y joven amigo:

No dudo de la sorpresa que le causarán estas líneas. Tal vez le resulten un tanto bruscas, pero, a la verdad, no tenía a mano ningún modo de comunicarme con usted.

Su padre, Fabio Cáceres, ha muerto y deja...»

Vi muchas cosas de golpe: mis paseos, mis petisos, mis tías... ¡eran en verdad mis tías! Miré alrededor. Pedro y mi padrino se habían alejado. La tropa también. Un extraño sentimiento de soledad me apretaba el alma, como si hubiera querido limitarla a algo chico, demasiado chico. Me bajé del caballo y, contra el alambrado del callejón, seguí leyendo:

«Su padre, Fabio Cáceres, ha muerto y deja en mis manos la difícil e ingrata tarea de llevar a cabo lo que él siempre pensó...».

Saltié unas líneas: «...soy, pues, su tutor hasta su mayoría de edad...».

---

[63] Pedro's use of the *usted* form surprises and later angers Fabio. The terms of address used throughout the ensuing scene underline the vital, delicate shifting of attitudes.

Volví a montar a caballo. El campo, todo me parecía distinto. Miraba desde adentro de otro individuo. Un extraño tropel de sentimientos, en mí intactos, se me arremolineaban en la cabeza: ternura, tristeza. Y de pronto, una ira ciega de hombre insultado de un modo rebajante, sin razón. ¡Qué diablos! Tenía ganas de disparar o de embestir contra cualquier cosa, para inferir sangre de carne por la sangre de alma que sentía chorrear dentro mío.

Alcancé a Don Segundo y a Pedro. Mi padrino me dijo que, siendo ya imposible para mí seguir con la tropa, había arreglado con el capataz, proponiéndole reemplazarme por otro peón.

—¿Y usté? —interrumpí con brusquedad.

—Yo te acompaño —fue su contestación tranquila.

Sintiendo aquel cariño a mi lado, la rabia se me transformó en congoja. Realicé que era un chico, un guacho desamparado, y que de golpe perdía algo a lo cual había vivido aferrado. Me encaré con mi padrino:

—Don Segundo, hágame el favor de decirme que ese papelito miente. Yo no soy hijo de nadie y de nadie tengo que recibir consejos, ni plata, ni un nombre tan siquiera.

La imagen de Don Fabio ocupó un momento toda mi atención interrogante:

—¿Y, cómo era ese finao mi padre mentao, que andaba de güen mozo por los puestos, sin mucha vergüenza...?

—Despacio muchacho —interrumpió mi padrino—, despacio. Tu padre ni andaba de florcita con las mozas, ni faltaba de vergüenza. Tu padre era un hombre rico como todos los ricos y no había más mal en él. Y no tengo otra cosa que decirte, sino que te queda mucho por aprender y, sin ayuda de naides, sabrás como verdá lo que aura te digo.

—¿Y mi mama?

—Como la finada mi madre, ánima bendita.

No pregunté más nada, pues me pareció que con lo dicho mi madre no podía ser sino una mujer digna de admiración. En cuanto a mi padre, no había más mal en él que el de haber sido rico. ¿Qué mal era ése? ¿Quería decir mi padrino que yo por mí mismo, con la nueva situación que me esperaba, conocería ese mal? ¿Había un desprecio en su augurio?

De pronto, como si me recuperara, me dio vergüenza haber cedido a mis dudas infantiles y resolví callarme. Más vergüenza me dio pensar que Pedro me miraba ya como a un extraño, y recordar su tratamiento de «usté» volvió a hacerme perder los estribos.

—¿Y vos —le dije, arrimando mi caballo al suyo— no tenés más que hacer que tratarme de usté y tocarte el sombrero porque soy un *niño* con unos cuantos pesos y tal vez pueda, con mi plata, hacerte un favor o un daño?

Palideciendo al insulto, Pedro tomó el rebenque por la lonja para asestarme por la cabeza el cabo. ¿Morir de una puñalada, allí, en el callejón? Todo me parecía bien, salvo el falso respeto y distanciamiento de mis amigos.

—Mejor, bajate —le dije echando pie a tierra y mano a mi cuchillo. Pero me encontré frente a mi padrino, que me tomó de un brazo diciéndome:

—Si es que te has caido, yo te puedo ayudar a subir.

Comprendí que una resistencia de mi parte se encontraría con una paliza y me alegré de un modo que tal vez otros no hubieran comprendido. Para Don Segundo yo seguía siendo el mismo guachito y quise significarle mi gratitud, dándole un título que nunca, hasta entonces, se me había ocurrido:

—'stá bien, Tata.

—Si soy tu Tata, le vah'a pedir disculpas a ese hombre que has agraviao.

—¿Me perdonáh'ermano? —dije estirando la mano a Pedro, que rio de buena gana, como declarándose vencido:

—No al ñudo te has criao como la biznaga.

Resueltos así mis primeros pleitos, correspondientes a la situación que una vida nueva me creaba, me propuse callar con empeño, a fin de pensar. Pero ¡qué pensar! ¿Acaso era dueño de la tropelía que me arrebataba el juicio con variados disparates, tan pronto aparecidos como reemplazados por otros? No encontraba, en mí, razón ni palabra. Imágenes eran las que saltaban ante mi esfuerzo, con increíble rapidez. Me veía frente a Don Leandro, rehusando con altanería mi herencia. «Si en vida del finao —decía yo— no ha sabido reconocerme como hijo, yo aura lo desconozco como padre». Me encontraba en mis posesiones con un hombre de ley, dictándole mis propósitos de hacer picadillo de aquellas tierras, para repartirlas entre el pobrerío. Me imaginaba disparando de mi nueva situación, como Martín Fierro ante la partida...[64] ¿Qué diablos iba a sacar en limpio de todo ese bochinche?

Gracias a Dios, me cansé de tales ejercicios. Entonces mis ojos cayeron sobre el tuse de mi caballo. Del tuse pasé al cogote tranquilo del animal, distraído en su tranco. Del cogote a las orejas, atentas a no sé qué ruido; detrás de las orejas miré el fiador del bozal, las cabezadas; después el recado, mis ropas. La rastra, apoyada entre mis ingles, era mi única prenda de riqueza. ¡Qué raídas por el trabajo, las lluvias y el sol estaban mi blusita y mis bombachas! ¿Tiraría todo eso?

Parece mentira: en lugar de alegrarme por las riquezas que me caían de manos del destino, me entristecía por las pobrezas que iba a dejar. ¿Por qué? Porque detrás de ellas estaban todos mis recuerdos de resero vagabundo y, más arriba, esa indefinida voluntad de andar, que es como una sed de camino y un ansia de posesión, cada día aumentada, de mundo.

A pedido mío, fuimos hasta donde estaba la tropa, a despedirnos de los compañeros. En los sucesivos apretones de manos, era como si me dijera adiós a mí mismo. Llegando al último, sentí que me acababa. Por fin nos retiramos dándoles la espalda. Todas las penas que me había dado para ser un resero de ley, quedaban en mi imaginación como una montonera de huesitos de difunto.

El mismo rancho, el mismo hombre que nos albergaron aquel día de la riña, nos vieron llegar con el propósito de hacer noche.

Todo fue cordial, menos mi silencio. Por momentos, mientras adelantaba la oscuridad, me iba perdiendo de lo demás, como si se me fueren quebrando una serie de dolorosas coyunturas que me unían al mundo. En la misma charla de los tres hombres, me sentía ajeno.

Algo incomprensible pesaba sobre mi entendimiento.

Mi noche fue una sucesión de pesadillas y pensamientos que siempre orilleaban las mismas imágenes de llegada a lo de Don Leandro, de rechazo de mis mal heredados bienes, de huida. Cansado en

---

[64] In Canto IX of the first part of *Martín Fierro* the eponymous gaucho has a crucial battle with an expeditionary force of policemen. As he hears their approach he can judge their number, but he does not flee: «Mas no quise disparar, / Que eso es de gaucho morao» (cowardly).

mis ideas, daba vuelta a la misma matraca, rompiéndome los oídos con su bullanga, sin ver salida útil a tales desvaríos.

La madrugada me encontró flojo como una lonja mojada. Me levanté, por dejar de sufrir sobre el recado, y empecé a ensillar para irme, con la sensación de que dejaba el alma por detrás, perdida campo afuera.

Don Segundo y Pedro también ensillaban. Hacíamos los mismos ademanes y, sin embargo, éramos distintos. ¿Distintos? ¿Por qué? De pronto había encontrado, en esa comparación, el fondo de mi tristeza: *Yo había dejado de ser un gaucho.* Esa idea dejó mi pensamiento inmóvil. Concretaba en palabras mi angustia y por esas palabras me sentía sujeto al centro de mi dolor.

Concluí de ensillar. El sol salía. Fuimos a la cocina a tomar unos verdes. Todo eso nada importaba.

Cuando silenciosos, desde hacía un rato, chupábamos por turno la bombilla, dije como para mí:

—Así que aura galopiamos hasta lo de Don Leandro Galván. Allí me saluda la gente como a un recién nacido. Después me entregan mis bienes y mi plata... ¿no eh'así?

Sin comprender bien adónde iba a parar con mi discurso, Pedro asintió:

—Así es.

—Más tarde me hago cargo del establecimiento; me cambeo de ropa pa vestirme como un señor; dentro a mandar a la gente y me hago servir como un manate... ¿no eh'así?

—Ahá.

—Y eso quiere decir que ya no soy un gaucho, ¿verdá?

Mi padrino me miró fijo. Por primera vez me parecía verlo sorprendido de verdad, o tal vez curioso.

—¿Qué más te da? —interrogó.

—Cierto es..., ¿qué más da?... Pero yo hubiera desiao más bien que los caranchos me hicieran picadillo las carnes... o entregar la osamenta a Dios en la orilla de una aguada, como cualquier animal arisco... o perderme en la pampa a lo matrero. Más que las lindezas con que hoy me agracia el destino, me valdría haber muerto en la ley en que he vivido y me he criao, porque no tengo condición de víbora p'andar mudando pelechos ni mejorando el traje.

Don Segundo se levantó en señal de partida. Sujetándolo de un brazo le interrogué ansioso:

—¿Es verdad que no soy el de siempre y que esos malditos pesos van a desmentir mi vida de paisano?

—Mirá —dijo mi padrino, apoyando sonriente su mano en mi hombro—. Si sos gaucho en de veras, no has de mudar, porque andequiera que vayas, irás con tu alma por delante como madrina'e tropilla.[65]

---

[65] While an untamed horse is being ridden by the *domador,* another rider acts as a guide; his horse—especially chosen for its gentleness—is known as the *madrina.* The word is also used for a gentle horse harnessed to an untamed one.

CAPITULO XXVI

Tanto las yeguas como los caballos viejos olfateaban el camino de la querencia. Yo también sentía contenidamente esa aproximación a mis pagos, de donde tan desplumado y dolorido había salido, jurando en mi interior no volver. Pago es patria chica y, por más que nos independicemos, nos quedan metidas dentro cuñas de goce o de dolor, ya hechas carne con el tiempo.

Sin querer apurar el galope, llegamos esa noche a Luján.

Al día siguiente partimos, y mis ojos empezaron a acostarse en lo conocido, como en un sueño evocado de intento. El olor particular de los pastos y de algún arroyo se me metían en el pecho como en su casa.

Hicimos noche en la pulpería de «La Blanqueada», ¡qué de recuerdos!, donde el pulpero nos agasajó, sin dejar de decirme, al fin, palmoteándome las espaldas:

—Y ahora estoy yo a tu disposición, pa que saqués de mi casa lo que quieras, y me pagués en seguidita como yo te pagaba los bagres.

¡Muy bien! ¿Me recibirían todos así, o me mostrarían un respeto tan falso como repugnante?

Con gusto, pues, dormí esa noche en el patio de la pulpería.

Al día siguiente, como no íbamos a ver a Don Leandro sino a la tarde, tuve ocasión de espiar qué intenciones había en el trato de la gente.

El peluquero me saludó como si me hubiese presentado con el traje que los príncipes usan en los cuentos de magia. Me llamó «Señor» y «Don», hasta cansarse, y ni se acordó de mi pasada indigencia, ni de mi actual ropa, ni de las propinitas con que supo pagarme algún servicio menudo.

El platero me ofreció sus vidrieras; tampoco se acordó de haberme errado un escobazo, un día en que, acompañado por algunos vagos como yo, le habíamos preguntado si la plata que empleaba en sus trabajos ya había aprendido a andar sola, o si necesitaba entreverarse con otros amigos.

Los copetudos, que tantas veces divertí con mis audacias de chico perdido, se mostraron más cariñosos que nunca y colegí que algunos me miraban como si me vieran la cara remendada con patacones.

Juré que ni el peluquero me cortaría el pelo, ni el platero me vendería un pasador, ni los copetudos me pagarían una copa. Por otra parte, hacía años les había hecho la cruz y me quedaría en mis veinte.[66]

A mediodía, comimos con Don Segundo en «La Blanqueada», donde menudearon las bromas y los recuerdos y los proyectos. Don Pedro era por cierto el pulpero más gaucho del mundo y, antes que hablarme de riquezas, me hizo mil preguntas sobre mi larga ausencia, queriendo saber si me había hecho jinete, qué tal era para el lazo, cuántas mudanzas de malambo había aprendido y si sabía descarnar bien las botas de potro.

De paso, me robó una tabaquerita bordada que llevaba en el bolsillo de la blusa y, después de concluir de comer, se fue a atender su negocio, sin más cumplimiento que el de pedirnos disculpas por no tener dependiente en el despacho.

Un rato más tarde, tomábamos el callejón rumbo a lo de Galván.

Como estuviéramos por llegar, comenzó a preocuparme mi vestuario. Nada había mudado en mis pilchas; sólo quise renovar mi chiripá, mis botas, mi chambergo, una camisa y el pañuelo del pescuezo, para estar paquete, eso sí, pero conservando mi traje de paisano.

Olvidando el buen rato pasado con Don Pedro, volvió a acongojarme mi situación.

Antes, es cierto, fui un guacho, pero en aquel momento era un hijo natural, escondido mucho tiempo como una vergüenza. En mi condición anterior, nunca me ocupé de mi nacimiento; guacho y gaucho me parecían lo mismo, porque entendía que ambas cosas significaban ser hijo de Dios, del campo y de uno mismo. Así hubiese sido hijo legítimo, el hecho de poder llevar un nombre que indicara un rasgo y una familia me hubiera parecido siempre una reducción de libertad;

---

[66] "Years ago I had written them off and I was sticking to it."

algo así como cambiar el destino de una nube por el de un árbol, esclavo de la raíz prendida a unos metros de tierra.

Volví a pensar en que iba a ser un hombre rico y que yo era lo que los ricos tienen por la deshonra de una familia.

¡Malhaya!

Nos apeamos en el palenque de los peones, entramos a la cocina donde no había nadie. Un chico apareció, diciéndome que el patrón me esperaba en el patio de los paraísos. Sabía de antes el camino y lo encontré a Don Leandro como cuando le cebaba mate.

—Arrímese, amigo —me dijo cuando me vio.

Me acerqué descubierto y tomé de lejos la mano que me ofrecía. Me miró con un cariño que me turbaba.

—Te has puesto mozo y grande —me dijo—. No tengás vergüenza. Me has conocido como patrón, pero ahora soy tu tutor y eso es casi como quien dice un padre, cuando el tutor es lo que debe ser. Veo que estás cansado —continuó, como haciendo que se equivocaba sobre mi palidez—. No es cosa de aburrirte ahora con detalles, ni consejos. Tenemos mucho tiempo por delante si Dios quiere.

Dejé de oírlo un momento. La voz continuó:

—Ya has corrido mundo y te has hecho hombre, mejor que hombre, gaucho. El que sabe de los males de esta tierra, por haberlos vivido, se ha templado para domarlos...

¿Qué significaban esas palabras oídas? Yo había vivido aquello en un mundo liviano.[67]

Cerca nuestro había un rosal florecido y un perro overo me husmeaba las botas. Yo tenía el chambergo en la mano y estaba contento, pero triste. ¿Por qué? Me habían sucedido cosas extraordinarias y sentía casi como si fuera otro..., otro que había ganado algo grande e indefinido, pero que tenía asimismo una sensación de muerte.

—Te irás de aquí cuando quieras y no antes —siguió la voz—. Allá te espera tu estancia y, cuando me necesites, estaré cerca tuyo...

Dando la conversación por terminada, Don Leandro llamó hacia el lado de la cocina de los peones:

—¡Raucho!

---

[67] This passage is the materialization of Fabio's vision on page 150.

Me sentía bien a pesar de mi crisis moral. Tenía una extraña sensación de existencia nueva.

Un muchachote, vestido a lo paisano, vino y se paró a mi lado. Don Leandro le ordenó:

—Llévelo a este mozo a que largue su caballo y muéstrele su cuarto, y acompáñelo en lo que necesite y a ver si se hacen amigos.

—'stá bien, padre.

Mientras íbamos caminando para el lado del palenque, miré a mi futuro amigo. Era más grande que yo, aunque no acusara más edad; parecía curtido por la vida de campo; me daba una impresión de fortaleza, de confianza en sí mismo y de alegre simpatía. Tenía una linda cabeza de facciones finas y una expresión de inteligencia franca. En conjunto un paisanito perfecto. No pude dejar de preguntarle:

—¿Usté es hijo'el patrón?

Risueño me respondió:

—Así dicen y dice él.

Llegamos al palenque. Subió en un coloradito de rienda: un redomón. Otra vez pregunté, como siguiendo mi interrogatorio reciente:

—¿Y usté mesmo se doma los caballos?

Tuteándome, como a veces se hace de primera intención entre muchachos, respondió burlón:

—Hasta aura que has venido vos.

Le miré otra vez la cara simpática, el traje, el recado.

—¿Qué me'stás filiando? —preguntó a su vez.

Deseando devolverle su cordialidad bromista, le dije:

—¿Sabés lo que sos vos?

—Vos dirás.

—Un cajetilla agauchao.

—Iguales son las fortunas de un matrimonio moreno —rio—. Yo soy un cajetilla agauchao y vos, dentro'e poco, vah'a ser un gaucho acajetillao.[68]

---

[68] There is a connection—however tenuous—between this Raucho and the narrator of Güiraldes's earlier work, *Raucho*. The solution of *Don Segundo Sombra* acquires a further dimension if the course of Raucho's life is compared with that of Fabio's. The one is «un cajetilla agauchao» (a dandy influenced by gaucho life), while the other begins as a gaucho to take on the trappings of culture at a later stage («un gaucho **acajetillao**»).

Nos reímos.

Después de haberme mostrado su tropilla, volvimos para las casas, desensillamos y largamos los caballos.

Me llevó para el que debía ser mi cuarto. Miré la cama, las paredes empapeladas, el lavatorio. Lo miré a Raucho.

—¿No te hallás? —me preguntó.

—Me parece —le dije— que me vi'a pasar la noche almirando las florcitas del papel.

Le hablaba con confianza, fraternalmente, como no lo hubiera hecho con ningún otro rico. Me propuso:

—Si querés tender el recao, allá por el galpón, yo te acompaño.

—¡Lindo!

Por Raucho conseguí permiso para comer en la cocina de los peones. Don Leandro debió comprender mi timidez y mandó a su hijo a que me acompañara.

Tomamos unos mates con Don Segundo y con Valerio, que mostró gran alegría de verme. Yo me encontraba conmovido con los recuerdos y, como los modos y el traje de Raucho me hacían olvidar mi cambio de situación, lo llevé por donde más podía encontrarlos.

—Aquí dormí la primer noche. Estos chiqueros los barría antes de la salida'el sol. ¿Vive entuavía el petiso Sapo? ¡Vierah'ermano, qué contento me puse cuando volví de lo de Cuevas con el Cebrunito! ¿Está siempre Cuevas?

Me quedé suspenso, esperando la respuesta. Sentía la boca seca.

—Hace mucho que no está.

Largas horas nos pasamos, esa noche, conversando con mi nuevo amigo. No recordaba haber hablado nunca tanto y hasta me parecía que, por primera vez, pensaba con detenimiento en los episodios de mi existencia. Hasta entonces no tuve tiempo. ¿Cómo mirar para atrás ni valorar pasados, cuando el presente siempre me obligaba a una continua acción atenta? ¡Muy fácil eso de pensar, cuando minuto por minuto hay que resolver la vida misma! ¡Vaya uno a ser distraído con un redomón arisco bajo el cuerpo y saque quien pueda la cuenta de sus placeres y dolores, cuando de la claridad de la atención dependen el cuero y la derrota! Cierto, había pensado mucho, mucho; pero siempre enfocando las vicisitudes de cada segundo. Había pensado como el hombre que pelea, con los ojos bien abiertos hacia el peligro, y toda la energía pronta para ser empleada, allí mismo, sin dilaciones ni mermas.

¡Qué distinto era eso de barajar imágenes de lo pasado! Yo había vivido como en una eterna mañana, que lleva la voluntad de llegar a su mediodía, y entonces, en aquel momento, como la tarde, me dejaba ir hacia adentro de mí mismo, serenándome en la revisión de lo que fue.

Como un arroyo que se encuentra con un remanso, daba vueltas y me sentía profundo, lleno de una pesada quietud.

Me cansé de hablar y de removerme el alma. Callé un rato largo.

Mi compañero se había dormido. Mejor. Ahí estaba la noche, de quien me sentía imagen.

Morirme un rato...

Hasta que la raya de luz de la aurora, viniera a tajearme a lo largo de los párpados.

CAPITULO XXVII

La laguna hacía en la orilla unos flequitos cribados. Por la parte media, en unos juncales ralos, gritaban los pájaros salvajes.

Una fatiga grande pesaba en mi cuerpo y en mis pensamientos, como un hastío de seguir siempre en el mundo sembrando hechos inútiles.

Iba a pasar un momento triste, el momento que en mi vida representaría, más que ningún otro, un desprendimiento.

Tres años habían transcurrido desde que llegué, como un simple resero, a trocarme en patrón de mis heredades. ¡Mis heredades! Podía mirar alrededor, en redondo, y decirme que todo era mío. Esas palabras nada querían decir. ¿Cuándo, en mi vida de gaucho, pensé andar por campos ajenos? ¿Quién es más dueño de la pampa que un resero? Me sugería una sonrisa el solo hecho de pensar en tantos dueños de estancia, metidos en sus casas, corridos siempre por el frío o por el calor, asustados por cualquier peligro que les impusiera un caballo arisco, un toro embravecido o una tormenta de viento fuerte. ¿Dueños de qué? [69] Algunos parches de campo figurarían como suyos en los planos, pero la pampa de Dios había sido bien mía, pues sus cosas me fueron amigas por derecho de fuerza y baquía.

Está visto que en mi vida el agua es como un espejo en que desfilan las imágenes del pasado. A orillas de un arroyo resumí an-

---

[69] The manuscript of the first version has significant variants after this point:
«Las estancias por donde había andado serían de quien quisiera pero el campo de Dios había sido bien mío. ¿Le había disparado alguna vez a la noche?

Las aves del campo fueron mis amigos cuando no mis derechos de fuerza y de baquía. Así seguirá siendo y esos mis amigos o donados me verán a menudo la cara de frente siendo los íntimos de mi sentir.

Está de Dios que en mi vida el agua es como un espejo en que desfilan las imágenes del pasado, tal vez con el propósito de merecer de mi parte un juicio. A orillas de un arroyo...» (etc.)

Fabio's attitude to the future is here more openly stated, and a reason suggested for his use of the water/memories technique.

taño mi niñez. Dando de beber a mi caballo en la picada de un río, revisé cinco años de andanzas gauchas. Por último, sentado sobre la pequeña barranca de una laguna, en mis posesiones, consultaba mentalmente mi diario de patrón.

Si al recibir mi campo de manos de Don Leandro hubiera seguido mi sentir, andaría aún dejando el rastro de mi tropilla por tierras de eterna novedad. Dos cosas me decidieron entonces a cambiar de parecer: los consejos de mi tutor, apoyados en claras razones, y el refuerzo que de éstos me llegaba por boca de mi padrino. Más sólido argumento fue recibir de Don Segundo la aceptación de quedarse en el campo.[70]

Casi de más está decir que los dos primeros años viví en el rancho de mi padrino. Desde mi llegada, por cierto, no miré a la casa principal como residencia de elección. Conservaba yo muy vívido un instinto salvaje, que me hacía tender cama afuera y escapar de todo encierro. También continué levantándome al alba y acostándome a la caída del sol, como las gallinas.

La casa grande y vacía, poblada de muebles serios como mis tías, no me veía más que de paso. Seguían sus vastos aposentos siendo del otro hombre, cuya memoria no podía acostumbrarme a encarar como la de un padre. Y, además, me parecía que también ella se iba a morir, significando su presencia sólo un recuerdo frío. De haberme atrevido, la hubiera hecho echar abajo, como se degüella, por compasión, a un animal que sufre.

Como el potrero a cargo de Don Segundo quedaba lindando con el campo de los Galván, nos reuníamos frecuentemente con Raucho. Nuestra amistad se había sellado muy pronto, ofreciéndonos como prenda de simpatía el gusto de intercambiar potros. El me dio los primeros galopes a unos bayos que me regaló para entablar la tan deseada tropilla de ese pelo. Yo le correspondí de igual modo y en igual cantidad con unos alazanes. Mutuamente nos servimos de padrinos durante la amansadura. Nuestro compañerismo, por cierto, no podía haberse cimentado mejor, ni de modo más gaucho. Para dos muchachones que andaban a caballo, de sol a sol, era una forma de estar siempre presentes el uno para el otro.

---

[70] Another reason, given in the manuscript of the first version, is Raucho's friendship.

Nuestro trato era frecuente en lo de Don Segundo, sin contar los días en que Don Leandro nos llamaba a su lado, para enseñarnos el manejo de un establecimiento. Pero en casa de mi padrino pasábamos los mejores ratos, mano a mano con el mate o una guitarra por medio, mientras el grande hombre nos contaba fantasías, relatos o episodios de su vida, con una admirable limpidez y gracia que he tratado de evocar en estos recuerdos.

Fue a raíz de estas charlas que Raucho entró a influenciarme con aficiones suyas. Sabía una barbaridad en cuanto a lecturas y libros. Prestándome algunos me hablaba largamente de ellos. Pero ¡qué diferencia! Mientras yo me veía limitado no sólo por el idioma, sino por mi falta de costumbre, él leía con extraordinaria facilidad lo mismo en francés, italiano y en inglés, que en español. Al lado de esto, Raucho me parecía a veces una criatura libre de dolores, sin verdadero bautismo de vida. Otro motivo de su conversación era el de sus aventuras y diversiones. ¿Qué creía que iba a encontrar? La vida, a mi entender, estaba tan llena, que el querer meterle nuevas combinaciones se me antojaba lamentablemente infantil. Mis argumentos simples nada podían contra su fantasía y, al fin, lo dejaba desfogarse a su gusto. Mi nacimiento, por otra parte, me impedía encarar ningún amorío como una diversión.

A todo esto, poco a poco, me iba formando un nuevo carácter y nuevas aficiones. A mi andar cotidiano sumaba mis primeras inquietudes literarias. Buscaba instruirme con tesón.

Pero no quiero hablar de todo eso en estas líneas de alma sencilla. Baste decir que la educación que me daba Don Leandro, los libros y algunos viajes a Buenos Aires con Raucho, fueron transformándome exteriormente en lo que se llama un hombre culto. Nada, sin embargo, me daba la satisfacción potente que encontraba en mi existencia rústica.[71]

Aunque no me negara a los nuevos modos de vida y encontrara un acerbo gusto en mi aprendizaje mental, algo inadaptado y huraño me quedaba del pasado.

---

[71] The first version includes a more categorical denial of any change: «Además aunque, por la educación... fuera transformándome en lo que se llama un hombre culto, nada ni en ropa ni en sentir ni en modo de juzgar la vida, mudaba en mí. Nada, por otra parte, me daba la satisfacción...» (etc.).

Y esa tarde iba a sufrir el peor golpe.

Miré el reloj. Eran las cinco. Monté a caballo y fui para el lado del callejón, donde hallaría a mi padrino. Resultaba ya imposible retenerlo, después de tanta insistencia inútil. El estaba hecho para irse, siempre, y tres años de permanencia en un lugar, lo habían saturado de inmovilidad. Demasiado sentía yo en mí la sorbente sugestión de todo camino, para no comprender que en Don Segundo huella y vida eran una sola cosa. ¡Y tenerme que quedar!

Nos saludamos como siempre.

A la par, tranqueando, hicimos una legua por el callejón. Entramos a un potrero, para cortar campo, y llegamos hasta la loma nombrada «del Toro Pampa», donde habíamos convenido despedirnos. No hablábamos. ¿Para qué?

Bajo el tacto de su mano ruda, recibí un mandato de silencio. Tristeza era cobardía. Volvimos a desearnos, con una sonrisa, la mejor de las suertes. El caballo de Don Segundo dio el anca al mío y realicé, en aquella divergencia de dirección, todo lo que iba a separar nuestros destinos.

Lo vi alejarse al tranco. Mis ojos se dormían en lo familiar de sus actitudes. Un rato ignoré si veía o evocaba. Sabía cómo levantaría el rebenque, abriendo un poco la mano, y cómo echaría el cuerpo, iniciando el envión del galope. Así fue. El trote de transición le sacudió el cuerpo como una alegría. Y fue el compás conocido de los cascos trillando distancia: galopar es reducir lejanía. Llegar no es, para un resero, más que un pretexto de partir.

Por el camino, que fingía un arroyo de tierra, caballo y jinete repecharon la loma, difundidos en el cardal. Un momento la silueta doble se perfiló nítida sobre el cielo, sesgado por un verdoso rayo de atardecer. Aquello que se alejaba era más una idea que un hombre. Y bruscamente desapareció, quedando mi meditación separada de su motivo.

Me dije: «Ahora va a bajar por el lado de la cañada. Recién cuando cruce el río, lo veré asomar en el segundo repecho». El anochecer vencía lento, seguro, como quien no está turbado por un resultado dudoso. Unas nubes tenues hacían largas estrías de luz.

La silueta reducida de mi padrino apareció en la lomada. Pensé que era muy pronto. Sin embargo, era él, lo sentía porque a pesar de la distancia no estaba lejos. Mi vista se ceñía enérgicamente sobre aquel pequeño movimiento en la pampa somnolienta. Ya iba a llegar a lo alto del camino y desaparecer. Se fue reduciendo como si lo cortaran de abajo en repetidos tajos. Sobre el punto negro del chambergo, mis ojos se aferraron con afán de hacer perdurar aquel rezago. Inútil, algo nublaba mi vista, tal vez el esfuerzo, y una luz llena de pequeñas vibraciones se extendió sobre la llanura. No sé qué extraña sugestión me proponía la presencia ilimitada de un alma.

«Sombra», me repetí. Después pensé casi violentamente en mi padre adoptivo. ¿Rezar? ¿Dejar sencillamente fluir mi tristeza? No sé cuántas cosas se amontonaron en mi soledad. Pero eran cosas que un hombre jamás se confiesa.

Centrando mi voluntad en la ejecución de los pequeños hechos, di vuelta a mi caballo y, lentamente, me fui para las casas.

Me fui, como quien se desangra.

«La Porteña», marzo de 1926

GLOSSARY

SpanishAmerican words and expressions, and Peninsular words with a special local usage. (Abbreviations: *f.*, feminine; *m.*, masculine; *pl.*, plural.)

aba (haba) (*f.*), growth in horse's mouth
abalanzo (*m.*), rearing away of horse
abanderado (*m.*), linesman, flag-bearer
abatatar, to worry; to intimidate
abotagado, swollen
abra (*f.*), clearing
acasito (*diminutive of* **acá**), just here
acollarar, to link two animals by the neck
acriollado, said of a foreigner who has adopted the customs of the country
achucharrado (achicharrado?): achucharrada como pasa, dried up like a raisin
achuras (*f. pl.*), innards of cattle or sheep
agallas: tener agallas, to be daring
agenciarse, to get; to acquire
aindiado, of Indian appearance
alce: no darle a uno alce, not to let up; not to give someone respite
alezna (*f.*), awl
alfajor (*m.*), creamy cake.
alpargata (*f.*), type of sandal
altillo (*m.*), attic
alzado, wild; **hacienda alzada,** cattle roaming wild
¡amalaya!, if only
amargo (*m.*), *mate* without sugar
anca (*f.*), buttock; **cargar en ancas,** to take along; **dar el anca,** to turn tail
andar de florcita, to court; to flirt
andar en la mala, to be having bad luck
ande, where
ansina, thus, even though
apadrinar, to back up (horse-breaking)
apampar, to bewilder; to stun
aparte (*m.*), sorting-out of cattle; **(apartar, apartadores)**
aperar, to harness

aplomo: ponerse de aplomo, to regain balance
apurado, in a hurry; **apurarse,** to hurry
aqueresar, to infect
arañarse, to seek protection
arañón (*m.*), scratch
argolla (*f.*), large ring
armada (*f.*), noose of lasso
armado, well equipped; **armadita,** slim, graceful
arrastrar el ala, to court; to flirt
arreador (*m.*), large whip; rustler, poacher
arrear, to drive cattle; to rustle; **arreo** (*m.*), cattle-drive
arriba: llevárselas de arriba, to be able to do something without risk to oneself; **tener que dir para arriba,** to have to grow up
asado (*m.*), meat roasted over an open fire, a large portion of the animal being revolved round a spike **(asador)** which is thrust into the ground
asidera (*f.*), strap fastened to horse's cinch, holding the lasso
aspa (*f.*), horn; **aspudo,** horned
atado (*m.*), packet
atajador (*m.*), herdsman responsible for preparing meal and arranging for resting of animals
atropellada (*f.*), attack
azonzar, to stupefy
¡azotes!, not a chance!

bagual, wild, headstrong; (*m.*), half-broken horse
bajera (*f.*), small blanket serving as sweat-pad
baldear, to pour buckets of water (over floors, etc.)

bandear, to cross from one side to another

bandurria (*f.*), long-legged bird like an ibis, found in Argentina

baqueano, applied to gaucho with intimate knowledge of a district, or skilled in finding his way round the pampa

barajar, to stop; to ward off

barbaridad (*f.*), great amount

barcino, dappled; turncoat

barraco (*m.*), pig, boar

barrial (*m.*), muddy place

barroso, ash-coloured, dark brick-coloured

basto (*m.*), small cushion-like pad under saddle

bataraz, grey with white flecks

batitú (*m.*), Argentine wading bird noted for its tasty meat

beberaje (*m.*), drink (esp. alcoholic)

bellaquear, to rear; to refuse to do something

bichoco, old and useless

bife (*m.*), beef-steak; **pegarle a uno un bife,** to give someone a slap

biznaga (*f.*), very thorny type of cactus

boga (*f.*), double-edged knife; sharp-backed fish

boleadoras (*f. pl.*), instrument used by Indians and gauchos for catching animals: it consists of two or three heavy balls (of stone, etc.) each attached to its own length of leather or rope

bolear, to throw boleadoras; to treat someone badly; **bolear la pierna,** to slip one's leg over the withers of a horse when mounting

boliche (*m.*), small bar and store

bombacha (*f.*), type of trousers: very wide, but drawn in at the bottom of the leg

bombilla (*f.*), slender tube through which *mate* is sucked

brazada (*f.*), arm's-length; two yards

brulote (*m.*), vulgar insult; **largar el brulote,** to sling insults

bruta: a la bruta, roughly

buena: a la buena de Dios, in any old fashion

buscar pleito, to look for a quarrel or discussion

cabecita negra (*f.*), Argentine greenfinch

cabo de güeso (*m.*), knife-handle; knife with bone handle

cabrestear (cabestrear), to follow without dragging at the reins

caburé (*m.*), bird of prey, smaller than a fist, whose cry stuns birds into paralysis

cachafaz (*m.*), knave

cachetada (*f.*), slap

cadera: quebrar la cadera, to stand at ease, waiting

cajetilla (*m.*), pejorative term used by poor folk to refer to carefully dressed people or dandies

calamaco, red (poncho)

campero, trained for work in the country

cancha (*f.*), playing area; patio in country house; **hacer cancha,** to give way

¡canejo!, blast it!

canilla (*f.*), tap

cansadas: a las cansadas, after a long wait

cantero (*m.*), bed of flowers or vegetables

caña (*f.*), type of rum

cañada (*f.*), **cañadón** (*m.*), low-lying land susceptible to flooding

caracú (*m.*), marrow; depths of one's being

carancho (*m.*), type of falcon

carnear, to kill a horse, putting it out of its misery; to kill someone in a fight; to butcher; **carneada** (*f.*)

carona (*f.*), large piece of hide forming part of the saddle gear

carpa (*f.*), tent

carretilla: hacer carretilla, to slip

casal (*m.*), pair (male and female) of animals and birds

cascarón (*m.*), tree of Argentina and Uruguay that produces a reddish gum

cascotazo (*m.*), throwing of stones

cascotear, to stone; to throw pieces of rubble

castigar, to use the whip

casuarina (*f.*), Argentine tree

cebadura (*f.*), the *mate* in the bowl ready for taking or after taking; the preparation of *mate*; **(cebar)**

cebruno, dark chestnut

cerda brava (*f.*), equinal illness originating in a tumour

cerrar las piernas, to spur

cerrazón (*m.*), mist, fog

cimarrón, wild; (*m.*), wild animal; bitter *mate*

cimbrón (*m.*), jerk

cinchón (*m.*), strip of rawhide used as cinch

clin (*f.*), mane

cojinillo (*m.*), small saddle pad

comedido, helpful, obliging

comedirse, to anticipate a service before being asked

cómo no, certainly, of course

compadrada (*f.*), swaggering, boasting; (compadrear)

conchabarse, to get a job (often with sense of inferior type of work); to conspire

corajudo, courageous

corrida de sortija, game on horseback in which the rider must seize a ring suspended at a certain height

cortar, to take a short cut; to pant; cortar chiquito, to prance

coscoja (*f.*), part of horse's bit

coscorrón (*m.*), blow on head that draws no blood

costalada (*f.*), fall on one's side or back

cribado, embroidered, sifted

cristiano (*m.*), human being; white man; Christian

cuadrera: carrera de cuadrera, horse race in the country

cuartear, to tow; to pull out with a towrope; (cuarta)

cuerear, to fleece; to skin

cuero (*m.*), whip; cueros (*pl.*), saddle and trappings; bajar los cueros, to unsaddle

cuerpeada (*f.*), dodge

cuerpo (*m.*), length (racing)

culeco, broody

cuñado (*m.*), antiquated form of address used amongst gauchos with either familiar or pejorative overtones

cuzco (*m.*), small dog

¡cha!, (pucha, puta), exclamation of surprise or disgust

chacra (*f.*), farmstead; trigo de otra chacra, another kettle of fish

chajá (*m.*), crested screamer, noted for its shrill warning cry

chambergo (*m.*), soft hat

chanchero (*m.*), belt of pigskin

chancho (*m.*), pig; hacerse el chancho rengo, to pretend not to have noticed

changa (*f.*), job, casual labour; (changar)

chapetón, inexperienced

chapinudo, applied to animal with over-large hooves which rub each other when it walks

charabón (*m.*), young ostrich; youngster

charcón, skinny

charque (*also* charqui) (*m.*), piece of meat dried up in sun

charquear, to make *charque*; to inflict many wounds; to cling to saddle when horse is curvetting

chasqui (*m.*), messenger

chicotear, to whip; chicotazo (*m.*), whiplash

chifle (*m.*), horn used to carry water on long journeys

chimango (*m.*), grey-brown carrion hawk

china (*f.*), girl of Indian or mixed blood; girl (in general); lover, mistress; chinaza (*aug.*)

chingolo (*m.*), small bird like sparrow, with pleasant song, common in Argentina

chino, of mixed white and Indian blood

chiripá (*m.*), garment worn by Araucan Indians and by traditional gaucho; square of material pulled up between legs over trousers and attached to belt, allowing great freedom of movement

chorizo (*m.*), piece of beef from animal's back

chúcaro, shy, distrustful, flighty, wild

chucear, to poke, injure

chucho (*m.*), shiver

chueco, with toes turned inwards

chupar, to knock back drink

churrasco (*m.*), meat roasted on wood or charcoal fire

chuzo (*also* chuso) (*m.*), term for horse

dentro: hacerle a uno un dentro, to run someone through with a knife

derecera: en derecera de, straight to

desabordinado, tricky

desantojar, to remove a desire

desigir, to demand; to request

desparejo, uneven

despejo (*m.*), disembowelling

despicar, to lose or damage the bill

desranillar, to trim the fetlocks

disparar, to flee

doblar, to subjugate

dulce (*m.*), *mate* with sugar

embramar, to hitch an animal to a post or rail with a view to taming it
embromar, to bother; to pester
emprincipiar, to begin
encajarle a uno una paliza, to give a beating; to take it out on
encargue (*m.*), job
encimera (*f.*), narrow piece of hide attached to cinch and serving to secure the saddle
endenantes, before, not long ago
enderezar, to head for; to make one's way to; **enderezarse,** to stand up straight; to sit up
engreír, to spoil; to lead on; **engreírse,** to become affectionate
enhorquetar, to straddle
enriendar, to bridle; to accustom a horse to being bridled
ensartar, to link; to thread; to deceive; to ensnare
entablar, to train cattle or horses to move as a herd
entodavía, yet
entretención (*f.*), entertainment
entreverar, to mix; to insert
entrevero (*m.*), confusion, jumble
envidarse, to offer oneself spontaneously
envinado, drunk with wine
errería (herrería) (*f.*), blacksmith's forge
escarcear, to make uneasy movements (a horse)
escobillar, to tap the floor rapidly with the feet when dancing
escuadra: hacer escuadra con, to be at right angles to
escuerzo (*m.*), frog-like creature reputed to puff itself up when irritated; weak, shrivelled person
eslilla (*f.*), collar bone
esquila (*f.*), shearing
estaquear, to torture by suspending the victim by his hands and legs from four stakes
estilo (*m.*), local type of guitar music

facón (*m.*), long knife
fajar, to strike; to assault
farra (*f.*), spree, binge
fiador (*m.*), part of muzzle passed over top of horse's head, with a metal ring hanging from it
fija: en fija, without any doubt
firulete (*m.*), flashy movement in dance, adornment, irregularity

flojo de cincha, said of a horse that, finding the cinch too tight, throws itself to the ground as a defensive measure
florcita: andar de florcita, to court; to flirt
frigorífico (*m.*), meat-packing company
fuerte, acid, putrified, strong

galpón (*m.*), shelter or ranch building, usually with one or more sides open
galleta (*f.*), small, squat bowl for drinking *mate*
ganga: tener la ganga de, to have the good luck to
gargantilla (*m.*), horse with white spots on neck and head
garifo, lively, jovial
garúa (*f.*), drizzle
gatas: a gatas, hardly, barely
gateado, fair with blackish stripe down the spine
gato (*m.*), Argentine folk dance (see footnotes 32 and 36)
giro, yellow; black and white
gramilla (*f.*), type of plant used for pasture in Argentina
gringo, pejorative term applied to foreigner of a language other than Spanish or Portuguese
guacho, orphan, illegitimate; stray (see footnote 2)
gualicho (*m.*), devil, evil spirit; spell
guampudo, *from* **guampa** (*f.*), horn
guasada (*f.*), coarse expression
guasca (*f.*), length of leather or cord used as reins, whip, etc.
¡guay!, exclamation or call
guayaca (*f.*), long narrow purse
guayquero (*m.*), wild or touchy horse
güeserío (*m.*), skeleton, bones

hacer la mañana, hacer la tarde, to have refreshment
hacerse rogar, to make difficulties for the sake of bravado
hallarse, to feel comfortable; to enjoy oneself
hamacar, to rock; to swing
hilacha (*f.*), yarn, fibre; **mostrar la hilacha,** to show one's own nature
hinchar el lomo, to resist; to rebel
hormiguero (hormiguillo) (*m.*), distemper affecting horse's hooves

huella (*f.*), type of criollo dance accompanied by guitar and song; **huella: gente de huella,** nomadic cowboys

humadera (humareda) (*f.*), cloud of smoke; confusion

ideoso, capricious, with a streak of madness

injerir un lazo, to repair a lasso, weaving together the strands of the broken ends

invernador (*m.*), owner of cattle fattened **(invernar)** on especially chosen land **(invernados)**

isoca (*f.*), type of grub

jarana (*f.*), joke, fun

jareta (*f.*), fold, tuck (sewing)

jergas (*f. pl.*), cloth placed between two sweat-pads on horse's back

jeta de comisario, policeman's mug

Juan: llamarse Juan, to swallow one's pride

jué pucha, exclamation of surprise or disgust (derived from **hijo de puta**)

ladeado, bent down, clumsy

lado del lazo, right-hand side; **lado de montar,** left (see footnote 35)

largada (*f.*), start, departure

latón (*m.*), kind of sabre

libretas (*f. pl.*), passbook, papers

ligar, to try; to taste; to steal

ligero, fast; **sacar ligero,** to exaggerate the speed

limpio (*m.*), clearing

limpión (*m.*), trampled, grassless area around gates, etc.

lino (*m.*), flax, linseed

lomada (*f.*), rise, hillock

lonja (*f.*), leather thong

lonjear, to strip off lengths of hide

loro barranquero (*m.*), species of parrot that digs out a nest in sides of gullies and ravines

llamarse Juan, to swallow one's pride

lloronas (*f. pl.*), large spurs

macaco, ugly, deformed; vicious

macuca (*m.*), kind of wild pear

macuco, fine, strong

madrina (*f.*), gentle animal paired with one which is to be broken in (see footnote 65)

majada (*f.*), sheep ranch, flock of sheep

mal que mal, though all was not well; though not entirely at one's best; though badly

mala: de mala bebida, apt to turn nasty with alcohol

malacara (*m.*), horse with a white forehead and coloured body

malambo (*m.*), popular male dance without vocal accompaniment

malgrado *(gallicism)*, despite

mamarse, to get drunk

mamboretá (*m.*), orthopterous insect also known as «reza a dios» for its position when settled

mancarrón (*m.*), bad, old or ailing horse

mandarse mudar, to go away

mandinga (*f.*), witchcraft; the Devil

maneador (*m.*), halter, shackles; whip

mangangá (*m.*), type of large bee with powerful sting

manijera (*f.*), handle of whip; the ball that is held while the boleadoras are swung

mañero, inattentive, deceitful

más: no más, only, just

masas (*f. pl.*), small pastries

maslo (*m.*), stem of tail

matar el bichito, to relieve one's hunger

mate (*m.*), drink prepared with herb of same name grown especially in Argentina and Paraguay (see footnote 15); **matear,** to drink *mate*

matra (*f.*), blanket for use under saddle

matrero, astute; vagabond; (*m.*), outlaw

matungo (*m.*), saddle-worn nag

maula (*m.*), coward; useless person or horse

mazacote (*m.*), type of candy

medio, a bit, rather

mentas: de mentas, by hearsay

mezquinar, to shield; to hide; to move away

minero (*m.*), small mouse

montonera (*f.*), guerrilla war; guerrilla band; pillaging and ravaging group

moro, black with white patches

morocho, dark

mosquear, to twitch; to be furious

motoso, tangled

mulato, of mixed white and negro blood

nacido (*m.*), boil

naciones (*f. and m. pl.*), Indians of same tongue; foreigners who speak a tongue other than Spanish

nortero (*m.*), northerner

ñandú (*m.*), South American ostrich, smaller than the African type, with three instead of two toes on each foot

ñandubay (*m.*), tree of hard, reddish wood found in Argentina, Bolivia, and Paraguay

ñublar = **nublar**

ñudo: al ñudo, useless, in vain

ombú (*m.*), large tree of genus *Phytolacca* abundant in Argentina

opa, stupid

orillear, to verge on; to skate over the surface (of a topic)

overo, mainly white with markings of other colours

padrino (*m.*), godfather; second in duel; one who backs up in horse-breaking

pago (*m.*), region; home territory

pajero, used of cats from the **pajonales** (q.v.)

pajonal (*m.*), low, damp area with thick growth of sedges

pajuera, outside; **pajuerano** (*m.*), person from outside the town

palenque (*m.*), enclosure, post for tying animals; **palenquear,** to tether

paliza: encajarle a uno una paliza, to give a beating; to take it out on

palo a pique (*m.*), palisade of closely arranged stakes

palomo, white

pampa (*f.*), extensive treeless plain; (*m.*), Araucan Mapuche or Tehuelche Indian who lived as nomad on pampas between end of 17th and end of 19th centuries; horse with white head and body of different shades

pampero (*m.*), strong wind blowing off pampa

paquete, well-dressed, adorned

parado, upright, standing, standing still; **orejas paradas,** listening intently

paraíso (*m.*), paradise tree (a flowering shrub-like tree, brought to South America from the East, often growing in patios of houses)

pardo (*m.*), dark-skinned person, half-breed

parejero (*m.*), fleet-footed horse trained to run paired with another; race-horse

parejo, even; **lo parejo,** level ground

parranda (*f.*), fiesta

parva (*f.*), loft where grain is stored; grain

pata: hacer pata ancha, to confront a danger or problem resolutely

patacón (*m.*), silver coin

patriada (*f.*), risky act for noble cause

pava (*f.*), kettle in which water is heated for preparation of *mate*

pavote, stupid

pechada (*f.*), blow dealt by a rider with the chest of his horse; as a specialized task, the felling of an animal with such a blow

pedo (*m.*), drunkenness; **en pedo,** drunk; **al pedo,** in vain

peguval (*m.*), strap used for securing animals caught by the lasso

pelado, drunk, confused, ill-mannered; moneyless; skinned, burnt

pelecho (*m.*), skin of viper; skin or fur that animals change

pelo (*m.*), colour of animal's hair; **en pelos,** bare-back

pella (*f.*), coat of fat covering flesh or meat

pellón (*m.*), skin or woollen blanket placed over saddle to soften it

peludo (*m.*), armadillo

perudo, with a long chin or goatee

petiso, small

petizo (also **petiso**) (*m.*), small horse

pial (*m.*), type of lasso; the throwing of this lasso to bring an animal down by its legs; **(pialar)**

picada (*f.*), track cut through forest; narrow ford, shallow part of river

picadillo: hacer picadillo, to cut up into pieces; to kill with numerous stabs of the knife

picar, to go, run; to cut a trail; to eat something before the main meal

pichico (*m.*), fetlock

pichincha (*f.*), bargain

pieza: ser de una pieza, to be firm, honest

pilchas (*f. pl.*), gear

pingo (*m.*), horse; lively or bad horse

pique (*m.*), start; touch of spur

pitar del fuerte, to have a rough time (deriving from strong black Brazilian tobacco)

planazo (*m.*), blow with flat of blade

platudo, rich

playa (*f.*), open space in front of ranch buildings and next to enclosures pleito: buscar pleito, to look for a quarrel or discussion

pobrerío (m.), poor folk

pollera (f.), skirt

poncho (m.), cape-like garment consisting of square of material (usually wool) with opening in centre through which head is passed; ponchada (f.), large quantity

porongo (m.), vessel in which *mate* is served

porra (f.), club; tangled mop of hair

porrazo: de un porrazo, in one go; once and for all

prado (m.), popular Argentine country dance

presilla (f.), small length of cord, etc., with loop, used for fastening

púa (f.), spur (worn by fighting-cocks); puazo (m.), blow with spur

pucha, jué' pucha (hijo de puta), la pucha, exclamation of surprise or disgust

puchitos: de a puchitos, little by little

pucho (m.), fag-end, residue; sobre el pucho, at once

puesta (f.), dead heat

puesto (m.), place on ranch inhabited by man responsible for looking after animals (puestero)

pulguería (m.), fleas

pulpería (f.), bar and grocer's store; (pulpero)

punta (f.), group, collection; tip, end; en punta, together; abrir punta, to be first

puntazo (m.), blow aimed with point of steel blade

puntear, to lead cattle; to be in front; to rush away

puntera (f.), tip of sheath

punzazo (m.), sharp pain

puño: dormir a puños cerrados (gallicism), to be fast asleep

puya (f.), spiked stick used for enlivening or punishing animals; (puyazo)

quebracho (m.), South American tree, tall and of exceptionally tough wood

rabonear, to throw by the tail; to shave or cut off the tail

rasguido (m.), strumming

rastra (f.), thick wide belt with silver coins set in the leather

raya (f.), finishing line

rebenque (m.), kind of whip with short leather thong and wooden handle, usually hanging by a loop from the owner's wrist

recado (m.), saddle

recién, see footnote 4

recogida (f.), round-up

redetir (derretir), to melt

redomón (m.), horse not fully broken in

refalarse, to leave; to slip

refucilo (m.), flash of lightning

rematador (m.), auctioneer

renguear (renquear), to limp; renguera (f.), lameness

requintar, to press down; to tighten

resero (m.), man who drives herds of cattle; cowboy

retacón, chubby

retar, to growl; to chide

retarjo (retajo, retajado), castrated

retobado, sullen; cunning; obstinate

retruque (m.), retort

rienda: de rienda, said of horses not accustomed to the bit and best guided by the muzzle

ropa vieja (f.), type of stew

rumbear, to find one's way

sacado, dislocated

sebo: hacer sebo, to idle away the time

seguida: en seguida que, as soon as

seguido, regularly

sentada (f.), the pulling backwards of a horse with its hocks nearly touching the ground; pulling up at full gallop in this position; (sentarse)

señuelo (m.), decoy, bait, post; group of gentle animals acting as guide for others

sobrepaso: al sobrepaso, with long, easy strides

sobrepuesto (m.), skin placed over the cojinillo when saddling a horse

soliviar, to steal; to carry off

sombra de toro (m.), type of fruit tree

sortija: corrida de sortija, game on horseback in which the rider must seize a ring suspended at certain heigt

taba (f.), knucklebone of sheep; game played with this bone (see footnote 25)

tajear, to cut; to slice open

tala (m.), large tree of Argentina

talero (m.), whip

tape (*m.*), dark-skinned person with Indian blood

tapera (*f.*), ruined town or building

tararira (*f.*), blackish river fish, noted for its constant motion

tata (*m.*), father; term also applied to person held in high esteem

tendida (*f.*), frightened rearing of horse

tero (*m.*), type of wading bird, noted for its alertness

tiento (*m.*), leather strap, often used for attaching things to saddle

tioco, tough, coarse, dry

tirador (*m.*), broad leather belt with pockets and metal adornments

tiro: caballo de tiro, spare horse led by halter

tironear, to pull

torta: por unas tortas, for next to nothing

toruno (*m.*), old bull; incompletely castrated bull

tranca: tener tranca, to be drunk

tranco: al tranco, with long strides

tranquear, to move with long strides

tranquera (*f.*), gate of enclosure

trenzarse, to struggle; to fight

tripas: hacer de tripas corazón, to cover up one's fear

triunfo (*m.*), popular Argentine dance involving tapping of feet (traditionally the opening number at a dance)

trompo: hacer trompo, to spin round

tropilla (*f.*), bunch of horses accompanying the gaucho

truco (*m.*), card game

tumbear, to eat meat of doubtful quality (**carne de tumba**); to have a poor meal

turco (*m.*), bird of hot climates of South America, noted for its silent habits

tusar, to shear

tuse (*m.*), horse's mane

tute (*m.*), card game

upite (*m.*), backside

usura (*f.*), gains at bettings; odds; profit in general

vacaje (*m.*), collection of cattle

vaquillona (*f.*), two- or three-year-old cow

vasadura (*f.*), hoof

ventolina (*f.*), sudden gust of strong wind

verde (*m.*), *mate* (q.v.)

verija: echar a verijas, to hold the rope against one's thigh (to increase steadiness and resistance)

versada (*f.*), string of verses (often pejorative)

vichar, to watch; to spy on

vincha (*f.*), band worn round head

vinchuca (*f.*), nocturnal blood-sucking insect, noted for its swift flight and painful bite

vistear, see footnote 18

vizcachera (*f.*), burrow of the **vizcacha**, a South American rodent

voltear, to throw or knock to the ground

yaguané, applied to cattle with ribs and belly a different colour from their back

yaguareté (*m.*), South American tiger; jaguar

yapa: de yapa, in addition

yarará (*f.*), venomous snake

yerba (*f.*), *mate* (q.v.)

yerbear, to drink *mate*

yerbera (*f.*), vessel in which *mate* is kept to preserve its freshness

yesquero (*m.*), capsule or bag for carrying tinder, flint and steel to keep them dry; type of lighter

zapallo (*m.*), pumpkin, gourd

zorra (*f.*), small open wagon

zorrino: a trote de zorrino, with quick little steps